KB069221

선단기

선단기 2

초판 1쇄 인쇄일 2020년 09월 17일 | **초판 1쇄 발행일** 2020년 09월 23일

지은이 조휘 | **펴낸이** 곽동현 | **담당편집 팀장** 이범수
편집부 정요한 최훈영 이현아

펴낸곳 (주)조은세상 | 출판등록 제2002-23호
주소 경기도 연천군 미산면 청정로1355
TEL 02)587-2966 | FAX 02)587-2922
E-mail bukdu@comics21c.co.kr

조휘ⓒ2020
ISBN 979-11-6591-274-1 | ISBN 979-11-6591-272-7(set)
값 8,000원

선단기

2

조휘 신무협 장편소설

NEO ORIENTAL FANTASY STORY

조휘 대체 역사 장편소설

NEO ORIENTAL FANTASY STORY

CONTENTS

1장. 새로운 경지

포선대와 화륜차를 얻은 형선석부(刑仙石府) 뒷산에서 옥지빙심(玉指氷芯)을 발견한 규옥은 기쁨을 감추지 못했다.

옥지빙심은 300년마다 정확히 반나절 동안만 사람의 손가락을 닮은 꽃을 피운다. 한데 운 좋게도 형선석부를 조사하는 첫날에 좀처럼 보기 어렵다는 옥지빙심 꽃을 발견했다.

요상에 잘 듣는 영초인 옥지빙심을 다른 재료와 배합해 연단하면 산선계 5품 영약인 옥빙고(玉氷膏)를 만들 수 있었다.

준비해 온 석함에 채취한 옥지빙심의 꽃을 조심스레 담은 규옥은 그 근처에 간단한 환영진(幻影陣)을 펼쳐 근처를 돌아다니는 짐승과 새가 옥지빙심 줄기를 먹지 못하게 했다.

환영진을 설치한 규옥은 형선석부 위로 올라가 주변을 조사했다. 자하제룡검이 자하선부 일부의 열쇠에 해당할지 모른단 백진의 예상은 정확히 맞아떨어졌다. 유건이 자하제룡검을 얻은 후부터 형선석부를 포함한 자하선부 4분의 1을 지키던 금제가 기능을 상실해 마음대로 돌아다닐 수 있었다.

규옥과 청랑은 가끔 현경도 밖으로 나와 지도해 주는 백진의 지시에 따라 금제가 기능을 상실한 지역을 돌아다니며 선인이 법보를 숨겨 둔 지역이 또 있는지 조사하는 중이었다.

또 조사하는 김에 각 지역에 어울리는 명칭을 새로 지었는데, 포선대와 화륜차를 발견한 석부에 형선석부라는 이름을 붙인 일이 대표적인 예였다. 백진이 준 정보대로 포선대와 화륜차가 정말 형선이 사용하던 독문 법보라면 형선석부는 그 법보를 발견한 석부에 딱 어울리는 이름일 터였다.

그 외에 유건의 초옥이 위치한 가파른 언덕에는 등천대(登天臺), 규옥과 청랑이 평소에 기거하는 약초밭엔 칠령전(七靈田), 헌월선사가 양경도를 발견한 폐허에는 고양지(古陽地), 등천대 앞에 끝없이 펼쳐진 열대 밀림에는 만만림(滿滿林), 만만림 사이를 지나는 큰 강에는 옥사강(玉沙江), 옥사강 상류에 넓게 펼쳐진 습지대엔 녹혈패(綠穴沛), 녹혈패 외곽을 병풍처럼 둘러싼 절벽엔 암선벽(巖扇壁), 암선벽 위에 있는 제단엔 묵정단(墨正壇)이란 이름을 각각 붙였다.

규옥은 옥지빙심 꽃이 든 석함을 보며 만족한 미소를 지었다.

"시작부터 운이 따르는 모습을 보니 주인님께서도 곧 공선에 이르실 것 같구나. 한데 청랑은 그새 또 어디로 사라진 거람? 설마 저번처럼 또 사고 치고 돌아다니는 중은 아니겠지?"

규옥이 좀 전부터 모습이 보이지 않는 청랑을 걱정할 때였다.

호랑이도 제 말 하면 온단 속담처럼 청랑이 온몸에 불꽃을 휘감은 모습으로 나타났다. 청랑은 유건에게 화륜차를 얻은 후부터 속도가 더 빨라져 지금은 눈으로 따라잡기 힘들 정도로 쾌속했다. 마치 꼬리에 불꽃을 매단 유성과 같았다.

규옥을 본 청랑은 그 앞에 내려서기 무섭게 멍멍 짖으며 복슬복슬한 꼬리 세 개를 마구 흔들었다. 이는 청랑이 몹시 흥분했을 때 하는 행동임을 아는 규옥은 한숨부터 나왔다.

"하아, 이번엔 또 무슨 짓을 저지른 거야?"

규옥의 품으로 훌쩍 뛰어든 청랑이 비단실처럼 흘러내리는 규옥의 녹색 털을 혓바닥으로 핥아 대다가 다시 멍멍 짖었다.

규옥은 싫지 않은지 강아지처럼 행동하는 청랑을 보며 물었다.

"칭찬해 달라는 뜻이니?"

냉큼 고개를 끄덕인 청랑은 자랑스러운 표정으로 규옥 앞에 오른쪽 앞발을 내밀었다. 한데 앞발에 육각형으로 이루어진 거울이 놓여 있었다. 규옥은 깜짝 놀라 거울을 집어 들었다.

후각이 예민한 청랑이 또 다른 보물을 찾아냈을지도 모른다고 생각한 규옥은 바로 거울을 자세히 관찰했다. 거울 뒷면에는 구(九)자가 적혀 있었고 앞면에선 금빛이 번쩍거리는 초소형 문자 수천 개가 서로 합쳐졌다가 떨어지길 반복했다.

"저, 정말 보물이구나."

거울이 보여 주는 심상치 않은 모습에 당황한 규옥은 그 자리에서 바로 날아올라 등천대로 향했다. 마침 등천대 위에서는 백진이 뒷짐을 진 자세로 하늘을 올려다보는 중이었다.

솜씨 좋은 화공이 붓으로 정성을 들여 그린 것 같은 검은 눈썹을 살짝 찌푸린 백진의 모습을 봐서는 마음속에 걱정거리가 있는 모양이었다. 그러나 규옥과 청랑이 나타나기 무섭게 차분함과 냉정함을 반반 섞은 평소 표정으로 돌아왔다.

"공자님께서 중요한 고비를 넘기는 중이시다. 소란 떨지 말아라."

"소, 송구합니다."

평소에도 백진을 어려워하던 규옥은 청랑을 데리고 얼른 지상으로 내려와 하늘 같은 선배에게 문안 인사부터 올렸다.

현재 유건의 문하에서 백진의 정확한 경지를 아는 문도는 없었다. 유건은 백진이 장선 후기와 비슷할 거로 생각했다.

반면, 규옥은 장선 후기를 대성한 사부 공공자와 비교하여 백진이 최소 비선 초기일 거로 예상했다. 공선이 평소에 비선을 보는 일이 하늘의 별을 따는 일처럼 어렵다는 점을 고려하면 백진을 어려워하는 게 그리 이상한 일은 아니었다.

쭈뼛거리며 백진에게 걸어간 규옥이 두 손으로 거울을 바쳤다.

"청랑이 방금 찾아낸 보물입니다."

거울을 받아 든 백진은 바로 흥미롭다는 표정을 지어 보였다.

"거울 뒷면에 적힌 구란 숫자를 봐서는 강력한 법보의 일부가 분명하다. 한데 거울 앞면에 있는 초소형 문자는 본녀조차도 알아보기가 쉽지 않구나. 어떤 현기가 느껴지기는 하는데 정확히 모르겠어. 흐음, 왠지 불길한 느낌이 드는데."

거울을 공중에 띄운 백진은 수결을 맺은 손으로 법결을 만들어 날렸다. 색과 모양이 제각각인 법결이 날아들 때마다, 거울은 맑은 빛을 뿜어내면서 늘어났다가 줄어들길 반복했다.

"설마?"

주홍빛이 도는 입술을 살짝 깨문 백진은 거울에 공을 들여 만든 새 법결을 날렸다. 한데 법결이 거울에 닿으려는 순간, 안에서 똑같이 생긴 거울 허상 100개가 튀어나와 행성 주위를 도는 위성처럼 거울을 중심으로 맹렬히 회전하며 전기를 발출해 법결이 거울 표면에 닿지 못하도록 하였다.

"아뿔싸!"

다급한 표정을 지으며 곧장 거울 쪽으로 날아간 백진은 바로 새 법결을 만들어 날렸다. 그러나 그때마다 거울을 중심으로 회전하는 거울 허상 100개가 전기를 발출해 막았다.

"이 수밖에 없단 말인가."

그 모습을 보고 잠시 고민하던 백진은 지금까지 만들어 낸 법결과는 모양과 색이 완전히 다른 새로운 법결을 만들었다.

한데 그 순간, 갑자기 자세를 바꾼 거울 허상 100개가 일제히 거울 표면을 향해 전기를 발출했다. 마치 전기로 이루어진 전기다발이 거울 표면을 찌르는 것 같은 모습이었다.

지지지직!

전기다발을 흡수한 거울 표면에 금이 좌르륵 가더니 그 안에서 시커먼 공간이 모습을 드러냈다. 이는 공간 능력을 지닌 법보가 만들어 낸 균열, 즉 공간 균열이었다. 한데 시커먼 공간은 단순한 공간 균열이 아닌지 주변 공간을 왜곡시켰다.

크크크크!

급기야 크게 휘어진 주변 공간이 시커먼 구멍 속으로 빨려들어갔다. 처음엔 거울이 있던 공중에만 미치던 왜곡 현상이 순식간에 그 일대 주변으로 퍼져 나가 지면까지 휘어졌다.

거대한 삽으로 파낸 것처럼 지면이 뜯겨 나와 시커먼 공간으로 빨려 들어가는 광경은 보는 이에게 경이로움을 넘어 인간의 원초적인 본능을 자극하는 두려움을 줄 정도였다.

"규, 균열이 공간을 빨아들인다! 도망쳐!"

창백한 표정으로 공간 균열을 바라보던 규옥과 청랑은 왜곡 현상이 일어나기 무섭게 화륜차를 써서 도망쳤다. 그러나 공간 왜곡에 갇히는 순간, 아무리 빠른 비행술도 소용없었다. 규옥과 청랑은 곧 하늘로 끌려 올라가는 지면과 부딪혀 공간 균열이 만들어 낸 시커먼 구멍 속으로 빨려 들어갔다.

거울이 만들어 낸 공간 균열은 눈 깜짝할 사이에 칠령전과 고양지를 먹어 치웠다. 이제 그 근처에 남아 있는 땅이라고는 유건이 한창 수련 중인 초옥이 있는 등천대 하나뿐이었다.

"하아압!"

그 순간, 날카로운 기합성을 지른 백진이 공들여 제작한 거대한 법결을 두 손으로 들어 올려 공간 균열 쪽으로 던졌다.

보통 법결의 10배 크기인 새 법결은 놀랍게도 정육면체 형태를 띠었으며 각 면에 색깔과 형태가 다른 선문이 적혀 있었다.

정육면체 법결은 곧장 공간 균열 방향으로 날아가 충돌했다.

쿠쿠쿠쿠쿵!

법결과 공간 균열이 충돌하는 순간, 법결 속에서 가느다란 실 수억 개가 튀어나와 공간을 집어삼키던 균열을 빠른 속도

15

로 꿰매 가기 시작했다. 다행히 늦지 않았는지 지면에 부딪힌 상태에서 공간 균열로 빨려 들어가기 직전이던 규옥과 청랑은 가까스로 법결의 도움을 받아 빠져나올 수 있었다.

실을 뿜어내 공간 균열을 깨끗하게 꿰맨 정육면체 법결은 그 자리에서 다시 한번 기이한 문양으로 이루어진 법결을 발출해 균열이 빨아들인 공간까지 원래 모습으로 돌려놓았다.

모든 작업을 마친 정육면체 법결은 흰 광채를 뿜어내며 자폭했다. 한편, 이번 위기를 넘기는 데 일등 공신인 백진은 핏기가 가신 표정으로 이를 지켜보다가 공간 균열이 사라진 자리에 거울이 모습을 드러내기 무섭게 회수 법결을 날렸다.

회수 법결에 둘러싸인 거울은 힘없이 끌려와 백진의 손에 떨어졌다. 백진은 지체하지 않고 회수한 거울에 부적 10여 장을 붙여 조금 전과 같은 일이 다시 일어나지 않게 하였다.

작업을 마친 백진은 그제야 안도의 한숨을 길게 내쉬며 지상으로 내려와 안절부절못하던 규옥과 청랑을 손짓해 불렀다.

청랑이 거울 법보를 주워 오지 않았으면 이런 사달 역시 일어나지 않았을 가능성이 컸다. 바늘방석에 앉은 것처럼 불안해하던 규옥과 청랑은 백진이 부르는 손짓에 얼른 달려왔다.

백진은 피곤한 표정으로 규옥과 청랑에게 단단히 일러두었다.

"거울 법보를 발견하면 그땐 즉각 본녀에게 알려야 할 것이야."

불호령이 떨어질 거라 예상해 숨죽여서 백진의 말을 듣던 규옥과 청랑은 안도한 표정으로 반드시 그러겠노라 대답했다.

긴장이 풀린 규옥이 조심스러운 음성으로 물었다.

"대체 거울의 정체가 무엇이기에 이런 사달을 일으킨 것일까요?"

백진은 유건이 수련하는 초옥 쪽으로 시선을 돌리며 대답했다.

"삼월천에서는 절대 존재할 수 없는 강력한 공간의 힘이 담겨 있는 법보란 사실 외엔 아직 밝혀진 정보가 없다. 다만……."

백진이 말끝을 흐릴 때였다.

등천대 정상에 자리한 초옥 지붕 위로 투명한 인영 하나가 솟구쳤다. 투명한 인영은 몸에 실오라기 하나 걸치지 않았단 점을 제외하면 유건과 똑같이 생겨 기이함을 자아냈다.

그때, 투명한 인영이 갑자기 알 수 없는 진언을 외우며 몸집을 크게 불려 갔다. 동시에 등천대 주위에 흐르던 천지 영기가 꽃봉오리처럼 작게 뭉쳐져 투명한 인영 쪽으로 날아갔다.

작은 꽃봉오리처럼 뭉친 천지 영기 수천 개가 인영의 몸에 닿는 순간, 꽃봉오리가 꽃잎을 활짝 벌리며 만개하더니 그 안에서 수십 가지 색으로 빛나는 영기 덩어리를 토해 냈다.

꽃봉오리가 토해 낸 영기 덩어리는 곧 투명한 인영의 피부에 스며들었다. 한데 처음에는 물처럼 투명하던 인영이 영기 덩어리를 흡수할 때마다 조금씩 사람의 형체를 갖추어 갔다.

먼저 신체를 지탱하는 뼈대가 만들어졌는데 척추, 두개골, 팔뼈, 다리뼈, 갈비뼈 등을 차례로 완성한 후에는 혈관이 생겼고 그 혈관 속을 황금빛 액체가 빠른 속도로 흘러 다녔다.

그러나 방금 흡수한 천지 영기로는 한계가 있는지 인영은 더 빨리 진언을 외워 더 많은 양의 천지 영기를 끌어들였다. 곧 등천대, 고양지, 칠령전에 흐르던 천지 영기가 다시 꽃봉오리처럼 뭉쳐 투명한 인영이 있는 방향으로 몰려갔다.

얼마 후, 새로 흡수한 천지 영기가 뇌, 심장, 간, 폐, 위장과 같은 각종 장기로 변했다. 또, 그사이 몸집 역시 상당히 크게 불어나 지금은 초옥보다 대여섯 배 이상 커져 있었다.

그 모습을 초조히 지켜보던 규옥이 기뻐하며 백진에게 물었다.

"이건 공선에 들 때 생기는 탈경조령(脫境造靈)이 아닙니까?"

백진은 시선조차 돌리지 않은 상태에서 대답했다.

"맞다. 공자님은 지금 공선에 드는 탈경조령을 겪는 중이시다."

입선 경지의 수사는 원래 다음 경지인 공선에 진입할 때, 대량으로 흡수한 천지 영기를 법력으로 변환하는 과정을 반드시 거친다. 그래야 공선 경지가 요구하는 법력의 양을 충족할 수 있기 때문이었다. 만약 경지는 공선인데 보유한 법력의 양은 입선 후기에 불과하다면, 공선 경지를 꾸준히 유지하지 못해 입선 후기로 다시 떨어질 수밖에 없었다.

그런 이유로 입선은 공선에 들기 직전에 경지를 유지할 수 있는 최소한의 법력을 갖기 위해 대량으로 천지 영기를 흡수해 법력으로 바꾸는 데 이를 선도에선 탈경조령이라 하였다.

그러나 백진의 대답은 정확한 대답이 아니었다. 물론, 그녀가 규옥에게 거짓말을 했다는 의미는 아니었다. 그저 그녀만이 알고 있는 사실을 규옥에게 밝히지 않았을 따름이었다.

입선 수사가 공선에 들 때 탈경조령을 겪긴 하지만 유건이 지금 보여 준 규모의 탈경조령은 그녀 역시 금시초문이었다.

한편, 엄청난 양의 천지 영기를 흡수해 탈경조령 과정을 거치던 인영은 마지막 단계를 위해 더 빠른 속도로 진언을 외웠다.

그 순간, 등천대, 고양지, 칠령전에 남은 천지 영기뿐만 아니라, 형선석부, 만만림, 옥사강, 녹혈패, 암선벽, 묵정단에 있던 천지 영기까지 꽃봉오리 형태로 뭉쳐 등천대로 날아왔다.

말 그대로 자하선부 4분의 1에 해당하는 거대한 면적에 자리한 농도 짙은 천지 영기가 등천대 쪽으로 집결하는 중이었다.

유건을 닮은 인영은 세 번째로 흡수한 막대한 천지 영기를 살과 피로 바꾸어 완벽한 형태의 인간으로 차츰 바뀌어 갔다.

한데 탈령조령 과정을 9할가량 마쳤을 무렵, 생각지 못한 일이 발생했다. 빛을 반사하는 육각형 형태의 거울 법보 8개가 동시에 튀어나와 등천대 방향으로 쏜살같이 날아왔다.

순식간에 등천대 주변에 늘어선 거울 법보 8개가 거울 허상으로 만들어 낸 전기다발을 거울 표면에 쏘아 공간 균열을 만들어 냈다. 즉, 좀 전에 벌어진 일이 다시 일어난 셈이었다. 지금은 그때와 달리 위력이 8배란 점만 다를 뿐이었다.

겁에 질린 규옥과 청랑은 어찌할 바를 몰랐다. 거울 법보 하나가 만들어 낸 위력만도 가공할 지경이었는데 지금은 무려 거울 법보 8개가 조금 전과 같은 공간 균열을 만들어 냈다.

그때였다.

그럴 줄 알았다는 것처럼 백진이 초옥으로 날아가며 손에 쥐고 있던 현경도를 활짝 펼쳤다. 그 순간, 공간 균열로 가득하던 등천대 상공 풍경이 현경도 내부 풍경으로 핵 바뀌었다.

하늘을 뚫을 듯이 솟은 원통 형태의 절벽 옆으로 망망대해를 연상케 하는 엄청난 규모의 구름 떼가 파도처럼 흘러갔다.

또, 절벽 위엔 백진이 평소에 휴식과 수련을 병행하던 초옥이 보였고 초옥 너머에는 보라색 대나무 숲이 펼쳐져 있었다.

무엇보다 초옥 상공에 자리한 거대한 태양이 지켜보는 이의 눈길을 잡아끌었다. 태양이 내리쬐는 뙤약볕이 어찌나 뜨거운지 당장이라도 온 세상이 용암처럼 끓어오를 것 같았다.

그때, 초옥 상공에 도착한 백진이 태양을 세상 밖으로 밀어내려는 것처럼 두 팔을 위로 뻗어 강대한 법력을 발출했다.

태양은 처음에 꿈쩍하지 않았다. 그러나 백진이 쉬지 않고 발출한 법력이 비단처럼 층층이 쌓여 단단한 그물을 이루는 순간, 태양 역시 더 버티지 못하고 현경도 밖으로 밀려났다.

태양이 사라짐과 동시에 현경도 속 세상에는 칠흑보다 더 어두운 밤이 찾아왔고 그에 발맞춰 주변 풍경 역시 다시 자하선부 등천대 풍경으로 바뀌었다. 전과 달라진 점이라면 등천대를 둘러싼 거대한 공간 균열 8개가 묵정단, 녹혈패, 만만림, 옥사강, 고양지, 칠령전, 형선석부를 순식간에 잡아먹어 자하선부 4분의 1이 모습을 감춘 상태란 점이었다.

그때, 백진이 현경도 밖으로 밀어낸 거대한 태양이 등천대 상공에 등장해 망막을 태울 듯한 광채를 뿜어냈다. 규옥과 청랑은 태양이 뿜어낸 광채 때문에 눈앞이 하얗게 변해 바로 앞에 있는 상대의 모습조차 알아볼 수 없을 지경이었다.

눈부심이 어느 정도 가셨을 무렵, 규옥은 슬며시 눈을 떠서 상황을 확인해 보았다. 등천대 상공에 있던 태양이 갑자기 8개의 작은 태양으로 쪼개졌다. 기이한 변화에 흠칫한 규옥이 숨을 크게 들이마실 때였다. 하늘에서 방금 내려온 신선처럼 엄청난 기세를 내뿜던 백진이 수결을 맺은 손으로 8개로 쪼개진 작은 태양을 일일이 가리키며 진언을 외웠다.

그 순간, 작은 태양 8개가 마치 제짝을 찾듯 거울이 만들어 낸 각각의 공간 균열 속으로 쏜살같이 날아갔다. 그다음에는 말로 표현하기가 힘들 정도로 기이한 광경이 벌어졌다.

작은 태양 8개가 공간 균열 8개와 합쳐져 흑백으로 이뤄진 새로운 구체를 만들어 냈다. 이를테면 등천대 상공에 반은 칠흑보다 더 어두운 공간 균열, 반은 강한 빛을 뿜어내는 하얀 태양으로 이뤄진 새로운 구체 8개가 태어난 셈이었다.

"음양구(陰陽球)……."

규옥은 경악한 표정으로 새로운 구체를 쳐다보았고, 두려운지 엉덩이 사이에 꼬리를 말아 넣은 청랑은 계속 낑낑거렸다.

어쨌든 백진이 현경도의 태양을 이용해 저지한 덕에 공간 균열은 음양구 형태로 변한 상태에서 더는 움직이지 않았다.

그때, 삼단 같은 검은 머리를 풀어헤친 상태에서 음양구 앞으로 날아간 백진이 혀를 깨물어 만든 피를 공중에 뿜었다. 정혈을 사용하는 특수한 비술을 펼치려는 듯했다. 한데 비술에 필요한 피의 양이 상당한지 백진은 지켜보던 규옥이 과다 출혈을 걱정해야 할 정도의 피를 뿜은 후에야 그만두었다.

백진이 뿜어낸 피는 살아 있는 것처럼 공중에서 모양을 시시각각 바꿔 가며 꿈틀거리다가 갑자기 거대한 칼 형태로 변했다.

초조한 표정으로 그 모습을 지켜보던 백진은 더는 기다리기 힘들다는 듯 날카로운 손톱으로 단숨에 잘라 낸 본인의 삼단 같은 검은 머리카락을 피가 만들어 낸 칼 쪽으로 던졌다.

피가 만들어 낸 칼과 백진이 던진 머리카락이 섞이는 순간, 거대한 칼이 수만 개의 작은 칼로 쪼개졌다. 각각의 작은 칼 안엔 백진의 머리카락이 들어 있어 법력을 주입하지 않아도 영성을 가진 것처럼 음양구 8개를 향해 일제히 몰려갔다.

작은 칼 수만 개가 바늘로 찌르는 것처럼 음양구에 구멍을 내서 그 크기를 빠른 속도로 줄여 나갔다. 한데 음양구에 구멍이 생길 때마다 안에서 눈으로 확인하기 쉽지 않을 만큼 작은 음양구 수십억 개가 쏟아져 나와 사방으로 흩어졌다.

규옥은 반딧불처럼 생긴 작은 음양구 수십억 개가 주변을 빠른 속도로 날아다니는 모습을 지켜보며 경악을 감추지 못했다. 청랑 역시 자기 주위를 돌아다니는 작은 음양구가 신기한지 헛바닥으로 핥기도 하고 발로 톡톡 치기도 했다.

그때, 백진의 뇌음이 들려왔다.

"그건 순도 높은 천지 영기를 수백 배 농축한 영기 덩어리다. 멍청히 보고 있지만 말고 어서 운기조식하여 영기를 흡수하거라."

그 말에 깜짝 놀란 규옥과 청랑은 얼른 운기조식하여 작은 음양구를 흡수했다. 바로 가부좌를 튼 규옥은 사문에 전해지는 공법으로 운기조식하여 흡수했고 청랑은 전에 천지 영기를 흡수하던 방법대로 작은 음양구를 주변 공기와 같이 빨아들여 흡수했다. 청랑처럼 운기조식하면 효율이 많이 떨어지지만, 영성이 트이지 못한 상태여서 어쩔 수가 없었다.

과연 백진의 말대로 작은 음양구를 흡수해 운기조식할 때마다 법력이 전보다 훨씬 빠른 속도로 늘어났다. 기쁨을 감추지 못한 규옥과 청랑은 더 집중해 운기조식하였다. 오늘과 같은 기연은 일생에 두 번 만나기 쉽지 않기 때문이었다.

한편, 차 한 잔 마실 시간이 지났을 무렵, 백진이 본인의 피와 머리카락을 섞어 만든 작은 칼 수만 개가 마침내 음양구 8개를 완전히 쪼개 수천억 개의 작은 음양구로 만들었다.

현경도의 태양을 자하선부로 밀어낼 때부터 핏기가 가시기 시작하던 백진의 얼굴은 이때 절정에 달해 마치 시체처럼 창백하게 변해 있었다. 그러나 그녀는 아직 쉴 수 없다는 듯 현경도를 불러 유건이 수련하는 초옥 지붕으로 내려갔다.

탈경조령을 거치던 인영은 공중을 떠다니던 수십억 개의 작은 음양구를 게걸스레 먹어 치워 지금은 자하선부 천장에 닿을 정도로 커져 있었다. 이는 필시 엄청난 기연이 틀림없었다. 그러나 지켜보는 백진의 표정은 별로 좋지 않았다.

"너무 지나치면 오히려 부족한 것보다 못한 법이거늘."

분홍빛 입술을 깨문 백진은 초옥 지붕에 내려서 안에 있는 유건에게 뇌음을 보냈다. 탈경조령을 거칠 때 외부에서 충격을 가하거나, 말을 걸면 주화입마에 빠질 공산이 높았다.

그러나 당장 뇌음을 보내서 무아지경에 빠진 유건을 깨우쳐 주지 않으면 받아들일 수 있는 양보다 훨씬 많은 양의 천지 영기를 흡수한 인영이 폭발해 유건 또한 무사하기 어려웠다.

어느 쪽을 선택하든 위험하긴 마찬가지였다. 그러나 뇌음을 보내 깨우쳐 주는 쪽이 피해를 줄일 가능성이 좀 더 높았다.

백진의 예상처럼 유건은 거의 무아지경에 빠진 상태에서 미친 듯이 쏟아져 들어오는 천지 영기를 흡수하느라 제정신이 아니었다. 이는 마치 평생 배고픔에 굶주린 거지가 산해진미를 만난 상황과 같았다. 아무리 먹어도 먹어도 모자란다고 느끼기 때문에 배가 터질 때까지 음식을 먹는 중이었다.

유건이 그 점을 눈치 챘을 때는 이미 소화할 수 있는 양보다 훨씬 많은 양을 흡수한 탓에 이상징후가 나타나는 중이었다.

한데 그때, 백진의 뇌음이 들려왔다.

"여기서 천지 영기를 더 흡수하면 몸이 먼저 버티지 못할 것입니다. 지금부터 본녀가 알려 주는 구결대로 운기조식해 과도하게 흡수한 천지 영기를 단전 한쪽으로 몰아내십시오."

이는 이상 징후가 나타난 유건에게 하늘이 내려 준 동아줄과 다름없었다. 유건은 즉시 백진이 알려 준 구결대로 운기조식해 과도하게 흡수한 천지 영기를 단전 한쪽에 몰아넣었다.

백진이 알려 준 구결은 과연 그 효과가 대단했다. 과도하게 흡수한 천지 영기뿐 아니라, 자하선부에 남은 작은 음양구 수십억 개를 더 흡수한 후에도 여유 공간이 남을 정도였다.

한데 이번에는 다른 쪽에 문제가 생겼다. 다른 수사의 도움을 받아 탈경조령을 통과했기 때문에 경지가 공선 초기에서 다시 입선 후기 최고봉의 상태로 떨어지려 하였다. 만약 이런 상태가 오래 이어지면 경지가 다시 떨어질 뿐만 아니라, 몸에 이상이 생겨 주화입마에 빠질 공산이 높았다.

그때, 가부좌한 상태에서 단전 안에 쏟아져 들어오는 천지 영기를 신나게 먹어 치우던 유건의 원신이 눈을 번쩍 떴다.

본신이 불안정해져 주화입마에 빠지기 전임을 눈치 챈 듯했다.

유건의 원신은 곧장 뇌로 올라가 유건이 타고난 가장 뛰어난 재능인 천령근의 도움을 받아 본신을 곧바로 안정시켰다.

유건은 그로부터 열흘 동안, 본신과 경지를 동시에 안정시킨 후에야 마침내 공선 초기에 성공적으로 진입할 수 있었다.

눈을 번쩍 뜬 유건은 초옥 주위를 천천히 둘러보며 오감을 끌어올렸다. 입선 후기 때와는 비교가 힘들 정도로 오감이 좋아져 공중에 떠다니는 먼지가 어떻게 생겼는지 알 수 있었다. 또, 형선석부 쪽에서 청랑이 신나게 뛰어다니는 소리와 그런 청랑을 말리는 규옥의 목소리가 들려왔다. 모두 전엔 듣지 못하던 소리였고 보지 못하던 광경이었다.

유건은 내친김에 뇌력을 최대 한도까지 끌어올려 사방으로 퍼트려 보았다. 뇌력이 등천대를 지나 형선석부, 만만림, 옥사강, 묵정단 근처까지 순식간에 뻗어 나갔다. 심지어 옥사강 안에서 뛰어노는 물고기 숫자와 묵정단에 있는 계단의 숫자까지 단숨에 알 수 있을 정도였다. 이는 그의 뇌력이 입선 후기 때보다 거의 세 배 가까이 늘어났다는 증거였다.

이번엔 내부의 변화를 관찰해 보았다. 단전에 드러누워 코를 고는 원신은 전보다 반 배 이상 자라 있었다. 또, 동원할 수 있는 법력의 양 역시 3배가량 늘어 전에는 두 번밖에 펼치지 못하던 천수관음검법을 이젠 여섯 번 펼칠 수 있었다.

물론, 마냥 기쁘지만은 않았다. 백진의 도움을 받아 단전 구석에 몰아넣은 천지 영기 덩어리가 계속 들쭉날쭉하며 금방이라도 폭발할 것처럼 불안정한 모습을 보이는 중이었다.

백진이 알려 준 구결 덕에 탈경조령 과정에서 과도하게 흡수한 천지 영기를 단전 한쪽에 몰아넣는 데는 성공했지만 이를 완벽하게 처리하려면 앞으로 머리가 꽤 아플 것 같았다.

자리에서 일어난 유건은 초옥 지붕으로 올라가 바닥을 박차고 공중으로 날아올랐다. 그는 곧 비행 법보의 도움 없이 한 마리 새처럼 자하선부 하늘을 마음껏 날아다녔다. 공선에 진입하면 바로 사용할 수 있는 특기인 비행술 덕분이었다.

그때, 유건을 발견한 규옥이 청랑을 타고 부리나케 달려왔다. 청랑은 화륜차를 착용한 다리와 꼬리에 불꽃을 매단 모습으로 등에 규옥을 태운 상태였는데 그 모습이 꽤 볼만했다.

청랑의 등에서 훌쩍 뛰어내린 규옥이 바로 머리를 조아렸다.

"공선에 드신 것을 경하드립니다, 공자님!"

"고맙다."

유건은 고개를 끄덕이다가 시선을 돌려 청랑을 바라보았다. 유건의 발 앞에 납작 엎드린 청랑이 꼬리 세 개를 살랑거리며 무언갈 요구하는 눈빛으로 쳐다보았기 때문이었다.

"얘가 왜 이러지?"

규옥이 웃으면서 설명했다.

"청랑이 머리를 쓰다듬어 주길 원할 때 하는 행동입니다."

"뭐, 쓰다듬는 거야 돈 드는 것도 아니니까."

유건은 뿔을 건드리지 않게 조심하며 청랑의 머리를 쓰다
듬어 주었다. 청랑은 주인의 예쁨을 받아서 기분이 좋아졌는
지 꼬리를 더 빨리 흔들다가 아예 드러누워 배를 드러냈다.

유건은 청랑의 배를 긁어 주며 미소를 지었다.

"외모만 좀 다를 뿐이지, 하는 행동은 강아지와 완전 똑같
구나."

규옥이 청랑을 귀엽게 흘겨보며 대꾸했다.

"철이 안 든 강아지처럼 가끔 천방지축으로 날뛰는 바람에
곤란해질 때가 있긴 합니다만 평소에는 아주 쓸모가 많습니
다."

유건은 고개를 돌려 규옥에게 물었다.

"내가 입정에 들어간 사이에 꽤 많은 일이 벌어졌던 모양인
데 무슨 일이 있었던 것이냐? 백 선자와 관련이 있는 것이냐?"

규옥은 공손한 어조로 그동안 있었던 일을 자세히 설명했
다. 청랑이 거울을 주워 온 일, 그 때문에 갑자기 공간 균열이
생긴 일, 또 유건이 탈경조령을 겪을 때 청랑이 주워 온 거울
과 똑같이 생긴 거울 8개가 새로이 나타나 문제가 발생한 일
등을 더하거나 빼는 거 없이 모조리 다 말했다.

유건은 한숨을 쉬었다.

"그럼 백 선자가 현경도에 있는 태양을 이용해서 공간 균열 8개를 막았단 말이구나. 백 선자가 혼자서 고생이 많았겠어."

규옥 역시 동의하는지 바로 고개를 끄덕였다.

"그렇습니다. 만약 선자님의 대활약이 없었으면, 자하선부가 공간 균열 속으로 빨려 들어가 남아나지 않았을 것입니다."

유건은 품속에 있던 현경도를 펼쳐 보았다. 백진이 공간 균열을 막을 때, 현경도의 태양을 이용했단 규옥의 설명처럼 현경도는 낮임에도 불구하고 칠흑보다 더 어두운 상태였다.

백진은 전에 음현도의 달을 이용해서 헌월선사를 격살한 적이 있었다. 그 바람에 보름달이던 음현도의 달이 초승달로 변했는데 20년이 지난 지금도 회복을 다 못한 상태였다.

한데 이번에는 아예 태양 자체를 현경도 밖으로 밀어내 사용했기 때문에 완전히 회복하는 데 최소 백여 년이 필요했다.

또, 그 와중에 백진이 20년 동안 수련해 회복한 법력을 거의 다 쓴 탓에 그녀 역시 당분간은 모습을 드러내기 어려웠다. 유건으로선 가장 중요한 필살기를 쓸 수 없는 셈이었다.

설명을 마친 규옥은 백진이 현경도로 돌아가기 직전에 넘겨준 거울 법보 9개를 법보낭 안에서 꺼내 두 손으로 바쳤다.

"이 거울이 바로 이번에 사달을 일으킨 원흉입니다."

거울을 건네받아 대충 살펴본 유건은 백진이 붙인 부적이 떨어지지 않게 조심해서 호리병 법보낭에 보관했다. 백진이 뇌음을 쓸 수 있을 때 법보의 정체를 알아볼 심산이었다.

유건은 공선 경지가 아직 불안정한 탓에 그날부터 반년 동안 초옥 안에서 두문불출하며 경지를 다졌다. 또, 경지를 다진 다음에는 규옥, 청랑을 데리고 자하선부를 구경하러 다녔다.

자하선부에 도착하기 무섭게 공선 진입을 위한 수련에 전념한 탓에 유건은 아직 자하선부를 제대로 살펴본 적이 없었다.

또, 유건이 자하제룡검을 얻은 후엔 갈 수 있는 면적이 엄청나게 넓어졌기 때문에 이참에 그곳들을 둘러볼 생각이었다.

유건은 녹혈패, 만만림, 옥사강, 암선벽 등을 돌아보며 감탄을 금치 못했다. 어느 곳 하나 절경이 아닌 데가 없었다. 산은 웅장했고 계곡은 깊었으며 강물은 투명할 정도로 맑았다.

또, 보라색 안개가 끼거나, 보라색 비가 쏟아질 때는 마치 환상 속에 있는 것 같아 그 느낌을 말로 표현하기 어려웠다.

병풍처럼 늘어선 거대한 암선벽을 마지막으로 둘러본 유건 일행은 묵정단 계단을 이용해 제단이 있는 곳으로 이동했다.

◆ ◆ ◆

가까이서 본 묵정단은 압도당할 정도의 위압감을 뿜어냈다. 묵정단은 가로 100장, 세로 100장, 높이 100장에 달하는 정육면체 석재 36개를 수직으로 쌓아 만들었기 때문에 웬만한 산보다 훨씬 높았다. 또, 사용한 석재의 재질 역시 범상치 않았다. 검은색 석재는 마치 인간이 숨을 쉬는 것처럼 검은색 연기를 뿜었다가 다시 흡수하기를 계속 반복했다.

자하제룡검이 제거한 금제가 자하선부 4분의 1에 불과한 탓에 자하선부 중앙에 있는 묵정단 역시 4분의 1만 출입할 수 있었다. 유건 일행은 그들이 갈 수 있는 유일한 입구인 묵정단 동쪽으로 걸어갔다. 곧 그들 앞에 너비가 1장이 넘지 않는 가파른 계단이 나타났다. 계단의 경사가 거의 수직에 가까워 수사가 아니면 올라갈 엄두조차 나지 않았다.

계단 옆에는 난간이 쭉 뻗어 있었다. 한데 난간을 구성하는 기둥의 형태가 전부 달라 호기심을 자아냈다. 어떤 기둥에는 신선이나 신수를, 또 어떤 기둥에는 악마나 요괴를 섬세하게 조각해 계단 전체가 하나의 예술 작품에 가까웠다.

규옥은 이해가 가지 않는다는 표정으로 물었다.

"우리 같은 수사에게는 필요 없는 계단을 왜 만들었을까요? 설마 범인이 제단을 이용할 땔 대비해 만들어 둔 것일까요?"

유건은 계단과 난간을 관찰하며 대답했다.

"아마 계단을 만들어야만 하는 이유가 있었겠지."

선인이 제단에 계단을 만들어 둔 이유는 오래지 않아 밝혀졌다. 규옥이 청랑을 타고 꼭대기로 날아가려는 순간, 제단을 만드는 데 쓴 석재에서 흘러나온 검은색 연기가 밧줄처럼 변해 규옥과 청랑을 묶었다. 규옥과 청랑은 즉시 검은색 연기가 변한 밧줄에 붙잡혀 지상으로 힘없이 끌려 내려왔다.

규옥과 청랑은 몇 차례 더 시도했다. 그러나 그때마다 검은색 연기가 엄청난 힘으로 잡아당겨 날아오르는 데 실패했다.

규옥은 무안한지 붉어진 얼굴로 머리를 긁적거렸다.

"걸어서 올라가라고 계단을 만들어 두었나 봅니다."

유건은 별다른 대꾸 없이 계단 옆에 있는 벽을 계속 관찰했다.

"소옥 먼저 올라가겠습니다!"

유건을 기다리다가 지친 규옥은 청랑을 불러서 먼저 계단을 올라갔다. 그러나 계단에 발을 딛는 순간, 삼월천 중력의 몇십 배에 해당하는 압력이 전해져 와 몸을 움직이지 못했다.

법력을 운용 못 하는 청랑은 바로 나가떨어졌다. 그러나 자존심이 상한 규옥은 법력을 끌어올려 억지로 올라가려 들었다.

그러나 그런 규옥조차 불과 세 번째 계단 만에 포기했다.

계단을 올라갈수록 전해지는 압력이 같이 증가한 탓이었다.

만약 수만 개에 달하는 묵정단 계단을 하나씩 올라갈 때마다 압력이 이런 식으로 계속 증가한다면, 입선이나 공선은 제단 꼭대기에 무엇이 있는지 죽을 때까지 알아내지 못했다.

두 팔을 허리에 올린 규옥이 씩씩대며 불평을 터트렸다.

"계단을 오를 때마다 압력이 증가하는 것을 보면 자하선부를 만든 선인은 정상에 뭐가 있는지 알려 줄 마음이 없나 봅니다."

그때, 계단 옆의 벽을 조사하던 유건이 고개를 저었다.

"흠, 벽에 적힌 글이 모두 사실이라면 그런 건 아닌 것 같구나."

규옥이 유건 옆으로 걸어가 물었다.

"벽에 뭐가 적혀 있습니까?"

"네가 직접 읽어 보도록 해라."

대답한 유건은 규옥이 읽을 수 있도록 옆으로 비켜 주었다. 규옥은 곧 유건이 있던 자리로 가서 벽을 자세히 관찰했다.

벽에는 정말 깨알 같은 크기의 선문이 잔뜩 적혀 있었는데 입선을 제외한 모든 수사가 묵정단 정상에 자리한 사신단(四神壇)에 올라갈 수 있다는 문구가 가장 먼저 눈에 들어왔다.

또, 묵정단 전체에 쇄선묵연라(碎仙墨煙羅)란 법보가 뿜어내는 검은 안개가 드리워져 있어 비행 법보나 비행술로는 절대 사신단까지 올라갈 수 없단 내용이 그 뒤에 적혀 있었다.

마지막에는 계단에 관한 설명이 적혀 있었다. 수만 개에 달하는 계단과 각기 형태가 다른 수십만 개의 난간이 모두 귀하디귀한 만근천압석(萬斤千壓石)으로 만들어져 있어 법력을 다루는 방법을 알아야지만 올라갈 수 있다고 적혀 있었다.

즉, 정상에 있다는 사신단에 가려면 오직 계단을 걸어 올라가는 방법밖에 없었다. 한데 그 계단조차 만근천압석으로 만들어져 법력을 다룰 줄 모르면 올라가지 못한단 의미였다.

손으로 턱을 받친 규옥이 고개를 좌우로 갸웃거렸다.

"법력을 다룰 줄 알아야 한다는 말은 대체 무슨 의미일까요? 선도를 걷는 수사는 대부분 법력을 다룰 줄 알지 않습니까?"

유건은 별로 의아해하는 기색 없이 담담하게 대답했다.

"그 의미를 알아보려면 직접 실험해 보는 수밖에 없겠지."

대답한 유건은 바로 계단으로 걸어가 직접 실험해 보았다. 규옥이 말한 대로 계단에 발을 딛기 무섭게 엄청난 압력이 전해져 와 발을 떼는 일조차 쉽지 않았다. 그는 지닌 법력을 전부 끌어올려 다시 시도해 보았다. 이번에는 전보다 수월하게 계단을 올라갈 수 있었다. 그는 차 한 잔 마실 시간이 지났을 무렵, 계단 10개를 연이어 올라가는 데 성공했다.

한데 그때, 이번에는 압력이 밑에서 위로 전해져 왔다. 순식간에 균형을 잃은 유건은 넘어지기 직전에 간신히 법력을 두 다리 쪽으로 내려보내 굴러떨어지는 추태를 모면했다.

유건은 심호흡하며 끝없이 이어진 계단을 올려다보았다.

'법력을 다룰 줄 알아야 한다는 의미가 이런 거였구나.'

만약, 지금처럼 계단을 어느 정도 오를 때마다 압력이 전해지는 방법이나 방향이 갑자기 달라진다면 곤경에 처할 공산이 아주 높았다. 다음번에는 지금처럼 임기응변을 통해 위기에서 벗어날 수 있을 거라 장담하기가 힘든 탓이었다.

포기한 유건은 계단을 다시 내려가며 속으로 생각했다.

'결국, 사신단이 있다는 제단 정상까지 올라가기 위해서는 성공할 때까지 계속 시도하는 수밖에 없다는 뜻인데…… 정상에 있다는 사신단에 과연 그럴 정도의 가치가 있을까?'

계단을 다 내려온 유건은 고개를 들어 제단 정상을 보았다. 계단이 수직에 가까운 탓에 사신단의 모습은 보이지 않았다.

유건은 계단 옆에 적힌 선문을 다시 한번 정독했다.

'입선을 제외한 모든 수사가 가능하다면 공선 초기인 나나, 소옥 역시 가능하다는 뜻일 것이다. 물론, 이론적으론 말이지.'

문제는 시간이었다. 사신단에 뭐가 있는지도 모르는 상태에서 수십 년 동안 계단만 오르다가 백팔초겁을 맞을 순 없었다.

유건은 한참을 고민한 끝에 마침내 결정을 내렸다.

'그래, 딱 10년만 투자해 보자. 선인이 쇄선묵연라, 만근천압석과 같은 기물을 대량 사용해 이런 제단을 만든 데에는 필시 그럴 만한 사정이 있을 테니까. 만약, 10년을 투자하고도 끝내 오르는 데 실패한다면 미련 없이 포기해야지.'

선도를 걷는 수도자에게 10년은 그렇게 긴 시간이 아니었다. 본인의 한계를 절감한 유건은 3년 남짓한 세월 동안 입정에 들어가 법력을 다루는 방법을 본격적으로 연구했다. 또, 출관한 후엔 모든 시간을 계단 오르는 일에 전부 쏟아부었다.

덕분에 법력을 다루는 기술이 훨씬 늘어 전에는 통과하는 데 며칠이 걸리던 구간을 불과 반나절 만에 돌파하기도 했다.

예상대로 계단은 일정한 간격마다 압력이 전해지는 방향과 세기, 방법 등이 달라져 그에 맞는 대응책을 세워야 했다.

어떤 구간에선 압력이 위에서 밑으로 전해졌다. 또, 그 뒤의 구간에선 압력이 오른쪽에서 왼쪽으로 전해졌다. 심지어 어떤 때는 압력을 가하는 방식이 완전히 달라져 찍어 누르는 게 아니라, 바깥쪽으로 잡아당기는 압력마저 존재했다.

그중 가장 큰 난관은 역시 불규칙하게 움직이는 압력이었다. 압력을 가하는 방향이나 세기, 방법이 일정하다면 맞는 대응책을 세운 후에 안전하게 그 구간을 통과할 수 있었다.

그러나 방향이나 세기, 방법 등이 도중에 갑자기 여러 차례 바뀌어 버리면 도무지 방법이 없었다. 그저 순발력을 이용해 대응하면서 이성이 아닌 본능을 최대한 이용할 뿐이었다.

이성적인 판단을 내린 후에 대응하면 늦는 탓에 시간이 지날수록 본능에 따라 즉각적으로 대응하는 방법을 익혀 나갔다. 유건은 선인이 계단을 만든 의도 역시 그럴 거라 짐작했다.

어쨌든 10년 기한이 얼마 남지 않았을 무렵, 유건은 갖은 난관과 고난을 뚫고 마침내 제단 정상까지 72개의 계단만을 남겨 두고 있었다. 그는 다음 계단을 시도하기에 앞서 고개를 돌려 뒤를 돌아보았다. 계단 중간에 규옥이 서 있었다.

그를 도와 10년 가까이 법력 다루는 법을 연구한 규옥 역시 사신단으로 가는 계단을 반쯤 오르는 데 성공한 상태였다.

유건은 다시 그 앞에 남아 있는 마지막 계단 72개에 집중했다. 그는 우선 계단이 어떤 방식으로 압력을 가해 오는지 알아낼 목적으로 계단 위에 오른발을 천천히 올려놓아 보았다.

한데 그 순간, 엄청난 위력을 뿜어내는 압력이 사방에서 그의 몸을 끌어당겼다. 마치 그의 몸에 낚싯바늘 수만 개를 깊숙이 찔러 넣은 상태에서 사방으로 당기는 느낌과 비슷했다.

유건은 당황해 계단 위에 올려놓은 오른발을 얼른 회수했다. 지금까지는 한쪽에서 다른 한쪽으로 압력이 전해졌다. 한데 이번에는 위아래, 앞뒤, 양옆 여섯 방향에서 동시에 압력이 전해져 와 순간적으로 대처할 방법을 찾지 못했다.

유건은 그 자리에 석상처럼 서서 꼬박 열흘 동안을 연구한 후에야 새로운 방식의 압력에 대항할 대책을 마련해 냈다.

대책은 의외로 간단했다. 체내의 법력을 동시에 여섯 방향으로 움직여 사방에서 끌어당기는 압력에 대항한단 대책이었다.

유건은 바로 실험에 나섰다. 다행히 잘 통해 첫 번째 계단을 불과 반나절 만에 통과할 수 있었다. 이런 식이라면 남은 71개의 계단 역시 금방 통과할 자신이 있었다. 그러나 자신감이 좌절로 바뀌는 데는 그리 오랜 시간이 걸리지 않았다.

두 번째 계단은 압력이 가해 오는 방향이 정반대였다. 이번에는 위아래, 앞뒤, 양옆 여섯 방향에서 강력한 힘을 지닌 압력이 동시에 밀려들어 와 그의 몸을 찌부러트리려 들었다.

'당황하지 마. 첫 번째 계단과 압력의 방향만 다를 뿐이니까.'

중얼거린 유건은 법력을 여섯 방향으로 동시에 내보내 그의 몸을 찌부러트리려는 압력에 대항했다. 결국, 두 번째 계단을 무사히 통과한 그는 쉬지 않고 세 번째 계단에 올라섰다.

한데 세 번째 계단은 압력이 일곱 방향에서 바깥쪽으로, 또, 네 번째 계단은 일곱 방향에서 안쪽으로 각각 전해져 왔다.

'그렇다면 다섯 번째 계단은 압력이 여덟 방향에서 바깥쪽으로 전해지겠군. 여섯 번째 계단은 그 반대일 테고 말이야.'

유건은 다섯 번째 계단과 여섯 번째 계단을 통과하며 자신의 추측이 맞았단 사실을 깨닫고는 입가에 미소를 띠었다.

'흠, 이런 식이라 이거지.'

단숨에 72계단이 간직한 비밀을 간파한 유건은 순식간에 마지막 계단까지 질주했다. 71번째 계단은 압력이 36개 방향에서 바깥쪽으로, 72번째 계단은 압력이 36개 방향에서 안쪽으로 각각 전해져 왔다. 그러나 미리 대비한 유건은 멈칫거리는 법 없이 단숨에 통과하는 놀라운 실력을 선보였다.

마지막 72번째 계단에 이르는 순간, 36개 방향에서 엄청난 압력이 전해져 와 그를 작은 공처럼 찌부러트리려 들었다.

"흠."

그때, 서늘한 미소를 지으며 모든 법력을 끌어올린 유건은 모아 둔 법력을 36개 방향으로 일제히 방출해 압력을 이겨 냈다.

한데 그가 마지막 계단을 통과하는 순간, 만근천압석이 가하던 압력이 눈 녹듯이 사라져 계단 중간쯤에서 고군분투하던 규옥은 물론이거니와 묵정단 밑에서 초조한 표정으로 지켜보던 청랑까지 단숨에 제단 꼭대기에 이를 수가 있었다.

유건은 규옥과 청랑이 도착한 후에야 고개를 돌려 정면을 보았다. 정면에는 입구 벽에 적힌 대로 사신단이 있었다. 엄밀히 말하면 사신단이라기보단 사신상(四神像)에 가까웠다.

정상 정면에는 하늘을 쳐다보는 용을 형상화한 100장 크기의 엄청난 목상이 위엄 있게 서 있었다. 겉에 금박을 입혔지만, 조각상이 뿜어내는 엄청난 나무 속성 기운 때문에 목재로 만든 목상이란 사실을 어렵지 않게 알아낼 수 있었다.

'후후, 소옥이 좋아하겠군.'

초목 출신인 규옥은 오행 중 나무 속성 기운과 떼려야 뗄 수 없는 관계였다. 그런 규옥이 용 형상의 목상이 뿜어내는 엄청난 양의 나무 속성 기운을 받아들여 수련한다면 오랫동안 정체 중인 공선 초기를 벗어날 수 있을 게 분명했다.

실제로 규옥은 용을 형상화한 목상을 보기 무섭게 환희에 젖어 몸을 부들부들 떨었다. 목상이 뿜어내는 엄청난 양의 나무 속성 기운 때문에 법력이 크게 상승했기 때문이었다.

물론, 유건과 청랑 역시 적지 않은 도움을 받았다. 그러나 규옥 정도는 결코 아니어서 그렇게 큰 감흥이 있지는 않았다.

유건은 용을 형상화한 목상 주위를 돌아보며 생각에 잠겼다.

'사신단이 내가 아는 그 사신(四神)을 모신 제단이라면 이건 좌청룡(左靑龍)에 해당하겠군. 왼쪽은 원래 동쪽을 의미하니까. 청룡이 아니라 금룡(金龍)인 것은 예상 밖이지만.'

좌청룡이 있다면 우백호(右白虎), 남주작(南朱雀), 북현무

(北玄武)도 있어야 진정한 사신단이라 할 수 있었다. 유건은 거대한 금룡상을 빙 돌아 남주작이 있을 법한 곳으로 향했다.

그러나 유건은 얼마 가지 않아 걸음을 멈출 수밖에 없었다. 남주작이 있어야 하는 곳에 보라색 결계가 있어 갈 수 없을 뿐만 아니라, 그곳에 뭐가 있는지조차 알 방법이 없었다. 고개를 절레절레 저은 그는 금룡상 쪽으로 발길을 돌렸다.

유건은 금룡상 앞에 서서 용의 형상을 올려다보며 손으로 오른 팔목에 차고 있는 자하제룡검을 쓰다듬었다. 금룡상의 금룡과 자하제룡검의 제룡이 놀랍도록 비슷해 쌍둥이 같았다.

'금룡상과 제룡의 모습이 서로 닮은 데에는 이유가 있을 것이다.'

그때, 자하제룡검이 보라색 빛을 뿜어내며 검 형태로 돌아갔다. 유건은 자하제룡검과 금룡상이 감응하도록 그냥 두었다.

검 형태로 변한 자하제룡검은 공중으로 곧장 치솟기 무섭게 금룡상의 정수리 쪽으로 빨려 들어가 금세 모습을 감추었다.

잠시 후, 금룡상이 갑자기 살아 있는 것처럼 몸을 꿈틀거리더니 입을 크게 벌렸다. 규옥과 청랑이 기겁해 유건 뒤에 숨을 때, 금룡이 벌린 입에서 광선이 쏘아져 나와 허공에 그림을 그려 갔다. 벌어진 입을 다무는 것조차 잊을 정도로 흥분한 유건은 실체를 갖춰 가는 그림에서 눈을 떼지 못했다.

그림은 곧 네 가지 법보로 변화했다. 하나는 그가 잘 아는 자하제룡검이었고 나머지 세 개는 처음 보는 신기한 법보였다.

2장. 묵정단과 일월주

　처음 보는 법보 세 개는 모양이 전부 달랐다. 재질은 금속이나 액체처럼 주변 환경에 따라 모양이 변화하는 검은색 법보를 시작으로, 태극(太極)무늬가 그려진 주황색 날개 한 쌍과 파란색 발톱이 달린 하얀색 가죽 장갑 한 쌍이었다.

　'자하제룡검이 청룡이라면 주황색 태극 날개는 주작, 파란 발톱이 달린 하얀색 가죽 장갑은 백호, 주변 환경에 따라 모양이 변하는 검은 액체는 현무를 형상화한 법보가 분명하다.'

　유건이 법보의 정체를 나름대로 추측 중일 때였다.

　갑자기 그림의 규모가 커지더니 자하선부로 바뀌었다. 그가 잘 아는 등천대, 고양지부터 금제 때문에 아직 가 보지 못한 지역에 있는 호수와 설산, 사막 등을 자세히 묘사한 그림이었다. 아니, 그림이라기보다는 입체에 더 가까웠다. 그림은 크기는 알 수 있어도 높이는 알 수 없다.

그러나 금룡상이 만든 그림은 입체여서 높이와 깊이까지 알 수 있었다.

입체로 표현한 자하선부 그림에서 갑자기 용과 백호, 현무, 주작이 차례대로 나타나 무시무시한 혈투를 벌이기 시작했다.

처음엔 용과 백호, 현무와 주작이 서로 맞붙었는데 첫 번째 싸움에선 용이, 두 번째 싸움에선 현무가 승리했다. 패배한 백호와 주작은 자하선부 밖으로 달아나 모습을 감추었다.

한데 같은 하늘 아래 태양이 두 개일 수 없는 것처럼 이번엔 용과 현무가 서로 맞붙었다. 이번 싸움은 전보다 더 무시무시해 그림으로 보는 것임에도 불구하고 온몸에 소름이 돋을 정도였다.

그렇게 한참을 싸우던 중 용이 펼친 최후의 일격을 감당하지 못한 현무가 패해 밖으로 달아났다.

강력한 경쟁자들을 자하선부 밖으로 쫓아내는 데 성공한 용은 벼락을 부르고 보라색 안개를 뿜어내며 승리를 자축했다.

그러나 그런 용에게도 약점은 존재했다. 그림 속 용은 금룡과 보라색 구렁이, 즉 자교(紫蛟)의 결합으로 만들어진 영물이었다. 한데 금룡은 진짜 용이지만 자교는 용으로 거듭나기 전인 교룡(蛟龍) 상태라 자교는 금룡의 지시에 순종했다. 교룡은 절대 진룡(眞龍)의 상대가 아니기 때문이었다.

한데 그런 상황에서 유건이 자하선부에 등장했다. 유건은 그림에 본인이 등장하는 모습을 보고 깜짝 놀랐다. 용을 보고 겁에 질려 있던 규옥과 청랑 역시 마찬가지였다. 그들은 입체 그림에 등장한 유건을 신기한 눈으로 쳐다보았다.

용은 평소에 금룡상 안에서 휴식을 취했다. 한데 어느 날, 금룡이 여느 때처럼 깊은 잠에 빠지길 기다린 자교가 몰래 금룡상을 빠져나와 유건이 있는 등천대 쪽으로 숨어들었다.

그다음은 유건 역시 아는 내용이었다. 자교는 유건의 팔목을 물어뜯은 후에 보라색 팔찌로 변신했다. 또, 잠이 깨기 무섭게 자교가 도망쳤다는 사실을 눈치 챈 금룡은 화가 머리끝까지 나서 자하선부 전체를 부술 것 같은 벼락을 뿜어냈다.

금룡은 곧 자교의 흔적을 쫓아 등천대로 날아왔다. 그러나 그사이 유건의 피를 흡수한 자교는 힘이 몇 배로 강해져 금룡과의 대결에서 밀리지 않았다.

아니, 오히려 상대를 압도해 결국 금룡을 팔찌에 구속하는 데 성공했다. 그 팔찌가 바로 유건이 지금 오른 팔목에 차고 있는 자하제룡검이었다.

금룡상이 빛을 쏘아 만든 입체 그림은 거기서 끝났다. 그러나 완전한 끝은 아니었다. 그 후에 자하제룡검을 다루는 구결이 공중에 떠올랐다. 구결의 정체를 금세 간파한 유건은 한 글자도 놓치지 않겠다는 각오로 열심히 외워 나갔다.

한데 놀라운 사실은 금룡상이 불러 주는 구결의 내용이 유건이 만근천압석으로 이루어진 계단 수만 개를 올라오면서 깨우친 법술 다루는 방법과 일맥상통한다는 점이었다. 심지어 구결 몇 개는 지금이라도 펼칠 수 있을 정도로 흡사했다.

'이것이 선인이 계단을 만들어 둔 진짜 이유였구나. 구결이 심오해 계단을 올라오면서 법력 다루는 방법을 제대로 익히지 못했으면 자하제룡검의 위력을 끌어내기 어려웠을 것이다.'

구결 마지막에는 어쩌면 가장 중요할 수도 있는 문장이 있었다.

[사신기(四神器)를 얻는 자, 천도(天道)를 손에 넣으리라.]

유건은 애써 흥분을 가라앉히며 복잡한 머릿속을 정리했다.

'사신기는 내가 가진 자하제룡검과 좀 전에 본 기이한 법보 세 개를 의미할 가능성이 크다. 그렇다면 나머지 법보 세 개를 찾아 사신기를 모두 모으면 천도를 얻을 수 있단 건가? 천도는 대도를 의미하기에 최소 산선의 경지에 들 수 있다는 뜻일 텐데 정말 법보 네 개에 그런 힘이 숨겨져 있을까? 수사가 수만 년 동안 고심참담해 가며 수련해도 낙타가 바늘구멍 들어가기보다 어렵다는 산선의 경지를 고작 법보 네 개만으로 이를 수 있다는 말이 믿어지지 않는군.'

그러나 믿기지 않을 뿐이지, 믿기 힘든 것까지는 아니었다. 지금까지 선인이 만든 법보는 모두 굉장한 위력을 지녔다.

선인은 태을성진현경도와 자하제룡검과 같은 무가지보의 법보뿐만 아니라, 하나의 작은 세계라 할 수 있는 자하선부를 만들었다.

그런 능력을 지닌 선인이라면 법보 네 개에 산선에 이를 힘을 숨겨 두는 게 불가능해 보이지만은 않았다.

유건은 팔찌 형태로 돌아온 자하제룡검을 사용해서 금룡상의 입체 그림을 다시 불러냈다. 이번에는 자하제룡검과 같이 있던 법보 세 개를 좀 더 자세히 관찰하기 위해서였다.

자하제룡검을 제외한 세 법보 역시 특징이 뚜렷해 기억하기 쉬웠다. 사신기 중 현무에 해당하는 검은색 법보는 정체를 알 수 없는 금속에 오행의 기운이 담긴 다섯 개의 법보를 합체해 제작한 법보였다. 즉, 기이한 금속은 본체, 오행을 의미하는 다섯 개의 법보는 구동을 위한 열쇠에 해당했다.

또, 태극무늬가 그려진 주황 날개 한 쌍은 음과 양의 기운을 지닌 날개 세 쌍을 하나로 합쳐 제작한 법보고, 파란색 발톱이 달린 흰 가죽 장갑 한 쌍은 발톱 열 개와 장갑 두 개 등

총 열두 개 법보를 합쳐 제작한 진기한 법보였다.

그나마 자하와 금룡으로 이루어진 자하제룡검이 단순한 축에 들 정도로 다른 세 법보 모두 필요한 법보의 수가 많았다.

한데 그때였다.

그림 속 법보를 뚫어져라 쳐다보던 규옥이 기뻐하며 말했다.

"저 검은색 법보의 정체를 알 것 같습니다."

"네가 저 검은색 법보를 안다고?"

유건은 검은색 법보의 정체를 알고 있다는 규옥의 말에 깜짝 놀라 고개를 돌렸다. 거의 천년을 산 헌월선사조차 보거나, 들어 본 적이 없는 법보를 규옥이 안다는 점에서 놀랐다.

그러나 규옥이 경지만 낮을 뿐이지, 나이는 헌월선사보다 훨씬 많다는 점을 떠올리곤 그리 이상한 일은 아니라 여겼다.

또, 규옥은 삼월천에서만 수만 년을 넘게 산 공공자의 제자였기 때문에 사부가 살아 있을 때 많은 정보를 얻었을 터였다.

잔뜩 흥분한 규옥은 반질반질한 코를 벌렁거리며 대답했다.

"아마 지금으로부터 28년 전쯤이었을 겁니다. 녹원대륙 가운데 있는 대국인 봉아제국(鳳牙帝國)에서 검은색 법보와 형태가 같은 법보가 나타나 큰 소동이 벌어진 적 있었습니다."

유건은 눈썹을 찌푸리며 물었다.

"28년 전이란 말이냐?"

"그렇습니다."

규옥의 대답을 들은 유건은 쓴웃음을 금치 못했다.

헌월선사의 기억에 검은색 법보가 없던 이유는 그가 죽은 후에 나타난 법보였기 때문이었다. 28년 전이면 헌월선사가 백진의 손에 참살당하고 몇 년 지났을 때의 일이었다. 또, 유건은 쌍주봉 석실에서 입선 후기를 대성하기 위해 두문불출하던 시기였다.

유건은 규옥에게 어서 계속하란 손짓을 해 보였다.

유건의 재촉을 받은 규옥은 그때부터 입심 좋게 떠들어 댔다.

"소옥은 그때 봉아제국을 돌아다니며 칠채석을 찾던 중이라 기이한 법보가 나타났단 소문을 들을 수 있었지요. 기이한 보물이나 법보가 갑자기 모습을 드러내면 근방에서 난다 긴다 하는 수사들이 죄다 몰려들기 마련이라, 소옥은 얼른 자리를 떴습니다. 하지만 소문엔 계속 귀를 기울였지요. 법보가 누구 손에 떨어지는지 알고 싶었기 때문입니다."

규옥의 이어진 설명에 따르면 곧 법보를 차지하기 위한 싸움이 치열하게 벌어져 수사 수만 명이 죽었을 뿐만 아니라, 봉아제국에서 대대로 이어지던 유서 깊은 종문 10여 개가 망하거나, 아니면 큰 손해를 입어 장기간 봉문에 들어갔다.

또, 법보의 대략적인 생김새 역시 수사들 사이에 소문으로 떠돌았는데 분명 재질은 삼월천에 존재하지 않는 금속이었다. 한데 법보가 지닌 형태는 금속보다 액체와 더 비슷해 담는 용기의 형태에 따라 그 모습을 매번 바꾼다고 하였다.

법보의 첫 주인은 봉아제국 제일 수사인 노오신니(怒汚神尼)였다. 노오신니는 장선 후기 최고봉의 수사로 봉아제국 내에서는 적수가 없었다. 또, 경험이 많고 지닌 지식 역시 방대해 법보의 정체가 그리 단순하지 않다는 사실을 알아냈다.

현재의 법보는 불안정한 상태라서 억지로 연성하려 들면 주인에게 큰 화가 미친다는 점과 법보를 제대로 연성하기 위해선 다섯 개의 열쇠가 필요하단 점 역시 추가로 알아냈다.

그러나 노오신니는 비밀을 더 밝혀내기 전에 봉아제국 밖에서 온 장선 후기 최고봉 수사 세 명에게 포위당해 목숨을 잃었으며 신니가 가지고 있던 법보 역시 행방이 묘연해졌다.

수사들은 노오신니를 죽인 장선 후기 최고봉 수사 세 명을 의심했으나 그들은 애초에 노오신니의 수중에 법보가 없었다는 말만 반복했다. 즉, 위험을 감지한 노오신니가 그녀만 아는 모처에 검은색 법보를 숨겨 놓았을 거라는 뜻이었다.

28년이 지난 지금도 법보의 행방을 쫓는 수사들이 간혹 있긴 하지만, 상대가 장선 후기인지라 대놓고 추궁하지는 못했다.

이젠 생전의 노오신니가 법보에 붙인 이름인 무규신갑(無

竅神匣)이란 명칭만이 수사의 입방아에 가끔 오를 따름이었
다.

유건은 금룡상이 빛을 쏘아 만든 입체 그림 속에 있는 검은
색 법보를 올려다보며 무규신갑이란 이름을 몇 번 되뇌었다.

규옥 역시 주황색 태극 날개 한 쌍과 파란 발톱이 달린 하
얀색 가죽 장갑은 알지 못했기 때문에 사신단에서 알아낼 수
있는 정보는 그게 전부였다. 남주작과 북현무가 있는 방향에
는 보라색 결계가 깔려 있어 애초에 갈 방법이 없었다.

등천대로 돌아가기 전에 빼먹은 게 있는지 확인하던 유건
은 청랑이 천장을 올려다보며 시끄럽게 짖는 모습을 보았다.

유건은 고개를 들어 천장을 관찰했다. 전에는 아주 높은
곳에 있는 듯 보이던 일월구가 이제는 날아오르면 금방인
500여 장 위에 있다는 사실 외에 특별히 이상한 점은 없었다.

유건은 청랑을 손짓해 불러 물었다.

"천장에 뭐가 있느냐?"

코를 킁킁거리던 청랑은 유건이 허리에 찬 법보낭을 바라
보며 두 번 짖었다. 또, 법보낭을 보며 짖은 후에는 다시 천장
을 바라보며 두 번 짖었다.

잠시 고민하던 유건은 뭔가 번득 떠오르는 생각이 있어 급
히 일월구 쪽으로 몸을 날렸다.

쇄선묵연라가 뿜어내던 검은색 연기로 이루어진 비행 금
지 결계가 만근천압석의 효과가 사라질 때 같이 사라졌기 때

문에 유건은 비행술을 펼치는 데 전혀 지장을 받지 않았다.

일월구 근처에 도착한 유건은 청랑이 천장을 바라보며 짖던 이유를 바로 깨달았다. 일월구는 원래 유리로 만들어진 투명한 공 안에 들어 있었다. 한데 투명한 공 바깥에 육각형으로 이루어진 물체를 끼울 수 있는 홈이 36개 파여 있었다.

'홈의 형태와 거울 법보의 형태가 똑같은 데에는 반드시 그럴 만한 이유가 존재할 것이다. 설마 선인이 저번처럼 우리를 골탕 먹이기 위해서 이런 장난을 쳐 두었을 리는 없으니까.'

유건은 주저 없이 법보낭에 보관해 둔 거울 법보 9개를 꺼내 그 홈에 끼워 보았다. 전에 규옥에게서 거울 법보가 만들어 낸 공간 균열의 위력이 무시무시하다는 소리를 들었지만 별로 걱정하지 않았다. 오히려 걱정보다는 기대가 더 컸다.

유건은 기대에 찬 표정으로 거울 법보를 홈에 맞게 끼웠다. 그러나 변화가 전혀 없었다. 공간 균열이 생기지도, 일월구가 변하지도 않았다. 끼우기 전과 달라진 게 전혀 없었다.

유건은 실망감을 감추지 못했다.

'홈이 36개니까 거울 법보도 36개를 다 찾아야 변하는 건가?'

그때, 유건을 쫓아온 청랑이 뒤에서 시끄럽게 짖어 댔다.

유건은 미간을 찌푸리며 청랑 쪽으로 고개를 돌렸다.

"뭐 때문에 시끄럽게 짖는……."

그러나 유건은 말을 다 끝마치지 못했다. 고양지가 있던 지역에 지하수가 흐르는 거친 암석지대가 나타났기 때문이었다.

"설마?"

유건은 남은 거울 8개를 전부 홈에 끼워 넣어 보았다. 예상대로 거울을 하나씩 끼울 때마다 등천대, 만만림, 암선벽, 칠령전 등이 사라지고 그 자리에 전혀 다른 풍경이 펼쳐졌다.

어떤 데는 흙만 가득했고 또 어떤 데는 암석과 광석이 뒤섞여 있었다. 심지어 어떤 덴 지하수가 펑펑 솟아나기도 하였다.

이는 영락없이 땅을 뚫고 들어갔을 때 흔히 보는 풍경이었다. 즉, 등천대, 만만림 등이 감쪽같이 사라져 버린 상태였다.

유건은 거울 법보가 부리는 묘기에 감탄을 금치 못했다.

'거울 법보를 일월구에 붙이면 자하선부 일부가 사라지는구나. 그렇다면 반대로 거울을 떼면 원대대로 돌아가는 걸까?'

유건은 내친김에 거울 하나를 다시 홈에서 떼어 내 보았다. 예상대로 조금 전에 모습을 감춘 고양지가 다시 자하선부에 나타났다.

그는 좀처럼 믿을 수 없어 같은 동작을 반복했다. 한데 정말로 거울을 일월구 홈에 끼우면 자하선부 일부가 사라지고 거울을 떼면 사라진 일부가 다시 나타났다.

떼어 낸 거울 9개에 부적을 붙여서 다시 법보낭에 집어넣은 유건은 조금 더 뒤로 물러나서 일월구 전체를 둘러보았다.

'만약, 거울 36개를 전부 찾아 일월구에 붙이면 어떻게 되는 거지? 자하선부 전체가 일월구 안으로 들어가 버리는 걸까?'

유건은 오래지 않아 선인이 일월구와 거울 법보를 만든 이유를 깨달았다. 자하선부와 같은 엄청난 크기의 공간을 멀리 떨어진 곳으로 이동시키는 일은 아무리 천선이라 해도 쉽지 않을 게 분명했다. 그런 이유에서 일월구와 거울 법보를 따로 제작해 그 안에 자하선부를 집어넣은 게 틀림없었다.

'어쩌면 거울 36개를 다 찾을 경우, 일월구를 아주 작게 줄여 법보낭에 보관하는 일이 가능할지도 모른다. 그렇다면 그 후에는 어디를 가든 자하선부를 가지고 다닐 수 있겠지.'

유건은 뛰어난 후각으로 거울 법보와 일월구의 관계를 알아낸 청랑을 칭찬하며 거울 법보를 더 찾을 수 있는지 물었다.

청랑은 주인을 실망하게 만들어서 미안하다는 것처럼 꼬리를 엉덩이 사이에 말아 넣고는 낑낑거리며 고개를 저었다.

유건은 청랑의 목덜미를 긁어 주며 미소를 지었다.

"미안해할 필요 없다. 어차피 그럴 거라 예상했으니까."

자하제룡검을 얻은 후에 거울 법보가 나타난 것처럼 다른 지역에 있는 거울 법보 역시 그 지역의 열쇠에 해당하는 사신기 중 하나를 얻은 후에 모습을 드러낼 게 틀림없었다.

규옥이 사신단에서 계속 수련할 수 있게 해 준 유건은 청랑
만 데리고 등천대로 다시 돌아갔다. 한데 그로부터 얼마 지나
지 않아 자화연 일대에 뭔가 일이 생기려는 조짐이 보였다.

◆ ◇ ◆

유건은 3년 동안 칩거하며 공선 초기 대성을 시도했다. 그
러나 시도는 번번이 실패로 돌아갔다. 공선 초기 대성에 필요
한 법력은 충분했다.

공선에 진입할 때 겪은 탈경조령 덕분에 공선 초기가 아니
라, 거의 후기에 가까운 법력을 보유한 상태였다. 심지어 막
대한 양의 천지 영기가 단전 한쪽에 공처럼 뭉쳐서 법력으로
바뀔 날만 기다리는 중이었다.

그러나 법력이 많다고 해서 공선 초기를 대성할 수 있는 것
은 아니었다. 당연한 얘기일지 모르지만, 경지를 대성하기 위
해서는 충분한 법력과 더불어 모종의 깨달음이 필요했다.

유건은 공선 초기를 대성하기 위해 3년 동안 수십 가지 방
법을 시도했으나 번번이 실패해 다른 방법을 찾는 중이었다.

헌월선사가 남겨 놓은 영약과 규옥이 새로 제조한 영약을
연달아 복용해 공선 초기를 대성한다는 최후의 도박마저 실
패로 돌아간 다음엔 마음이 답답해져 초옥에 더 있지 못했다.

이제 남은 방법은 자하선부를 나가서 본격적으로 선도의 세계에 발을 딛는 수밖에 없었다. 그편이 자하선부 초옥에 처박혀 혼자 궁상떠는 지금보다는 성공할 확률이 높았다.

본인의 한계를 절감한 유건은 한숨을 내쉬었다.

'쳇, 흔하디흔한 얘기가 아닌가. 다음 경지로 나아가기 위해서는 일종의 깨달음이 필요하다. 그리고 그 깨달음을 얻는 가장 빠른 방법은 역시 세상을 돌아다니며 최대한 많은 경험을 쌓는 것이다. 이 얼마나 케케묵은 이야기란 말인가.'

그러나 유건은 천령근을 타고난 선재였다. 그가 지금의 울적한 감정을 떨쳐 버리는 데는 많은 시간이 필요하지 않았다.

'하지만 이를 반대로 생각하면 많은 수사들이 이를 통해 어느 정도 성과를 봤기에 이런 얘기가 상식처럼 여겨지는 거겠지.'

유건은 자신이 남보다 재능이 뛰어나고 더 특별하다고 자부하던 많은 수사가 선도라는 장도(壯途)에 올라 겪는 좌절감, 패배감, 절망감, 허무함에 빠지지 않기 위해 노력했다.

수사가 타고나는 수만 종류의 선근 중에 열 손가락에 꼽힌다는 천령근을 타고난 그가 이럴진대 그보다 떨어지는 선근을 지닌 수사의 고충은 이루 말할 수 없을 게 분명했다.

수사 대부분은 입선 초기, 혹은 중기 단계에서 자신의 한계를 절감하고 다음 경지로 나아가기 위해 정진하는 일을 포기했다.

그런 수사들은 속세에 나가 부귀영화를 탐하거나, 아니면 강한 수사 밑에서 보호를 받으며 노비로 전전하다가 큰 전쟁에 강제로 끌려 나가 허무하게 목숨을 잃었다.

또, 운이 좋아 큰 전쟁에서 끝까지 살아남더라도 백팔초겁을 통과하지 못해 윤회의 강을 건넜다. 선도를 걷는 수사가 입선을 넘어 공선에 이르렀단 사실 자체가 이미 다른 수사보다 훨씬 뛰어난 재능, 혹은 배경을 지니고 있단 증거였다.

유건이 어머니 품처럼 아늑한 자하선부를 떠나 황야보다 더 거친 선도의 세계에 뛰어들기로 거의 마음을 굳혔을 때였다.

사신단에서 수련에 매진하던 규옥이 헐레벌떡 뛰어 들어왔다.

"일월구가 이상합니다!"

"어떻게 이상하단 것이냐?"

"일월구에 있는 36개의 홈 중 하나가 깜빡거리고 있습니다."

"가 보자."

유건은 규옥을 데리고 사신단으로 곧장 날아가 일월구를 조사했다. 규옥의 말대로 거울을 끼우는 일월구의 홈 중 하나가 깜빡거리며 불안정한 모습을 보였다. 잠시 고민한 유건은 법보낭에서 거울 법보를 꺼내 깜빡거리는 홈에 끼웠다.

그러나 저번처럼 그가 조금 전까지 머무르던 등천대가 사라진 것 외에 달라진 점은 보이지 않았다. 미간을 찌푸린 그는 시험 삼아 거울의 방향을 반대로 해서 다시 끼워 보았다.

그 순간, 거울이 빛을 뿜어내며 공중에 입체 그림을 만들어 냈다. 처음에는 흐려서 입체 그림의 내용이 잘 보이지 않았다. 그러나 어느 정도 시간이 흐른 다음에는 눈으로 직접 볼 때처럼 선명하게 변했다. 유건은 입체 그림에 나오는 주변 배경이 왠지 모르게 친숙해 급히 기억을 뒤져 보았다.

유건은 곧 입체 그림의 배경이 자하선부가 자리한 자화연 상공임을 알아낼 수 있었다. 들어올 때 딱 한 번 본 게 전부지만 워낙 인상적이었던 탓에 뇌리에 선명하게 박혀 있었다.

유건은 입체 그림을 만들어 낸 거울의 신묘한 기능에 감탄했다. 거울을 앞으로 해서 일월구에 끼우면 공간 법보로 변했다. 한데 뒤로 해서 끼울 땐 지금처럼 외부 상황을 보여 주는 기능을 하였다. 그야말로 감탄이 절로 나오는 상황이었다.

'도대체 이 선부에는 얼마만큼의 비밀이 숨어 있다는 말인가.'

그때, 흥분한 규옥이 입체 그림을 가리키며 방방 뛰었다.

"앗, 누가 나타났습니다, 공자님!"

그 말에 유건 역시 입체 그림에 다시 집중했다.

규옥의 말처럼 자화연 상공에 수사 1,000명이 모여 있었다. 몸에 검은색 가사를 걸친 모습을 봐서는 불문 제자로 보였다. 승려들은 자화연 주위를 돌아다니며 무언가를 찾았다. 몇 명은 자화연에 뛰어들어 연못 내부를 샅샅이 수색했다.

유건은 몸을 흠칫했다. 승려들의 정체와 승려들이 지금 무엇을 찾는 중인지 알아냈기 때문이었다. 승려들은 이 일대에서 두 번째로 큰 종문인 낙낙사의 승려였다. 또, 낙낙사의 승려가 찾는 사람은 그들의 동료인 마람존자가 분명했다.

낙낙사 승려인 마람존자는 유건과 규옥을 추적해 자화연 밑에 있는 자하선부에 침입했다가 결계에 갇혀 목숨을 잃었다.

한데 마람존자가 사망한 지 20년이 훌쩍 넘어 거의 26년에 이른 지금에서야 낙낙사가 승려들을 대거 파견해 그의 흔적을 쫓는 데는 분명 특별한 이유가 있을 것이 분명했다.

거의 사흘에 걸쳐 자화연 바깥과 내부를 샅샅이 수색한 낙낙사 승려들은 결국 마람존자의 흔적을 찾는 데 실패했는지 자화연 상공에 집결해 뭔가 심각한 대화를 나누기 시작했다.

사흘 동안 뜬 눈으로 그들을 감시하던 유건이 쓴웃음을 지었다.

"거울이 말소리까지 들려주면 금상첨화일 텐데 말이야."

한데 거울이 마치 그의 말을 훔쳐 들은 것처럼 승려들이 나누는 대화를 영상과 같이 들려주었다. 고개를 절레절레 저은 유건은 승려들이 나누는 대화의 내용에 귀를 기울였다.

대화를 주도하는 이는 턱과 배에 살집이 두둑한 노승이었다.

"마람이 영선을 쫓아 자화연으로 왔다는 정보가 확실한 것이냐?"

고목처럼 마른 새까만 중년 승려가 공손한 어조로 대답했다.

"틀림없습니다, 사백님. 이는 본사(本寺)의 진산법보(鎭山法寶) 중 하나인 회회경(回回鏡)을 통해 알아낸 정보입니다."

사백이라 불린 노승이 혀를 끌끌 차며 탄식을 금치 못했다.

"마람이란 녀석이 우배성에서 사라졌다는 보고가 올라왔을 때 제자들을 보내 조사하지 않았던 일이 천추의 한이로구나."

고목처럼 마른 새까만 중년 승려가 노승을 위로했다.

"어쩔 수가 없는 일이었습니다, 사백님. 후양종 놈들에게 대항할 아주 중요한 법보의 연성에 최소 산선계 3품 이상에 해당하는 영선의 정혈이 필요할 줄 어느 누가 알았겠습니까?"

그때, 반대편에 서 있던 잘생긴 젊은 승려가 끼어들었다.

"손미(巽眉) 사백님, 만마귀혼술(萬魔歸魂術)로 마람의 혼백을 불러내 영선을 추적할 실마리를 찾는 게 어떻겠습니까?"

새까만 승려가 미간을 잔뜩 찡그리며 젊은 승려를 타박했다.

"오휴(吳然) 사제, 만마귀혼술을 사용해 윤회의 강에 떨어진 마람의 혼백을 강제로 불러내면 혼백에 마성(魔性)이 깃들어 이후에 마귀로 다시 태어난다는 사실을 모르는 것이냐?"

오휴라 불린 젊은 승려가 눈썹을 찌푸리며 대답했다.

"사제라고 어찌 그런 중요한 사실을 모르겠습니까? 하지만 후양종이 저리 나오는 마당에 가만히 앉아서 당하고 있을 수만은 없는 일 아닙니까? 만약 본사가 후양종에 점령당하면 그들은 낙낙사 제자의 생혼을 뽑아 강시로 만들려 들 것입니다. 설마 마봉(馬蜂) 사형께서는 마람 하나를 윤회시키기 위해 낙낙사 10만 제자를 저들에게 바칠 작정입니까?"

생혼을 뽑아 강시로 만든다는 말에 마봉 역시 더는 반대하지 못했다. 생혼을 뽑아 강시로 만들면 강시가 파괴당할 때까지 그 혼백은 윤회의 강을 건너지 못한다.

수사는 원래 죽는 것보다 윤회하지 못하는 쪽에 더 두려움을 느끼는 족속이라 그다음부턴 아무도 오휴의 의견을 거스르지 못했다.

시간이 촉박한 탓인지 만마귀혼술을 펼치는 데 필요한 제단이 금세 만들어졌다. 그들은 자화연 북쪽에 9층으로 이루어진 거대한 제단을 만들었는데 제단 주위에 악귀를 그린 깃발 수천 개를 꽂았고 정상엔 피를 채운 욕조를 설치했다.

제단을 완성한 다음에는 손미선사가 직접 피를 채운 욕조에 들어가 가부좌한 상태에서 처음 들어 보는 진언을 외웠다.

고목처럼 마른 시커먼 승려인 마봉과 젊고 잘생긴 승려인 오휴 두 명은 손미선사 좌우에 서서 혹시 생길지 모르는 변고에 대비했다.

낙낙사의 명운이 만마귀혼술에 달린 상황이나 마찬가지인 탓에 대법 중에 실수하거나, 태만한 태도를 보인 승려는 오휴와 마봉이 날린 법검에 목이 잘려 죽었다.

대법 중에 죽어 나간 승려의 숫자가 서른이 넘었을 때였다. 고요하던 대지에 마침내 눈에 띄는 변화가 생겼다. 먼저 바람 한 점 불지 않던 제단 주위에 갑자기 강풍이 몰아쳐 악귀를 그려 넣은 깃발 수천 개가 찢어질 것처럼 펄럭였다.

이변은 그뿐만이 아니었다. 사방에서 귀신이 울부짖는 소리가 메아리치며 퍼지다가 파란 하늘이 금세 핏빛으로 변했다.

자신들의 기도가 황천(黃泉)에 닿았음을 직감한 낙낙사 승려 수백 명은 즉시 목소리를 높여 진언을 합창했다.

법력이 웅후한 승려 수백 명이 동시에 같은 진언을 외우는 모습은 장관이 따로 없었다. 마치 엄청나게 큰 범종을 울리는 것처럼 윙윙거리는 메아리가 수만 리 밖까지 뻗어 나갔다.

겉모습만 봐서는 불심 깊은 불제자들이 부처님께 깨달음을 간절히 구하는 모습처럼 보였다. 그러나 실상은 전혀 달랐다.

승려 수백 명의 법력이 가득 담긴 진언은 제단 9층 꼭대기에서 하나로 합쳐져 무형의 파동을 일으켰다. 또, 파동은 곧 날카로운 칼로 변해 붉게 변한 하늘을 단숨에 갈랐다.

붉게 변한 하늘이 찢어지는 순간, 그 안에서 요사한 기운에 둘러싸인 검은색 마차 한 대가 시끄러운 말발굽 소리를 내며 튀어나와 붉은 하늘을 은하수처럼 갈랐다. 마차는 머리가 없는 하얀 말 16마리가 끌었고 마부석 위에는 회색 갑옷을 걸친 거인이 해골이 달린 장창을 쥔 채 우뚝 서 있었다.

또, 마차 양옆과 뒤에선 회색 갑옷을 걸친 해골 병사 수천 명이 다양한 무기를 손에 쥔 채 마차를 호위하는 중이었다.

거인과 마차, 해골 병사가 뿜어내는 요사한 기운이 그 일대 전체를 뒤덮어 낙낙사 일행은 숨조차 제대로 내쉬지 못했다.

고삐를 당겨 마차를 세운 거인이 음산한 목소리로 입을 열었다.

"만마귀혼술을 써서 본왕을 소환한 것이 너희들이냐?"

손미선사가 일어나 지극히 공손한 태도로 대답했다.

"그렇습니다."

"용건이 무엇이냐?"

"삼월천 녹원대륙 낙낙사 제자인 마람이란 자의 혼백을 돌려주시면 귀왕(鬼王)께서 좋아하실 만한 선물을 바치겠습니다."

회색 갑옷을 걸친 거인의 눈빛이 대번에 탐욕으로 일그러졌다.

"선물이 본왕의 마음에 들면 거래하도록 하지."

"분명 마음에 드실 겁니다. 어서 귀왕님께 선물을 보여 드려라."

"예, 사백."

손미선사의 지시를 받은 마봉과 오휴는 즉시 앞으로 나가 귀기(鬼氣)가 감도는 붉은 수정 100여 개를 공손하게 바쳤다. 붉은 수정은 8면으로 이루어져 있었다.

한데 면마다 요사한 기운이 풀풀 풍기는 악귀의 얼굴이 새겨져 있어 문외한이 보더라도 심상치 않은 물건임을 쉽게 짐작할 수 있었다.

탐욕에 젖은 눈으로 붉은 수정을 조사하던 회색 갑옷 거인은 선물이 마음에 들었는지 흡족한 표정을 감추지 않았다.

"이런 척박한 땅에서 용케 귀면정(鬼面晶)과 같은 귀한 물건을 100여 개나 구했구나. 좋다. 너희들이 바라는 대로 마람이란 자의 혼백을 돌려보내 주마. 단, 조건이 하나 더 있다."

손미선사가 공손하게 대답했다.

"말씀하십시오."

회색 갑옷 거인이 기다란 혀로 입맛을 다신 후에 대답했다.

"돌아가기 전에 인간의 싱싱한 피와 살을 배불리 먹고 싶구나."

"바로 대령하겠습니다."

대답한 손미선사가 마봉과 오휴에게 눈짓을 보냈다. 잠시 후, 마봉과 오휴 두 명이 승려 100여 명을 데리고 인근 마을로 날아가 그곳에 살던 범인 수천 명을 산 채로 잡아 왔다.

얼떨결에 끌려온 범인들은 마치 도축장에 끌려온 소, 돼지처럼 법결에 제압당한 상태에서 회색 갑옷 거인과 거인이 데려온 해골 병사의 입속으로 사라졌다.

100여 명이 넘는 인간을 통째로 씹어 먹고 나서 길게 트림한 회색 갑옷 거인은 기다란 혀로 피가 잔뜩 묻은 입술을 훔치며 만찬을 끝냈다.

술에 취한 듯 얼굴이 붉어진 회색 갑옷 거인은 손가락으로 자신이 타고 온 마차를 가리켰다. 잠시 후, 마차 바닥에서 회색 뱀처럼 생긴 실 수백 개가 솟아올라 공중을 떠다녔다.

회색 갑옷 거인이 다시 손가락을 튕겨 법결을 날리는 순간, 회색 실들이 한군데로 모여 사람의 형체를 만들어 냈는데 바로 자하선부 결계에 빠져 죽은 마람존자의 혼백이었다.

황천에서 소환해 낸 마람존자의 혼백을 손미선사에게 넘겨준 회색 갑옷 거인은 목 없는 백마(白馬)의 기수를 돌려 핏빛 하늘 사이에 뚫려 있는 검은색 공간 속으로 다시 돌아갔다.

만마귀혼술을 펼친 목적을 완벽히 이룬 손미선사는 쾌재를 부르며 바로 혼백을 고문해 영선의 행방을 알아내려 하였다.

손미선사가 날린 얇은 침이 몸에 박힐 때마다, 마람존자의 혼백이 괴로워하며 회색빛으로 이루어진 입체 화면을 토해냈다. 입체 화면은 마람존자의 기억을 영상화한 게 분명했다.

손미선사는 마람존자의 혼백에 박힌 침을 능숙하게 조절해 필요 없는 부분을 재빨리 넘기고 필요한 부분만 재생했다.

곧 입체 화면이 마람존자가 유건과 규옥을 발견한 부분을 재생했다. 마람존자가 유건을 죽이기 위해 부하들을 내보낸 일, 또 그 부하들이 모두 죽고 안익조만 살아 돌아온 일, 안익조가 펼친 혼우추혈술로 유건과 규옥의 뒤를 쫓던 일 등이었다. 마지막 화면에는 마람존자가 안익조를 데리고 자화연 상공에 나타나 주변을 두리번거리는 모습이 등장했다.

손미선사, 마봉, 오휴는 눈도 깜빡이지 않은 채 입체 그림을 주시했다. 이제 마람존자가 어떻게 죽었고, 또 마람존자가 쫓던 영선이 어디로 갔는지 알려 줄 실마리가 나올 차례였다.

반대로 자하선부 안에서 이 모습을 지켜보던 유건은 손에 땀이 흥건했다. 마람존자가 자화연 지하에 있는 자하선부에

들어갔다가 결계에 갇혀 죽었다는 사실을 낙낙사 승려들이
알면 자하선부의 정체가 세상에 드러날 수밖에 없었다.

한데 그때였다.

부아아아앙!

까마득한 높이에서 떨어진 거대한 도끼 하나가 고문을 받
던 마람존자의 혼백을 그대로 갈라 버렸다. 도끼에 두 토막으
로 잘려 나간 마람존자의 혼백은 회색 실로 가닥가닥 끊어져
흩어졌다. 도끼에 특별한 이능이 들어 있는 것이 분명했다.

눈앞에서 마람존자의 혼백을 잃어버린 손미선사는 치솟는
화를 주체 못해 온몸의 터럭이 하늘로 곤두섰다. 귀면정을 구
하는 데 쓴 오행석이 거의 웬만한 나라 하나의 재정과 맞먹었
다. 무엇보다 마람존자의 혼백을 잃어버린 탓에 이젠 법보를
연성하는 데 꼭 필요한 영선을 추적하지도 못했다.

마봉과 오휴를 포함한 낙낙사 다른 승려들 역시 화가 나기
는 마찬가지였다. 그들은 즉시 각종 법보를 발출해 도끼가 날
아든 구름을 덮치려 하였다.

그러나 장선 중기에 이른 강자인 손미선사는 무언갈 눈치
챘는지 재빨리 신색을 회복하더니 다른 승려에게 경거망동
하지 말라는 엄명을 내렸다.

마봉과 오휴 역시 장선 초기의 만만치 않은 강자였다. 그러나 장선에 든 지 이제 1, 2백 년에 불과한지라, 조심해서 상대할 필요가 있는 각 종파의 강자들을 많이 알지 못했다.

손미선사의 태도가 심상치 않음을 감지한 두 승려는 재빨리 법보를 집어넣었다. 장선인 마봉과 오휴가 그럴진대 나머지 오선, 공선이야 두말할 필요가 없었다. 그들은 민망한 표정으로 급히 물러나 손미선사가 대국을 주도하게 하였다.

손미선사가 구름 근처로 날아가 합장했다.

"척 시주(戚施主), 잡배들처럼 구름 속에 숨어 웬 귀신놀음이랍니까? 까마득한 후배들 보기가 민망하지도 않은 겝니까?"

그때, 못으로 유리를 긁는 것 같은 날카로운 음성이 들려왔다.

"크크크, 인제 보니 손미 땡중이었구만."

척 시주란 자에게 땡중이란 소릴 들었음에도 손미선사는 평정을 잃지 않았다. 오히려 눈빛은 전보다 더 깊이 가라앉았다.

"척 시주께서 제 발로 나오지 않겠다면 어쩔 수 없이 노납이 직접 손을 써야겠구려. 어디 막을 수 있으면 막아 보시오."

손미선사가 입을 크게 벌리는 순간, 은색 비검 한 자루가 튀어나와 척 시주란 자가 숨어 있는 구름 속으로 빨려 들어갔다.

구름 속에 숨은 척 시주는 좀 전에 마람존자의 혼백을 둘로 가르는 데 쓴 도끼를 재차 발출해 은색 비검을 상대했다.

캉캉캉캉캉!

도끼와 비검이 맞부딪힐 때마다 벼락이 치고 강풍이 불었다.

비검 한 자루론 승기를 잡기 어렵단 판단이 들었는지 손미선사가 법보낭에서 새카만 목탁을 꺼내 두드리기 시작했다.

목탁은 과연 위력이 대단했다. 목탁 소리가 둥둥 울릴 때마다 척 수사가 숨은 구름이 뭉텅이로 잘려 나갔다.

척 수사 역시 법보를 몇 개 꺼내 목탁이 발출하는 무형의 음파를 막아 갔다. 그러나 쉽지 않은지 구름은 계속해서 줄어들었다.

"척 시주의 성미는 300년 전과 변한 게 전혀 없구려!"

그때, 노호를 터트린 손미선사가 목에 건 염주를 뜯어 허공에 뿌렸다. 새알만 한 굵은 염주가 폭발하며 부처 형상을 한 환영을 잇달아 만들어 내 머리 위쪽을 철통같이 방어했다.

그 순간, 허공에서 튀어나온 날개 달린 뱀이 부처 형상을 한 환영에 막혀 튕겨 나갔다. 척 수사가 영수로 손미선사를 기습하려다가 눈치 빠른 상대에게 철저히 막힌 모습이었다.

척 수사가 비릿한 냉소를 흘리며 신경질적으로 대꾸했다.

"크크크, 땡중 역시 눈치 빠른 건 그때나 지금이나 똑같구면."

그때였다.

콰콰콰쾅!

갑자기 마른하늘 위에서 금은색 벼락이 미친 듯이 내리쳐 척 수사가 숨은 구름 속을 강타했다. 벼락이 얼마나 강하던지 벼락이 내려친 자리는 구름이 흔적조차 없이 사라졌다.

구름이 사라지는 순간, 그 안에서 키가 5척에 불과한 중노인 하나가 튀어나와 재빨리 달아났다. 중노인은 하관이 좁은 세모꼴 얼굴에 붉은색 동공까지 세로로 서 있어 늙은 뱀을 연상시켰다. 그가 바로 손미선사를 희롱하던 척 수사였다.

척 수사는 갑자기 내리 닥친 금은색 벼락에 손해를 많이 봤는지 왼팔이 불에 크게 그을려 반 가까이 녹아내린 상태였다.

척 수사가 바퀴 달린 수레에 올라타며 온갖 저주를 퍼부었다.

"뇌명(雷鳴), 오늘의 이 원한은 절대 잊지 않을 것이야!"

그때, 험상궂은 인상의 중년 승려가 고공에서 날아들며 외쳤다.

"척사평(戚蛇平), 네놈의 질긴 명운도 여기까지니라!"

뇌명이라 불린 험상궂은 인상의 중년 승려는 좀 전에 막강한 위력을 보인 금은색 벼락을 다시 불러내 상대를 공격했다. 또, 손미선사 역시 그에 뒤질세라 은색 비검과 새카만 목탁을 날려 척사평이 도주하지 못하도록 퇴로를 막아 갔다.

장선 두 명이 만든 포위망에 갇힌 척사평은 도주하기 힘들 거란 판단을 내렸는지 즉시 몸을 열 배로 키워 거인으로 변신했다. 장선 초기답게 놀랍도록 빠른 태세전환이었다.

방어 법보 다섯 개로 물샐틈없는 보호막을 펼친 척사평은 도끼를 옆으로 눕혀 뇌명선사의 금은색 벼락을 튕겨 냈다. 또, 그가 애지중지하는 영수인 날개 달린 흰 뱀으로는 손미선사가 날린 검은색 목탁과 은색 비검을 동시에 막았다.

척사평의 대처는 거기서 끝나지 않았다. 노란 깃발을 휘두르는 순간, 회오리 수십 개가 하늘과 땅을 찢으며 질주했다.

이에 공격하는 쪽인 뇌명선사와 손미선사 역시 각자 자신 있는 술법과 법보를 방출해 척사평을 더 강하게 몰아붙였다.

척사평과 낙낙사 두 장선은 사실 도달한 경지가 엇비슷했다. 결국, 숫자에서 밀린 척사평이 먼저 손발이 어지러워졌다.

거기다 척사평은 뇌명선사의 기습에 당해 상처를 입은 몸이었기 때문에 차 한 잔 마실 시간이 지났을 무렵에는 패색이 짙어져 목숨이 경각에 처했다.

뇌명선사와 손미선사는 신이 나서 법보의 위력을 높여 갔다. 여기서 척사평과 같은 적의 강자를 미리 없애 놓으면 그나마 불행 중 다행이었다.

손미선사가 던진 파란색 장창이 수천 개의 허상을 만들어 내 상대의 혼을 빼놓기 무섭게 손발이 어지러워진 척사평이 금세 파탄을 드러냈다. 이를 놓칠 리 없는 뇌명선사가 휘파람을 길게 불며 곧장 날아가 양손을 앞으로 힘껏 뻗었다.

뇌명선사의 양손 장심에서 보라색 불길이 용트림하듯이 곧장 뻗어 나가 파탄이 드러난 척사평의 약점을 매섭게 노려 갔다.

보라색 불길에 휩싸인 척사평은 부적까지 태워 가며 저항했으나 얼마 버티지 못할 것 같았다. 한데 그때 누구도 예상치 못한 일이 벌어졌다.

세 수사가 대결하던 전장 바로 위에서 은색으로 물든 거대한 손이 나타나 척사평을 낚아챘다.

졸지에 적을 놓친 뇌명선사와 손미선사가 어안이 벙벙해져 뇌력을 퍼트릴 때, 100여 리 밖에서 낭패한 표정을 한 척사평과 얼굴에 가면을 쓴 갈색 머리카락 여인이 나타났다.

갈색 머리카락 여인이 냉랭한 목소리로 경고했다.

"낙낙사 장로인 뇌명선사와 손미선사가 합작하여 후양종 장로 하나를 협공했을 때는 이미 어느 정도 각오가 선 거겠지요?"

갈색 머리카락 여인은 뇌명선사와 손미선사의 대답을 기다리지도 않고 그대로 소매를 말아 올려 척사평을 휘감았다.

"기다리시오!"

다급해진 뇌명선사와 손미선사가 전속력으로 달려갔을 땐 이미 척사평을 휘감은 갈색 머리카락 여인이 은색 폭포로 변해 모습을 감췄다. 그야말로 귀신이 곡할 만한 실력이었다.

낭패한 표정을 지은 손미선사가 한숨 섞인 불호를 내쉬었다.

"여인의 실력이 범상치 않은데 뇌명은 그녀가 누군지 아시오?"

뇌명선사가 여인이 사라진 방향으로 굵은 가래침을 퉤 뱉었다.

"그 계집은 후양종 종주의 애첩인 은심 선자(銀心仙子)일 거요."

후양종 장로들을 놓친 두 선사는 자화연으로 돌아가 상의했다.

이미 후양종과는 불구대천의 원수나 마찬가지인 상황에서 장로급끼리 목숨을 걸어 가며 사투를 벌인 탓에 다른 방도가 없었다. 결국, 두 선사는 본사에 구원을 요청하는 한편, 자화연 안팎을 다시 한번 샅샅이 수색하기로 결정을 내렸다.

척사평이 방해하는 바람에 실패했지만 어쨌든 마람존자가 자화연에서 누군가를 찾았단 사실을 확인하는 덴 성공했다. 거기에 마람존자가 찾던 자가 영선일 확률이 아주 높은 탓에 영선이 있을지 모르는 자화연을 쉽게 포기하지 못했다.

다음 날부터 바로 낙낙사 지원 병력이 속속 도착해 석 달이 지났을 무렵엔 거의 8만 명이 자화연 주위에 집결했다. 본사와 주요 거점을 지키는 2만 명을 제외한 낙낙사 전 제자가 후양종과의 대결을 위해 자화연 근방에 집결한 셈이었다.

후양종 역시 그 석 달 동안 무수히 많은 수사를 자화연 방면에 파견했는데 그 수가 무려 12만 명에 달했다. 이는 낙낙사보다 4만 명이 많은 숫자로 물량 면에서 상대를 압도했다.

곧 자화연 북쪽에 자리한 녹세구(綠洗邱) 양 끝에 후양종과 낙낙사가 파견한 수사 20만 명이 집결해 대치에 들어갔다.

양쪽 다 인간의 한계를 초월한 수사들이기 때문에 높이 100장, 길이 1천 리에 달하는 거대한 성벽이 순식간에 만들어졌다. 또, 성벽 위에는 적을 감시하는 망루 수천 개가 만들어졌는데 망루의 높이가 천여 장을 훌쩍 넘는지라, 망루라기보다는 일종의 공중요새에 가까웠다.

실제로 구름보다 높은 위치에 망루가 위치했으며 각 망루는 통로로 이어져 있어 상대가 공중에서 해 오는 공격을 쉽게 물리칠 수 있었다.

마지막으로 각 망루와 성벽은 강력한 진법과 금제의 보호를 받았다. 중요한 곳이면 10겹이 넘는 진법으로 보호했고 그렇지 않은 곳은 대여섯 겹의 금제로 둘러싸서 일반적인 수단으로는 상대의 성벽이나 망루를 돌파하기 쉽지 않았다.

성벽과 망루의 규모나 형태까지는 양측이 대동소이한 모습을 보였다. 그러나 성벽으로 보호하는 각종 건축물의 형태는 종파의 특성에 따라 달라져 양측이 판이한 모습을 보였다.

불가 종파인 낙낙사는 높이가 500장에 달하는 엄청난 크기의 석탑을 가운데 세운 후에 진문(陣門) 역할을 하는 각종 전각을 무려 3,000채나 지어 가운데 있는 석탑을 보호했다.

반대로 사교 종파인 후양종은 진법 중앙에 99층으로 이루어진 원통형 제단을 세운 다음, 그 주위에 10장 크기의 거대한 강시 1만여 구를 배치해 물샐틈없는 방어망을 펼쳤다.

준비를 모두 마친 양측은 누가 먼저랄 거 없이 상대를 도발해 국지전을 벌였다. 곧 녹세구가 자리한 반경 1천 리 곳곳에서 양측 수사들이 맞붙어 빛과 폭음과 비명이 난무했다.

일월구에 끼운 거울로 모든 과정을 지켜본 유건은 저들이 자하선부의 존재를 알아채기 전에 빠져나가야겠단 결심을 굳혔다. 헌월선사는 혼자서 6년이 넘는 연구 끝에 출입구를 찾아냈다. 한데 낙낙사와 후양종은 수만 명으로 이루어진 거대 종파였다. 또, 낙낙사와 후양종 수사의 입을 통해 자하선부의 존재가 다른 강력한 존재의 귀에 들어간다면 그때는 자하선부의 강력한 금제에 더는 의지하기 어려웠다.

칠령전에서 키우던 규옥의 본체를 영목낭에 옮겨 심은 유건은 챙길 수 있는 물건은 싹 다 챙겨 선부 출입구로 이동했다.

팔목에 찬 자하제룡검이 자하선부 4분의 1에 해당하는 지역의 열쇠에 해당하기 때문에 언제든 금제를 조정할 수 있었다.

출입구 금제를 발동시킨 유건은 금제 마지막 층에서 먹잇 감이 나타나길 기다렸다. 다행히 오래 기다릴 필요가 없었 다. 낙낙사 승려 수천 명이 자화연 바닥을 들쑤시고 다녔다.

유건은 자하제룡검으로 금제 마지막 층을 움직여 공선 초 기에 그와 체격이 비슷한 승려 하나를 금제 안으로 납치했 다.

워낙 감쪽같이 해치운 터라, 다른 승려들은 동료 하나가 갑자기 사라졌다는 사실을 전혀 눈치 채지 못했다. 납치한 승려를 손쉽게 제압한 유건은 헌월선사가 남긴 비술 중 하나 인 복신술(複身術)을 써서 본인과 승려의 얼굴을 맞바꾸었 다.

복신술을 사용하면 얼굴과 체형은 물론이거니와 목소리 까지 상대방 목소리로 바꿀 수 있어 완벽한 위장이 가능해졌 다.

물론, 지금은 겉모습만 바꾼 상태라 들킬 확률이 높았다. 누군가가 낙낙사 제자만이 아는 내용을 물어본다거나, 아니 면 어쩔 수 없이 공법이나 법보를 펼쳐야 할 때가 오면 적에 게 들킬 수밖에 없었다. 그러나 유건에게는 이를 타개할 묘 안이 있었다. 바로 그가 가진 특별한 능력 덕분이었다. 아니, 정확히 말하면 그의 원신이 가진 특별한 능력 덕이었다.

백진의 공격에 본신이 망가진 헌월선사는 유건의 본신을 빼앗아 새로운 본신으로 삼을 생각에 기습을 감행했다. 처음엔 기습이 성공해서 헌월선사의 원신이 유건의 원신을 잡아먹기 직전까지 갔었다. 한데 그때 갑자기 어떤 조화인지는 알 수 없으나 유건의 원신이 오히려 헌월선사의 원신을 먼저 잡아먹는 기이한 일이 벌어져 실패로 돌아간 적이 있었다.

입선 중기가 배양한 원신이 장선 후기가 배양한 원신을 잡아먹는 일은 하늘의 순리를 거스르는 일과 같아 이를 지켜보던 백진은 까무러칠 정도로 놀랐다. 한데 더 기이한 점은 원신을 먹은 후에 헌월선사의 기억까지 흡수했단 점이었다.

유건은 이해가 가지 않아 백진에게 이런 현상에 관해 들은 적이 있는지 물었다. 그러나 백진은 고개만 저을 뿐이었다. 그저 유건의 원신이 일반적이지 않다는 대답만 해 주었다.

어쨌든 덕분에 본인의 원신이 본인보다 강한 경지에 있는 수사의 원신을 잡아먹을 수 있을 뿐만 아니라, 그 기억까지 흡수할 수 있단 사실을 안 유건은 이를 이번 일에 활용했다.

승려의 원신을 잡아먹은 유건은 재빨리 필요한 정보를 추려 머릿속에 저장했다. 승려는 아원(亞元)이란 법명을 사용했으며 낙낙사 외사대(外事隊)란 조직에 속해 있었다. 또, 공법은 불가 위주의 공법을, 법보는 총 다섯 개를 보유했다.

유건의 공법 대부분이 불가 위주의 공법이었고 법보 역시 입선 후기나 공선 초기가 쓸 법한 수준이라 다루는 데 전혀 지장이 없었다. 완벽한 준비를 마친 유건은 자화연 바닥을 수색하는 외사대에 숨어 들어가 자화연 밖으로 탈출했다.

헌월선사의 복신술이 완벽해 그를 의심하는 수사는 없었다. 또, 아원의 기억을 가진 덕분에 지시를 내리거나, 말을 거는 상대가 누군지 몰라 당황하는 일 역시 벌어지지 않았다.

낙낙사 외사대는 말 그대로 바깥일을 도맡아 하는 곳으로 조직원만 2만 명에 달하는 대규모 조직이었다. 자화연 수색을 마친 유건은 낙낙사 성채에 들어가 볼 겨를도 없이 바로 300명으로 이뤄진 어떤 대에 속해 남쪽으로 이동했다.

남쪽에는 나불림(螺佛林)이란 숲이 있는데 그 숲에 영기를 머금은 고목(古木)이 많아 외사대가 상주하며 지키는 중이었다. 낙낙사의 적지 않은 승려가 나무 속성 공법을 익히기 때문에 영기를 머금은 고목을 지키는 일이 아주 중요했다. 비행 법보를 타고 나흘 동안 날아간 유건은 낙낙사 본사와 그리 멀지 않은 나불림에 도착해 주변을 둘러보았다.

그때, 영목낭에 있던 규옥이 들뜬 목소리로 뇌음을 보내왔다.

"공자님, 나불림 중앙에 나무 속성 보물이 있는 것 같습니다."

유건은 냉랭한 목소리로 꾸짖었다.

"낙낙사 전 제자가 너를 찾으려고 혈안이 되어 돌아다니는데 보물에 눈이 멀어 몇만 년의 고행을 망치고 싶은 것이냐?"

"소옥의 생각이 너무 짧았습니다. 용서해 주십시오."

규옥이 시무룩해져 대답할 때였다.

나불림 북서쪽 하늘에 후양종 수사들이 대거 나타났다.

　나불림을 급습한 후양종 수사는 1,000명에 육박했다. 그에
비해 나불림을 지키는 낙낙사 제자는 방금 도착한 300명을
더한다 쳐도 600명이 넘지 않아 기세에서 이미 크게 밀렸다.

　낙낙사의 나불림 수비 책임자인 인경(仁景)은 숲에 설치해
둔 진법과 금제, 결계 등을 발동시킴과 동시에 비행술이 빠른
제자들을 선발해 본사와 녹세구 쪽에 지원을 요청했다.

　곧 녹색 기운이 아른거리는 강력한 진법이 발동해 나불림
전체를 보호했다. 또, 제자들이 지키는 요충지에는 금제와 결
계를 촘촘하게 전개해 후양종의 본격적인 공세에 대비했다.

　후양종 수사들은 진법과 금제 등이 있을 거라, 이미 예상했

는지 당황하는 기색 없이 공중에 열을 맞춰 늘어섰다. 도열을 완료한 후양종 수사들은 법보낭에서 회색 연기에 둘러싸인 구슬을 꺼내 나불림을 지키는 녹색 보호막 위에 던졌다.

콰콰콰콰쾅!

구슬이 날아가 부딪힐 때마다 회색 섬광이 번쩍하며 녹색 보호막이 파도처럼 출렁거렸다. 심지어 구슬 수십 개를 동시에 얻어맞은 지점에서는 녹색 빛이 사라지며 구멍이 뚫렸다.

나불림 수비 책임자인 인경은 제자들을 신속히 파견해 구멍 난 지점을 보수했다. 낙낙사 제자 수십 명이 달라붙어 법력을 있는 대로 쏟아부은 덕에 수리를 금세 마칠 수 있었다.

회색 구슬로 진법 보호막을 뚫는 데 실패한 후양종 수사들은 즉시 파란색 말뚝 10여 개를 조립해 공중에서 떨어뜨렸다.

쿵쿵쿵쿵쿵!

파란색 말뚝은 회색 구슬보다 숫자는 적어도 위력은 훨씬 뛰어났다. 말뚝이 박히는 순간, 보호막에 큰 구멍이 뚫렸다.

인경은 재차 제자들을 파견해 진법을 보수했다. 그러나 보수하는 속도보다 구멍이 뚫리는 속도가 더 빨랐다. 결국, 보호막 곳곳에 뚫린 구멍으로 후양종 수사들이 대거 날아들었다.

이제 전투는 금제와 결계를 사이에 두고 벌어졌다. 금제는 공격해 온 적에게 반격을 가하는 공격적인 방어 체계고 결계는 아군을 공격하는 적을 가두어 두는 수비적인 방어 체계였다.

유건은 그 모습을 지켜보며 쓴웃음을 금치 못했다. 원래는 나불림에 도착하는 대로 무광무영복을 이용해 이곳을 탈출할 계획이었다. 한데 후양종이 그의 예상보다 훨씬 빨리 나불림을 공격해 오는 바람에 탈출할 기회를 상실하고 말았다.

그때, 그가 속한 조의 조장인 무태(武泰)가 지시했다.

"아원, 동쪽 결계로 들어가서 갇힌 놈들을 해치워라!"

"예, 조장!"

유건은 무태가 시키는 대로 동쪽 결계로 날아갔다. 그에게는 결계의 열쇠인 건패(鍵牌)가 있어 행동에 제약을 받지 않았다. 바닷물처럼 표면이 출렁이는 결계를 뚫고 안으로 들어간 그는 아원이 가진 검은색 비도를 꺼내 적에게 던졌다.

유건이 수결을 맺은 손으로 가리킬 때마다 비도가 살아 있는 것처럼 꿈틀거리며 결계에 갇힌 수사 네 명을 단숨에 베었다.

무태가 조원들을 데리고 결계 안으로 들어오며 그를 칭찬했다.

"아원, 못 본 사이에 실력이 상당히 늘었구나."

유건은 머쓱한 표정을 지으며 민머리를 긁적였다.

"헤헤, 별거 아닙니다."

무태가 그의 어깨를 툭 치며 웃었다.

"이번에 살아 돌아가면 대주님께 말해서 조장을 맡도록 해주마."

유건은 진짜 아원에 빙의한 듯 눈을 동그랗게 뜨며 좋아했다.

"그, 그게 정말입니까, 조장님?"

"정말이지. 물론, 살아 돌아갔을 때의 얘기지만 말이야."

"최, 최선을 다하겠습니다."

"좋아. 이제 모두 날 따라와라. 저쪽 결계가 위험하다."

"옛!"

유건은 다른 조원들과 앞서가는 무태를 쫓았다. 무태는 공선 중기로 실력도 뛰어나고 인망도 어느 정도 있는 수사였다.

그러나 그들이 두 번째 결계에 도착했을 때는 이미 결계가 무너져 금제에 갇힌 낙낙사 제자들이 위험에 처한 상태였다.

후양종 수사들은 강력한 법보로 낙낙사 제자들이 갇힌 금제에 구멍을 뚫었다. 금제 역시 날카로운 광선을 발출해 반격했다. 그러나 후양종 수사가 공중에 띄운 방패 법보에 막혔다.

무태가 법보 세 개를 방출하며 적진에 가장 먼저 뛰어들었다.

"모두 금제를 사수하라!"

유건은 의심을 사지 않기 위해 좀 전에 꺼낸 검은색 비도를 던지며 후양종 수사들을 덮쳐 갔다. 검은색 비도가 허공을 가를 때마다 후양종 수사의 머리와 팔다리가 잘려 떨어졌다.

후양종 수사들은 밖에서 공격해 온 낙낙사 제자들을 먼저 제거하기로 마음먹었는지 일제히 몸을 돌려 반격을 가해 왔다.

유건은 금세 후양종 수사 세 명에게 포위당했다. 그는 사실 형편이 좀 나은 편이었다. 무태처럼 공선 중기인 수사들은 다섯 명이 넘는 적에게 포위당해 정신을 차리지 못했다.

유건은 올라탄 나뭇잎 형태의 비행 법보를 조종해 포위망을 돌파했다. 그 즉시, 후양종 수사들이 그의 뒤를 쫓아왔다.

공중에서 위로 크게 돌아 후양종 수사들의 뒤를 잡은 유건은 검은색 비도와 붉은색 부적 다발을 연달아 던져 공격했다.

펑!

붉은색 부적 다발이 폭발해 불 구름을 일으키는 순간, 유건을 추격하던 후양종 수사 세 명이 급히 사방으로 흩어졌다.

유건은 불 구름 위에서 검은색 비도를 조종해 후양종 수사를 각개격파하였다. 후양종 수사들은 입선 후기 둘과 공선 초기 한 명이었다. 보통이라면 공선 초기인 유건을 쉽게 처리할 수 있는 전력이었다. 그러나 유건은 경지만 공선 초기일 뿐, 지닌 법력은 공선 후기를 상회하는 상태였다.

유건이 조종하는 검은색 비도는 후양종 수사들이 펼친 방어막을 가볍게 뚫고 들어가 상대에게 치명상을 안겼다. 반대로 후양종 수사가 반격하기 위해 방출한 법보는 유건이 만든 단단한 방어막을 끝내 뚫지 못했다. 유건은 눈 깜짝할 사이에 후양종 수사 두 명을 불귀의 객으로 만들어 버렸다.

혼자 남은 후양종 수사가 믿지 못하겠다는 표정으로 물었다.

"수, 수사가 정말 공선 초기란 말이오?"

유건은 대답 없이 은색 갈고리를 추가로 던져 후양종 수사를 정신없이 몰아붙였다. 후양종 수사는 검은색 비도와 은색 갈고리의 협공 속에서 우왕좌왕하다가 결국, 은색 갈고리가 발출한 광선에 온몸이 수백 조각으로 잘려 즉사했다.

그때, 유건은 분위기가 갑자기 돌변했단 사실을 깨달았다. 후양종 수사들은 유건을 두려워했고 무태를 포함한 낙낙사 제자들은 그를 의심했다. 그들이 아는 아원의 실력으론 절대 이렇게 빨리 적 수사 세 명을 죽이지 못하기 때문이었다.

유건은 뒤늦게 후회해 보았지만 이미 엎질러진 물이었다.

'의심을 샀다면 빨리 떠나는 게 상책이다.'

눈빛이 대번에 바뀐 유건은 법보낭에서 자광은침 한 움큼을 꺼내 공중에 뿌렸다. 신묘한 법보인 자광은침은 후양종, 낙낙사 수사들을 가리지 않고 닥치는 대로 상대를 살육했다.

기껏해야 공선 초기, 입선 중후기인 수사들이 헌월선사가 자랑하던 자광은침이 가진 신통력을 감당할 리 만무했다. 수사들은 욕과 저주를 퍼붓다가 자광은침에 찔려 절명했다.

유건은 그사이 후양종 수사들이 뚫어 놓은 금제 안으로 들어가 천수관음검법을 펼쳤다. 곧 10장 크기로 커진 유건의 겨드랑이 밑에서 칼이 달린 팔이 튀어나와 사방을 휘저었다.

금제 안에 있던 낙낙사 제자들은 대부분 입선이었으므로 유건이 펼친 천수관음검법에 당해 시체조차 남기지 못했다. 낙낙사 제자들은 동료인 아원이 자신들에게 살수를 쓰는 이유조차 알지 못한 상황에서 어이없는 죽음을 맞이했다.

금제 내부를 정리한 유건은 밖으로 나와 뇌력을 퍼트렸다. 역시 조장은 조장이었다. 어떻게 피했는지 모르지만 혼자 남은 무태가 인경이 있는 진법 중앙으로 도망치는 중이었다.

유건은 주저 없이 영수낭을 열어 청랑을 내보냈다.

"가서 놈을 죽여라!"

신이 난 청랑은 화륜차의 불꽃을 키워 단숨에 무태를 따라잡았다. 놀란 무태가 쇠사슬 법보를 휘둘러 청랑을 결박하려 들었다. 그러나 청랑은 무태를 희롱하듯이 쇠사슬 법보 사이를 요리조리 오가며 상대의 공격을 무위로 만들었다.

"어서 죽이지 않고 뭘 꾸물거리는 것이냐!"

청랑은 유건의 호된 꾸지람을 듣고 나서야 입을 벌려 푸른 불덩이를 토했다. 푸른 불덩이는 금세 무태를 휘감아 그를 재로 만들었다. 비록 청랑이 추선화견의 피를 약간만 물려받았다고는 해도 공선 중기가 감당하기에는 애초에 무리였다.

돌아온 청랑에게 주변을 정리하라 지시한 유건은 뇌력을

퍼트려 어느 쪽이 안전한지 확인했다. 역시 바깥쪽엔 후양종 수사들의 방어진이 촘촘해 빠져나가기가 어려워 보였다.

'나불림 안쪽에 들어가서 잠시 숨어 있다가 틈을 봐서 도 망쳐야겠다. 둘이 치고받다 보면 경계가 자연히 허술해질 테 니까.'

불길을 토해 시체와 핏자국을 깔끔하게 제거한 청랑이 꼬 리 세 개를 살랑거리며 유건의 칭찬을 기대하는 표정을 지었 다.

"그래, 잘했다."

청랑의 머리를 쓰다듬어 준 유건은 무광무영복을 덮어쓴 후에 나불림 안으로 걸어갔다. 열쇠인 건패가 있어 낙낙사가 나불림에 설치해 둔 진법, 금제, 결계 등에 영향을 받지 않은 그는 나불림 깊숙한 장소까지 단숨에 진입하는 데 성공했다.

한데 어느 순간부터 건패가 통하지 않았다. 유건은 앞에 있는 투명한 보호막을 건드리지 않으려고 노력하며 전방을 관찰했다. 100장쯤 떨어진 위치에 우물처럼 생긴 시설이 있 었다.

그때, 조용하던 규옥이 급히 뇌음을 보내왔다.

"우물 안에서 강력한 나무 속성 기운이 느껴집니다."

"우물에 네가 전에 말한 보물이 있는 것 같으냐?"

"틀림없습니다."

유건은 투명한 보호막을 뚫고 안으로 들어갈 방법이 있는

94

지 찾았다. 그러나 건패도, 일반적인 파훼법도 통하지 않았다. 규옥의 말처럼 우물에 중요한 보물이 있어 잡인의 출입을 금하는 모양이었다. 보물이 탐나긴 했지만, 보호막을 건드려서 낙낙사 제자들의 관심을 끌 생각은 추호도 없었다.

관심을 끊은 유건은 발길을 돌려 투명한 보호막을 우회했다. 한데 100장을 채 가기도 전에 전장이 있는 북서쪽 하늘에서 녹색 광채가 번뜩이며 급히 날아드는 모습이 보였다. 그는 급히 자리에 바짝 엎드렸다. 녹색 광채의 속도가 만만치 않았다. 최소 오선 이상의 수사가 날아온단 뜻이었다.

녹색 광채는 투명한 보호막을 그대로 통과해 우물 속으로 모습을 감췄다. 유건은 녹색 광채가 언제 다시 나타날지 몰라 자리를 벗어나지 않았다. 향 반 대 정도 탈 시간이 지났을 때였다. 사라진 녹색 광채가 우물 속에서 튀어나와 북동쪽으로 도망쳤다. 북동쪽은 낙낙사 본사가 있는 방향이었다.

유건이 안심하며 다시 걸음을 옮기려 할 때였다. 북동쪽 숲속에서 노란 광채 세 개가 치솟아 녹색 광채 앞을 막아섰다.

녹색 광채와 노란 광채 세 개는 친구나 동문이 아닌 게 분명했다. 누가 먼저랄 거 없이 서로 공격을 퍼부었기 때문이었다. 네 개의 광채는 주변 일대를 수십 가지 빛으로 물들이며 맹렬한 속도로 맞붙었다가 다시 떨어지기를 반복했다.

네 수사 다 오선 이상인지 맞붙을 때마다 강력한 충격파가 퍼져 나가 수만 년 이상 자란 아까운 고목만 부러져 나갔다.

유건은 속으로 욕을 내뱉으며 중얼거렸다.

'이쪽으로만 안 오면 괜찮은데.'

그러나 안 좋은 예감은 십중팔구 들어맞기 마련이었다. 계속해서 전장을 바꾸던 그들은 마침내 유건이 있는 곳까지 전장을 옮겨 맞붙었다. 그들이 뿜어내는 충격파에 닿으면 그 역시 무사하지 못했다. 그는 얼른 땅을 파고 들어가 숨었다. 다행히 무광무영복 덕분에 발각당하는 불상사는 없었다.

유건은 땅에 숨어 수사들을 관찰했다. 녹색 빛을 머금은 수사는 놀랍게도 진법의 눈을 지켜야 할 인경이었다. 또, 인경을 상대하는 중인 세 수사는 쌍둥이인지 모두 똑같이 생겼다.

후양종에서 보낸 수사로 보이는 세쌍둥이는 오선 초기의 경지지만 절묘한 합격술로 오선 중기인 인경을 몰아붙였다.

그러나 인경 역시 오선 중기의 강자였다. 쉽게 죽어 주진 않겠다는 듯 법보낭에서 녹색 모래를 한 움큼 꺼내 공중에 뿌렸다.

그 즉시, 녹색 모래가 봉황으로 변신해 세쌍둥이를 찍어 눌렀다. 녹색 모래가 심상치 않은 법보임을 눈치 챘는지 서로 눈짓을 주고받은 세쌍둥이가 혀를 깨물어 만든 피를 뿜었다.

그 순간, 피가 작은 해골 병사로 변신해 녹색 봉황을 공격했다. 해골 병사는 한 손에 팔뼈를, 다른 손엔 뼈 방패를 들었는데 몸을 움직일 때마다 노란 독기가 스멀스멀 피어올랐다.

녹색 봉황과 해골 병사 세 마리가 어우러져 어지럽게 싸우는 동안, 인경은 법술로 몸을 키워 세쌍둥이를 직접 노려 갔다. 이에 세쌍둥이는 귀기가 잔뜩 풍기는 깃발과 북, 징 등을 꺼내 법술로 키운 인경의 본신을 사방에서 찍어 눌렀다.

그런 식으로 한참을 싸웠을 때였다. 이미 양쪽 다 쓸 만한 법보를 전부 투입했는지 더는 새로운 법보를 추가하지 못했다.

또, 법력 소모 역시 막대해 인경은 민머리에서 연기가 수증기처럼 올라왔고 세쌍둥이가 걸친 장삼은 땀에 푹 젖었다.

유건은 무아지경에 빠진 사람처럼 인경과 후양종 세쌍둥이가 치고받는 모습에서 시선을 떼지 못했다. 그들의 대결에서 전엔 미처 알지 못한 여러 깨달음을 얻었기 때문이었다.

그사이 대결은 점점 더 치열해져 세쌍둥이 중 한 명이 원신조차 빠져나오지 못하고 즉사했다. 또, 남은 쌍둥이 두 명 역시 팔과 다리 등에 큰 상처를 입어 몹시 위중한 상태였다.

인경 또한 무사하지 못했다. 인경은 하체가 통째로 잘려나간 기괴한 모습으로 쌍둥이 두 명을 힘겹게 상대하는 중이었다.

한데 그때, 갑자기 손목이 뻐근해지더니 자하제룡검이 제멋대로 풀려서 검 형태로 돌아가려 하였다. 소스라치게 놀란 유건은 급히 법결을 날려 자하제룡검의 폭주를 저지했다.

그러나 자하제룡검은 마치 불구대천의 원수를 외나무다리에서 만난 것처럼 명령을 따르지 않으려 들었다. 자하제룡검은 어느새 팔찌 형태에서 검으로 변신을 마쳐 가고 있었다.

◆ ◇ ◆

유건은 순간적인 기지를 발휘했다.

'어차피 자하제룡검의 폭주를 저지하지 못할 거라면 차라리 자하제룡검이 제 실력을 발휘하게 해 주는 게 더 낫지 않을까?'

결론을 내린 유건은 검 형태로 돌아간 자하제룡검에 자신의 피를 주입했다. 다행히 공선 초기에 이른 후부터는 전처럼 거의 기절하기 직전까지 검에 피를 주입할 필요가 없었다.

유건의 피를 마음껏 빨아들인 자하제룡검은 제 세상을 만난 물고기처럼 힘차게 날아올라 치열한 사투를 벌이는 중인 세 수사에게 날아갔다. 세 수사는 갑자기 튀어나온 보라색 검에 놀라 급히 물러섰다. 그러나 그들이 보라색 검의 위험을 감지하기도 전에 자하제룡검이 보라색 안개를 휘감은 황금색 용으로 변신해 세 수사를 맹렬한 기세로 덮쳐 갔다.

"좋지 않다!"

확실히 인경이 쌍둥이보다는 견문이 넓은 모양이었다. 그는 보라색 안개에 감겨 있는 황금색 용을 확인하기 무섭게 남은 법력을 전부 쥐어짜서 도망쳤다. 그러나 용이 거대한 뿔로 벼락을 뿌리는 순간, 인경은 그 자리에서 먼지로 변해 사라졌다.

강적이 손 쓸 틈도 없이 사라지는 모습을 보면서 화들짝 놀란 후양종 쌍둥이는 바로 고공으로 솟구쳐 반대 방향으로 날아갔다. 뭉쳐서 도망치는 것보단 그쪽이 살 확률이 높았다.

"흐흐흐."

사람처럼 비웃음을 흘리며 그 모습을 지켜보던 용이 은색 비늘로 뒤덮인 꼬리를 휘두르는 순간, 용이 두 마리로 나뉘어 도망치는 후양종 쌍둥이를 금세 따라잡았다. 후양종 쌍둥이는 바로 용의 한 끼 식사로 변해 세상에서 사라졌다.

땅에 숨어 그 모습을 지켜보던 유건은 기쁘면서도 한편으론 두려운 마음이 일었다. 기쁜 이유는 자하제룡검이 정말 대단한 법보였기 때문이었다. 아니, 법보라기보다는 영물에 가까웠다. 또, 두려운 이유는 그런 자하제룡검이 본인의 통제를 잘 따르지 않았기 때문이었다. 강적과 마주했을 때 조금 전과 같은 상황이 또 벌어진다면 생각만 해도 끔찍했다.

순식간에 다시 한 몸으로 돌아온 용은 날카로운 손톱으로 죽은 인경이 남긴 법보낭을 찢어 안에 든 내용물을 확인했다.

곧 용이 찾던 물건이 뭔지 밝혀졌는데, 그건 반장 크기의 평범한 목검이었다. 다른 내용물은 쓰레기 버리듯이 전부 바닥에 내팽개친 용은 목검을 끌어당겨 냄새를 킁킁 맡았다.

용은 크기를 마음대로 조정할 수 있는지 금세 사람처럼 작아져서는 황금을 부어 만든 것 같은 콧구멍을 벌렁거리며 열심히 목검의 냄새를 맡았다. 그러나 목검 역시 용이 찾던 물건이 아닌지 신경질을 잔뜩 내며 목검을 바닥에 내던졌다.

유건은 다른 수사들이 용을 보고 몰려오는 상황을 걱정해 급히 자하제룡검을 통제하는 법결을 날렸다. 용은 그런 유건을 향해 콧방귀를 뀌며 완전히 무시했다. 마치 너 같은 어린 놈이 자신을 부리려면 아직 한참 멀었다는 의사 같았다.

유건은 계속 사신단에서 배운 구결대로 법결을 만들어 날렸다. 그러나 용은 귀찮은지 일부러 하품까지 해 가며 무시했다.

초조해진 유건의 이마에 식은땀이 방울 지어 흘러내릴 때였다.

현경도에서 소모한 법력을 회복 중이던 백진이 말을 걸었다.

"원신을 이용하세요."

백진의 말에 담긴 의도를 바로 간파한 유건은 즉각 원신을 밖으로 꺼내 용을 위협했다. 원신은 밖으로 나오기 무섭게 앙증맞은 손으로 삿대질까지 해 가며 용을 나무랐고 용은 그런 원신의 행동에 겁을 잔뜩 먹어 어찌할 바를 몰랐다.

유건은 그 틈에 재빨리 법결을 날려 자하제룡검을 회수했다. 원신은 유건이 그만하라고 할 때까지 으르렁거리며 팔찌로 변한 자하제룡검을 위협하다가 다시 천령개로 돌아갔다.

백진의 조언 덕분에 간신히 위기를 모면한 유건은 청랑을 시켜 주변을 정리했다. 청랑은 인경과 후양종 세쌍둥이가 지닌 법보낭 대여섯 개를 순식간에 회수해 유건에게 바쳤다.

그동안 장선이 가진 법보낭을 여러 개 얻어서 그런지 오선이 가진 법보낭은 그에게 그렇게 큰 감흥을 가져다주지 못했다. 물론, 흥미가 가는 물건은 있었다. 바로 인경이 지닌 새로운 건패였다. 그가 보급받은 건패는 나무로 만든 평범한 목패였는데 인경이 지닌 건패는 금으로 만든 금패였다.

'이 금패 덕분에 인경이 우물을 오갈 수 있던 거겠지.'

그때, 청랑이 용이 신경질을 내며 버린 목검을 입에 물고 돌아왔다. 유건은 청랑에게서 목검을 받아 자세히 살펴보았다.

목검 검신 표면에 나무줄기를 연상케 하는 노란색의 복잡한 무늬가 그려져 있다는 점을 제외하면 특별한 점은 없었다.

유건은 목검을 법보낭에 챙겨 넣으며 규옥에게 물었다.

"네가 전에 말한 보물이 이 목검인가?"

"목검의 나무 속성 기운이 대단하기는 하지만 나불림 전체에 강력한 나무 속성 기운을 퍼트릴 정도의 보물은 아닙니다."

"그럼 영기를 머금은 고목이 많은 이유가 네가 말한 그 보물 때문이란 건가? 이 목검도 그 보물 때문에 강력해진 거고?"

"맞습니다."

규옥의 대답을 들은 유건은 고개를 돌려 투명한 보호막의 보호를 받은 우물을 쳐다보았다. 목검이 우물 속에 있었다면 그 보물 역시 우물 속에 있을 터였다. 다만, 인경이 목검만 챙기고 그 대단하단 보물은 그냥 놔둔 이유는 알지 못했다.

'찾지 못하면 바로 나와야 한다.'

다짐한 유건은 인경이 남긴 금패를 앞세워 투명한 보호막 안으로 조심스럽게 걸어 들어갔다. 과연 금패는 이 투명한 보호막을 위한 열쇠였는지 금제가 미동조차 하지 않았다.

유건은 우물 안으로 뛰어 들어가 주위를 둘러보았다. 형태만 우물이 아닌지 바닥에 무릎 높이까지 물이 차 있었다. 농도 짙은 나무 속성 기운을 잔뜩 흡수한 우물물은 정신이 몽롱할 정도의 진한 나무 향과 더불어 은은한 갈색빛을 띠었다.

시간이 많지 않다는 사실을 잘 아는 유건은 우물 안을 재빨리 훑었다. 그러나 나무 속성 기운을 풍기는 보물은 없었다.

'보물이 우물 안에 없단 말은 우물물이 처음 발원하는 곳에 있단 말인데, 그곳까지 조사하다가는 놈들에게 발각당하

겠지.'

유건이 미련 없이 돌아서려 할 때였다. 팔목에 팔찌 형태로 감겨 있는 자하제룡검이 또다시 제멋대로 풀려나와 보라색 안개를 휘감은 황금색 용으로 변신했다. 그가 한숨을 내쉬며 수결을 맺은 손으로 회수 법결을 날리려는 순간, 손가락 크기로 줄어든 용이 갑자기 우물 바닥을 뚫고 들어갔다.

"이런!"

유건은 급히 청랑을 불러 명령했다.

"넌 우물 입구를 지키고 있어라."

청랑은 자기만 믿으라는 듯 제법 비장한 표정을 지으며 고개를 끄덕였다. 청랑에게 우물 입구를 지키게 한 유건은 다시 규옥을 불러내 지둔술을 펼쳤다. 그와 규옥은 곧 우물 밑에 있는 단단한 암반층으로 들어가 용을 찾았다. 그러나 용이 얼마나 빠른지 뇌력을 퍼트려도 좀처럼 찾을 수 없었다.

차 한 잔 마실 시간 동안, 우물 지하를 돌아다니며 용을 찾던 유건은 청랑이 다급하게 짖는 소리를 듣고 급히 우물로 돌아갔다. 한데 우물 안의 상황이 예상보다 훨씬 심각했다.

청랑은 입에 갈색빛이 도는 막대기를 문 채 우물 안을 이리저리 날아다녔고 용은 청랑이 입에 문 막대기를 잡아먹을 듯이 노려보며 당장이라도 벼락을 발출할 것처럼 위협했다.

용이 당장 벼락을 발출해 갈색 막대기를 빼앗지 않은 이유는 청랑이 주인인 유건이 무척 아끼는 영수이기 때문이었다.

"돌아와라!"

상황을 파악한 유건은 재빨리 원신을 내보내 용부터 불러
들였다. 용은 으르렁대면서도 꺅꺅거리며 뭐라 소리치는 유
건의 원신이 두려운지 분노의 포효를 터트린 후에 돌아왔다.

자하제룡검을 회수한 유건은 바로 청랑에게 날아가 지시
했다.

"막대기를 어서 뱉어라."

한데 무슨 일인지 청랑은 계속 이리저리 날아다니기만 할
뿐, 입에 문 갈색 막대기를 놓을 생각을 하지 않았다. 그저
낑낑거리다가 유건을 보며 고개를 저어 보일 따름이었다.

유건은 미간을 찌푸리며 청랑이 물고 있는 갈색 막대기를
관찰했다. 살아 있는 뱀처럼 몸을 꿈틀거리던 갈색 막대기는
청랑이 입을 벌리는 틈을 타 도망칠 준비를 하고 있었다.

그제야 그간의 사정을 알아낸 유건은 규옥을 불러 지시했
다.

"넌 포선대를 들고 우물 위를 막아라."

"예, 공자님."

규옥은 즉시 법보낭에서 포선대를 꺼내 우물 위로 날아갔
다.

그사이, 유건은 봉인 법결을 날려 청랑이 입에 문 갈색 막
대기를 봉인하려 들었다. 경지는 아직 공선 초기인 유건이
지만, 보유한 법력은 공선 후기에 맞먹는지라 법결을 만들어

내는 속도는 같은 경지 내에서 따라올 수사가 거의 없었다.

봉인 법결을 맞은 갈색 막대기가 힘없이 축 늘어졌다. 청랑은 그제야 물고 있던 갈색 막대기를 뱉었다. 그러나 마음이 완전히 놓이지는 않는지 막대기 주변을 떠나지 않았다.

그때, 힘없이 축 늘어져 있던 갈색 막대기가 언제 그랬냐는 것처럼 갑자기 몸을 꿈틀거려 유건이 날린 봉인 법결을 떨쳐 냈다. 청랑은 그럴 줄 알았다는 듯이 바로 달려들어 갈색 막대기를 다시 물려 하였다. 그러나 영악한 갈색 막대기는 몸을 180도 뒤집어 청랑의 공격을 가볍게 피해 냈다.

유건은 그 모습을 보며 감탄을 금치 못했다.

'대체 막대기의 정체가 뭐기에 청랑의 공격까지 피한단 말인가.'

청랑을 떨쳐 낸 갈색 막대기가 머리를 들고 똑바로 일어서더니 위로 쏜살같이 도망쳤다. 그러나 갈색 막대기가 완벽한 자유를 찾기 위해선 아직 넘어야 할 산이 하나 더 있었다.

유건이 빌려준 무광무영복을 쓰고 천장 근처에 매복해 있던 규옥이 번개같이 튀어나와 손에 든 포선대 입구를 열었다.

갈색 막대기는 포선대의 위력을 아는지 급히 옆으로 피했다. 그러나 포선대는 엄청난 흡인력으로 도망치는 갈색 막대기를 끌어당겼다. 갈색 막대기는 포선대에 붙잡히지 않기 위해 바다에서 막 잡힌 장어처럼 미친 듯이 몸을 흔들었다.

그때, 화가 잔뜩 난 청랑이 화륜차의 불꽃을 잔뜩 키우며 날아가 갈색 막대기를 포선대로 몰아갔다. 청랑과 규옥은 마치 한배에서 난 쌍둥이처럼 손발이 척척 맞아 발버둥 치는 갈색 막대기를 끝내 포선대 속에 밀어 넣는 데 성공했다.

규옥은 바로 포선대 입구를 바짝 조여 갈색 막대기가 다신 도망치지 못하게 하였다. 한편, 옆에서 차분한 눈길로 그 모습을 지켜보던 유건은 바로 염화도인, 요검자가 남겨 둔 봉인 부적을 꺼내 포선대 속에 갇힌 갈색 막대기를 봉인했다.

장선이 쓰던 봉인 부적은 과연 효과가 대단했다. 도주를 포기한 갈색 막대기는 여러 차례 형태를 바꾸며 변화하다가 밑에는 원형 고리가 달려 있고 위에는 나뭇가지처럼 가지가 여러 개 뻗어 있는 기이한 모습으로 변해 변화를 멈추었다.

"설마!"

유건은 급히 부적을 붙인 기물을 포선대 밖으로 꺼내 자세히 관찰했다. 놀랍게도 기물의 형태가 눈에 익었기 때문이었다. 그건 바로 무규신갑을 여는 열쇠 다섯 개 중 하나였다.

무규신갑은 자하선부 사신단에 있던 네 가지 법보 중 하나로 자하제룡검이 사신기 청룡이라면 무규신갑은 현무였다.

자하제룡검의 놀라운 위력을 직접 경험해 본 유건은 당연히 무규신갑을 포함한 사신기의 다른 무기 역시 가지고 싶었다.

그러나 다른 무기가 어디 있는지 알 방법이 없는 터라 반쯤 포기한 상태였다. 한데 뜻밖에도 낙낙사가 관리하는 나불림 우물 속에서 무규신갑 열쇠 중 하나를 운 좋게 찾아냈다.

유건은 나중에 어느 정도 경지에 도달하면 삼월천을 탐험하며 사신기의 나머지 세 법보를 찾을 생각으로 대여섯 번에 걸쳐 법보의 형태를 확인했기 때문에 잘못 봤을 리 없었다.

그의 생각이 틀리지 않았단 사실이 바로 드러났다.

열쇠를 살펴보던 규옥이 소스라치게 놀라 소리쳤다.

"이, 이건 무규신갑을 여는 열쇠 중 하나가 아닙니까?"

유건이 사신단에서 사신기의 나머지 세 법보의 형태를 관찰하던 자리에 규옥도 같이 있었기 때문에 쉽게 알아보았다.

유건은 부정하지 않았다.

"네가 본 대로 무규신갑의 열쇠 중 하나가 틀림없다. 아마 무규신갑의 능력을 끌어내는 데 필요한 오행 열쇠 중에서 나무 속성 기운에 해당하는 열쇠일 테지. 열쇠에서 풍기는 엄청나게 강력한 나무 속성 기운이 바로 그 증거일 것이다."

유건은 무규신갑을 여는 나무 속성 열쇠를 빈 옥함에 담아 법보낭에 조심스레 넣으며 몇 가지 의문점에 대해 생각했다.

우선 자하제룡검이 갑자기 우물 지하로 내려가 나무 속성 열쇠가 변한 모습인 갈색 막대기를 정확히 찾아낸 점이 이해가 가지 않았다. 원래 갈색 막대기 형태로 변해 있을 때는 나무 속성 기운이 전혀 느껴지지 않아 찾아낼 수 없었다.

한데 자하제룡검은 그 위치를 정확히 찾아냈다. 유건은 곰곰이 생각한 후에 결론을 내렸다. 자하제룡검을 비롯한 사신단 사신기는 태생적으로 서로를 감응할 수 있단 결론이었다.

결론을 내리는 순간, 다른 의문점 역시 자연스레 풀렸다. 자하제룡검이 인경이 지닌 목검에 관심을 보인 이유는 목검에 무규신갑 열쇠가 흘린 영기가 잔뜩 묻어 있었기 때문이었다.

'제룡은 처음에 무규신갑 열쇠인 줄 알고 목검에 흥미를 보이다가 그게 아님을 깨닫고 신경질적인 태도를 보인 거구나.'

또 다른 의문점은 낙낙사의 숱한 강자들이 나불림에 나무 속성 기운이 충만해진 원인인 무규신갑 열쇠를 찾아내지 못한 데서 기인했다. 낙낙사 승려들이 무규신갑 열쇠를 찾아냈다면 나불림 같은 한적한 장소에 그냥 놔둘 게 아니라, 진즉에 본사로 옮겨 엄중한 호위를 했을 것이기 때문이었다.

한데 그 의문 역시 처음 내린 결론 덕분에 금방 해결할 수 있었다. 사신기끼리 감응하는 능력을 이용해 찾지 못하면 찾아낼 방법이 없기 때문이었다. 결국, 찾다 찾다 포기한 낙낙사 승려들은 금제를 설치해 두고 내버려 두었을 것이다.

유건은 무의식적으로 자하제룡검이 변한 팔찌를 쓰다듬었다.

'한데 용은 왜 그렇게 적대적인 행동은 보인 거지? 설마 자하선부 안에서 지존 자리를 놓고 무규신갑과 대결한 일의 분이 아직 풀리지 않은 건가? 그게 아니라면 사신기는 태생적

으로 다른 사신기를 찍어 눌러야지만 만족하는 존재라서?'

이번 문제만큼은 쉽게 결론을 내리지 못한 유건은 우물을 나가기 전에 규옥에게 빌려준 무광무영복을 다시 돌려받았다.

한데 유건이 무광무영복을 다시 덮어쓰려는 순간.

날카로운 뇌력 몇 개가 온몸을 순식간에 훑고 지나갔다.

이는 최소 오선에 해당하는 강자가 그의 존재를 찾아냈다는 뜻이었다. 상대가 뇌력을 퍼트린 이유가 그를 찾기 위해선지, 아니면 우물에 뭐가 있는지 알아보기 위해서 그런 건지는 상관없었다. 지금은 어떻게든 이곳을 벗어나야 했다.

급히 무광무영복을 덮어쓴 유건은 우물 밖으로 나와 주위를 살폈다. 북서쪽 하늘에서 후양종 수사로 보이는 10여 명이 우물 쪽으로 날아오는 중이었다. 그들은 조금 전에 그 존재를 분명히 확인한 유건이 감쪽같이 사라졌단 사실을 알아채고는 모래, 안개, 독과 같은 광범위용 법보를 발출했다.

'이래선 도망쳐 보지도 못하고 죽는다.'

상대의 경지와 숫자 등을 계산해 결론을 내린 유건은 무광무영복을 벗기 무섭게 청랑의 등에 올라타 북동쪽으로 도망쳤다. 청랑이 화륜차를 발동했기 때문에 속도가 엄청났다.

그러나 후양종 수사들도 보물이 있을지 모르는 우물에서 기어 나온 유건을 보내 줄 생각이 없는지 전속력으로 쫓아왔다.

청랑에게 화륜차를 준 판단은 정확했다.

청랑이 화륜차의 불꽃을 크게 키워 허공을 질주하는 순간, 쫓아오던 후양종 수사들이 속절없이 나가떨어졌다. 급기야는 오선 중기 하나와 오선 초기 두 명만이 남았다. 그러나 오선 초기 두 명 역시 청랑의 속도를 따라잡기 버겁기는 마찬가지였다. 점점 멀어지던 그들은 결국 시야에서 완전히 사라졌다. 이제 남은 추격자는 오선 중기 수사 하나였다.

그러나 안심하기에는 아직 일렀다. 오선 중기 수사의 비행술이 만만치 않은 탓이었다. 노란색 비검에 탄 오선 중기 수사는 청랑에 못지않은 속도로 쫓아왔다. 심지어 어느 순간부터는 간격을 빠르게 좁히며 유건을 심적으로 압박해 왔다.

유건은 전력으로 질주하는 청랑의 상태를 확인했다. 청랑의 조상인 추선화견은 원래 지구력이 굉장히 뛰어난 영수였다. 그 덕에 속도가 떨어질 기미는 아직 보이지 않았다. 그러나 이대로 시간이 흐르면 언젠간 따라잡힐 수밖에 없었다.

'땅속에서는 오선 역시 광범위용 법보를 사용하기 어렵다. 우선 규옥의 지둔술을 써서 땅속에 숨은 다음에 무광무영복으로 흔적을 지우자. 그럼 우릴 찾지 못할 가능성이 크다.'

결정을 내린 유건은 지둔술을 펼치기 위해 지상으로 쏜살같이 낙하했다. 유건의 의도를 간파한 후양종 오선 중기 수사가 재빨리 같이 낙하하며 법보로 요격할 준비에 들어갔다.

한데 그때였다.

'어?'

차가운 뇌력 한줄기가 눈 깜짝할 사이에 유건을 훑고 지나갔다. 뇌력이 훑는 순간, 그는 몸이 산산이 부서지는 것 같은 공포를 느꼈다. 후양종 수사들이 우물에 있던 그를 찾을 때 사용한 뇌력은 칼로 찌르는 것처럼 날카로웠다. 그러나 강도는 세지 않아 몸을 추스르는 데는 별문제가 없었다.

한데 지금 뇌력은 달랐다. 공포심이 들 정도의 강도였다. 그는 하마터면 공중에서 거꾸러질 뻔했다. 무엇보다 뇌력으로 이 정도의 위력을 낸단 말은 상대가 엄청난 강자임을 뜻했다.

'최소 장선 중기 이상이다.'

유건은 급히 뒤를 돌아보았다. 강대한 뇌력을 감지한 후양종 오선 중기 수사가 깜짝 놀라 노란 비검을 급히 멈춰 세웠다.

잠시 후, 후양종 오선 중기 수사가 고개를 이리저리 돌리며 뇌력이 날아든 방향을 찾으려 들었다. 그러나 워낙 먼 거리서 날아든 뇌력이라, 방향을 알아내는 일조차 쉽지 않았다.

불과 조금 전까지만 해도 유건은 추격자를 피해 사력을 다해 도망쳤다. 또, 후양종 오선 중기 수사는 사력을 다해 도망치는 그런 유건을 악착같이 쫓았다. 한데 지금은 공중에 나란히 떠서 똑같이 당황한 표정을 감추지 못하는 중이었다.

이는 마치 토끼를 사냥하던 여우가 호랑이를 만난 상황과 비슷했다. 여우, 토끼 둘 다 호랑이 앞에선 맥을 추지 못했다.

유건은 뇌력을 퍼트린 상대의 경지를 추측해 보았다. 그는 지금까지 장선 여러 명과 얽힌 경험이 있었다. 헌월선사, 요검자, 염화도인은 본인 눈으로 직접 보았고 손미선사, 마봉, 오휴, 척사평, 은심 선자는 일월구가 만들어 낸 입체 그림으로 확인했다. 경지가 낮은 수사들이 비선은커녕, 장선조차 만나 보기 쉽지 않다는 점을 생각하면 기이한 일이었다.

한데 지금까지 보거나, 만나 본 그 어떤 장선도 조금 전과 같은 강대한 위력의 뇌력을 퍼트리지 못했다. 다시 말해 지금 뇌력을 퍼트린 상대는 헌월선사보다 강하다는 의미였다.

장선 후기인 헌월선사는 녹원대류 수사 중에 능히 100위 안에 꼽히는 초강자였다. 한데 그런 헌월선사보다 강한 자가 등장했다. 오싹한 한기가 등을 타고 전신으로 퍼져 나갔다.

상대가 뇌력으로 그의 존재를 확인한 이상 빠져나갈 방법은 없었다. 무광무영복을 덮어쓰든, 지둔술을 펼치든, 청랑을 타고 전력을 다해 도망치든 상관없었다. 저런 초강자의 뇌력은 상대의 몸에 흔적을 남기는 탓에 떨쳐 낼 방법이 없었다.

그때, 겁을 잔뜩 집어먹은 후양종 오선 중기 수사가 비검의 방향을 돌려 나불림이 있는 쪽으로 도망쳤다. 이번에는 정말 사력을 다한 탓에 그를 추격할 때보다 배 이상 빨랐다.

그 순간, 남동쪽 하늘 끄트머리에서 파란 점이 하나 반짝였다.

'뭐지?'

유건은 급히 남동쪽으로 고개를 돌렸다. 한데 그때 이미 파란 광선은 그 앞을 엄청난 속도로 지나쳐 도망치던 후양종 오선 중기 수사 뒤에 붙어 있었다. 후양종 오선 중기 수사는 급히 방어막을 쳤다. 그러나 파란 광선은 어린애 손목 비틀 듯 손쉽게 방어막 안으로 들어가 상대의 몸에 적중했다.

광선에 맞은 후양종 오선 중기 수사는 그대로 얼어붙어 지상으로 추락했다. 사람이 순식간에 얼음으로 변하는 모습은 충격을 넘어 경악스럽기까지 했다. 바닥에 추락한 후양종 오선 중기 수사는 얼음 조각으로 산산이 부서져 흩어졌다.

하늘 끝에서 나타난 파란 광선이 그 앞을 지나간 순간은 찰나에 불과했다. 그러나 그 찰나의 순간에도 파란 광선이 뿜어내는 지독한 냉기로 인해 온몸의 털이 바짝 곤두섰다.

유건은 후양종 오선 중기 수사처럼 섣불리 움직이지 않은 것을 천만다행이라 여기며 광선이 날아온 하늘을 주시했다.

잠시 후, 뇌력을 퍼트려 유건의 발을 묶고 파란 광선으로 후양종 오선 중기 수사를 얼려 버린 상대가 정체를 드러냈다.

그건 바로 영수 네 마리가 끄는 거대한 선박이었다. 영수의 정체는 놀랍게도 푸른 고래였다. 각각의 크기가 거의 집

채만 해 보는 이를 압도했는데 일반적인 고래와는 약간 달랐
다.

지느러미가 있어야 할 겨드랑이에는 푸른색 날개 한 쌍이
달려 있었고 숨구멍에는 붉은색 산호가 왕관처럼 자라 있었
다.

선박을 끄는 푸른 고래가 냉기 속성을 지닌 하얀 숨결을
뱉을 때마다 주변 공기가 하얗게 얼어붙어 안개처럼 흩어졌
다.

푸른 고래 뒤에는 그보다 대여섯 배 이상 큰 푸른 선박이 있
었다. 선박은 엄청나게 거대해 작은 섬이 날아다니는 듯했다.

한데 기이한 광경은 그게 끝이 아니었다. 선박 바깥쪽에
있는 갑판 위에서는 악사(樂士) 100명이 처음 보는 악기로
노래를 연주하는 중이었다. 또, 선박 안쪽 갑판 위의 높이 솟
은 원형 무대 안에서는 속이 비치는 나삼 차림의 아름다운
무녀(舞女) 9명이 아름다운 승무(僧舞)를 공연하고 있었다.

그러나 유건의 눈길을 끈 사람은 악사가 아니었다. 또, 눈
이 번쩍 뜨이는 절색의 무녀도 아니었다. 바로 함교 위 의자
에 홀로 앉아 있는 왜소한 노승이었다. 의자 끝에 엉덩이를
걸친 노승은 키가 작아 바닥에 다리가 닿지 않았다. 또, 피부
는 시체를 얼린 것처럼 온몸이 푸르뎅뎅한 색을 띠었다.

유건은 노승의 정체를 쉽게 짐작할 수 있었다.

'저 노승이 낙낙사 최강의 고수라는 을성선사(乙星禪師)로

군.'

낙낙사 태상방장(太上方丈)인 을성선사는 현 방장보다 배분이 하나 높았다. 무엇보다 그는 비선 진입을 코앞에 둔 장선 후기 최고봉 수사로 이 근방에선 성불로 떠받들어졌다.

아원의 기억을 전부 흡수한 유건은 노승의 정체가 낙낙사 태상방장 을성선사임을 어렵지 않게 알아보았다. 그는 즉시 바닥에 납작 엎드려 사문의 최고 존장을 뵙는 예를 올렸다.

푸른 광선이 후양종 오선 중기 수사를 참살했을 때부터 어쩌면 낙낙사의 초강자가 이리로 오는 중일지 모른단 의심을 잠깐 했었다. 한데 그게 을성선사일 줄은 꿈에도 몰랐다.

'여기서 을성선사를 만난 일이 불행인지, 다행인지 모르겠군.'

그때, 을성선사를 태운 선박이 빠른 속도로 그 앞을 지나갔다. 유건은 속으로 안도의 숨을 내쉬며 마음을 조금 놓았다.

그러나 안도할 때야말로 위험하다는 사실을 깨닫는 데는 그리 오랜 시간이 걸리지 않았다. 유건은 출처를 알 수 없는 힘에 붙들려 을성선사가 있는 선박 함교로 끌려 올라갔다. 알 수 없는 힘은 그를 을성선사가 앉아 있는 의자와 얼마 떨어지지 않은 장소에 내려놓기 무섭게 모습을 감추었다.

유건은 우두커니 서서 낙낙사 최고 존장의 지시를 기다렸다. 뒤에서는 흥겨운 음악이 끊임없이 들려오고 앞에서는 속이 훤히 비치는 나삼을 걸친 아름다운 무녀들이 사내의 혼을 쏙 빼놓는 춤을 추는 중이었다. 그러나 유건은 그쪽으론 눈길 한 번 주지 않았다. 지금은 쓸데없는 짓을 해서 무녀의 춤을 구경하는 을성선사의 기분을 망칠 때가 아니었다.

공연을 마친 무녀와 악사들이 선실로 돌아간 후에 을성선사가 고개를 돌려 유건을 쳐다보았다. 을성선사의 첫인상은 한여름에 그늘 밑에 앉아 바람 쐬는 동네 노인과 다를 바 없었다. 그러나 한 가지만은 달랐다. 바로 그의 눈빛이었다.

을성선사의 눈빛은 깊은 심해를 연상시켰다. 마치 계속 보고 있으면 깊은 심해 속에서 인간이 지닌 태초의 공포를 자극하는 괴물이 튀어나와 그를 심연 속으로 끌고 갈 것 같았다. 유건은 심장이 덜컥 내려앉아 급히 바닥에 무릎을 꿇었다.

을성선사가 나른함이 섞인 목소리로 물었다.

"노납이 누군지 아느냐?"

유건은 비굴해 보일 정도로 자세를 낮추며 대답했다.

"낙낙사에 불적을 둔 몸으로 어찌 태상방장 어르신을 몰라볼 수 있겠습니까. 법체를 알현할 기회를 주시어 영광입니다."

을성선사가 제법 흥미롭단 표정으로 대꾸했다.

"영 쓸모없는 놈은 아닌 모양이구나. 그래, 네 법명이 무엇이냐?"

"소승의 법명은 아원입니다."

"누구에게 공법을 배웠느냐?"

"유각대사(惟覺大師)에게 배웠습니다."

을성선사가 미간을 살짝 찌푸렸다가 다시 폈다.

"유각이라면 들어 본 기억이 있는 법명이군. 아마 상추원
(上酋院)에서 술을 빚던 아이였을 거야. 그 유각이 네 사부
냐?"

"맞습니다."

을성선사가 그를 훑어보며 의미심장한 미소를 지었다.

"유각 같은 아이가 너처럼 괴상하기 짝이 없는 제자를 길
러 냈을 줄은 몰랐구나. 분명 경지는 공선 초기인데 보유한
법력은 공선 후기에 가까우니 괴상할 수밖에. 원래 그런 상태
에서는 넘치는 법력을 통제 못 해 원신이 터져 죽기 마련인데
네놈은 노납보다 더 건강해 보이구나. 아마 타고난 선근이 대
단해 그런 모양인데, 방장은 어찌하여 너를 유각 같은 별 볼
일 없는 아이에게 맡겼는지 모를 일이로다."

말을 마친 을성선사는 유건의 재질이 아깝다는 것처럼 혀
를 끌끌 찼다. 반면, 유건은 손바닥에 땀이 흥건하게 맺혔다.

을성선사가 만약 선근을 확인하기 위해 진맥이라도 하는
날엔 끝장이었다. 그가 위장한 아원은 범령근(凡靈根)이라
불리는 평범한 선근을 지닌 수사여서 그가 지닌 천령근과는
하늘과 땅 차이였다. 을성선사가 이를 모를 리 없었다.

다행히 을성선사는 더는 그의 선근에 관심을 보이지 않았

다. 그 대신, 후양종 수사들이 그를 쫓은 이유를 궁금해했다.

유건은 나불림 우물 속에서 목검과 무규신갑의 열쇠를 훔친 일을 제외한 모든 사실을 있는 대로 말했다. 을성선사와 같은 초강자는 상대의 표정, 몸짓, 말투, 심지어 눈동자의 움직임 등으로 상대가 거짓말을 하는지 아닌지 알아보았다. 그런 상대에게 거짓말을 하는 행동은 죽여 달라는 행동과 다름없었다. 그러나 몇 가지 정보를 편집해 사실만을 말했을 때는 거짓말을 한 게 아니어서 들킬 염려가 적었다.

"고얀 놈들이구나."

눈썹 끝을 말아 올린 을성선사가 오른발로 갑판을 슬쩍 굴렀다. 그 순간, 선박을 끌던 푸른 고래 네 마리가 머리를 돌려 방향을 바꾸더니 나불림이 있는 쪽으로 질풍처럼 날아갔다.

을성선사의 선박이 나불림에 도착했을 땐 이미 전투가 끝나 있었다. 나불림을 보호하던 진법, 금제, 결계 등은 모두 부서져 있었고 나불림을 지키던 낙낙사 승려 역시 모두 전멸한 상태였다. 후양종 수사들만 간간이 눈에 띌 따름이었다.

을성선사의 선박을 발견한 후양종 수사들이 공포에 질렸다.

"처, 청익경(靑翼鯨)이다! 청익경이 나타났다!"

"그, 그렇다면 청익경 뒤의 배는 빙불선(氷佛船)이란 말인가?"

"청익경, 빙불선 둘 다 을성노괴의 독문 법보인데…… 맙소사!"

을성선사의 등장을 눈치 챈 후양종 수사들이 메뚜기 떼처럼 날아올라 사방으로 도망쳤다. 그러나 을성선사가 청익경 네 마리를 나불림에 풀어놓는 순간, 신이 나서 뛰쳐나간 고래들이 도망치는 후양종 수사들을 닥치는 대로 잡아먹었다.

유건은 무시무시한 기세를 보여 주던 후양종 수사들이 을성선사가 풀어놓은 영수에 잡아먹히는 모습을 지켜보며 두려움을 금치 못했다. 한낱 영수에 불과한 청익경이 이런 위력을 보인다면 그 주인인 을성선사야 더 말할 필요가 없었다.

한편, 녹세구의 낙낙사 성채 중앙에 있는 거대한 석탑 꼭대기에서는 가사를 걸친 노승 10여 명이 심각한 대화를 나누는 중이었다. 그중 한 명은 유건도 익히 아는 손미선사였다.

한데 다른 노승들보다 지위가 낮은 손미선사는 바깥에서 다른 노승의 대화를 듣기만 할 뿐, 감히 끼어들 생각을 하지 못했다. 대화를 나누는 이들이 전부 장선 후기인 탓이었다.

이마에 커다란 붉은 점이 있는 노승이 근심을 드러냈다.

"도착할 시간이 한참 지났음에도 어찌하여 태상방장 어르신께서는 모습을 드러내지 않으시는 걸까요? 설마 후양종 놈들이 우리 모르게 중간에서 미리 손을 쓴 것은 아닐까요?"

유일하게 머리를 기른 노승이 단호한 표정으로 고개를 저었다.

"태상방장 어르신이 어떤 분이신데 후양종에게 당하겠습니까? 아마 중간에 피치 못할 사정이 있어 늦으시는 걸 겁니다."

머리에 붉은 관을 쓴 후덕한 인상의 노인이 고개를 끄덕였다.

"본 방장 역시 강두타(姜頭陀)의 의견과 같소. 후양종 놈들이 간악하긴 하지만 주력을 녹세구에 주둔시킨 상태에서 전력을 나눠 태상방장 어르신에게 손을 쓰지는 못할 것이오."

얼굴이 말상인 노승이 방장의 의견에 맞장구를 쳤다.

"방장 사형의 말씀이 맞습니다. 놈들이 우리보다 숫자가 많음에도 불구하고 지금까지 손을 쓰지 못한 이유는 태상방장 어르신을 두려워해서 아닙니까? 한데 용의 심장을 삶아 먹어 간덩이가 부은 게 아닌 이상, 어찌 잠자는 호랑이의 코털을 건드려 어르신의 화를 부추기는 행동을 하겠습니까?"

그러나 붉은 점이 있는 노승은 여전히 걱정을 감추지 못했다.

"허허, 후양종 놈들이 그동안 사들인 엄청난 양의 뇌심목으로 강력한 법보를 제작 중이란 사실을 그새 잊으신 겁니까? 후양종에 잠입한 우리 첩자의 보고에 따르면 이미 완성 직전이라는데 놈들이 만약 정말로 그 법보를 완성했으면 태상방장 어르신 역시 곤란을 겪을 수밖에 없을 것입니다."

붉은 점이 있는 노승의 말에 다들 침묵으로 동의를 표했다.

한숨을 내쉰 방장이 손미선사를 불러 물었다.

"손미 사질, 영선의 행방을 쫓는 일에는 진척이 있는가?"

손미선사는 얼른 머리부터 조아리며 용서를 구했다.

"송구합니다. 영선이 자화연 지하에 숨어든 사실은 확인했지만, 지하에 괴이한 금제가 깔려 있어 들어가지 못하는 중입니다. 우선 태상방장 어르신께서 금제 문제부터 해결해 주셔야 자화연 지하로 내려가 영선을 찾을 수 있을 듯합니다."

방장은 고개를 절레절레 저었다.

"우리 연배에서 진법에 가장 해박한 손미 사질이 뚫지 못할 정도면 정말로 어르신이 와서 해결해 주시는 수밖에 없겠지. 그나저나 큰일이로군. 놈들의 벼락 속성 법보를 상대하려면 3품 이상의 영선으로 연성한 법보가 꼭 필요한데 말이야."

그때, 강두타가 남동쪽 하늘을 바라보며 기뻐했다.

"아, 저기 태상방장 어르신의 비행 법보인 빙불선이 보입니다!"

강두타의 말대로 을성선사의 빙불선이 성채 중앙으로 빗살처럼 날아드는 중이었다. 빙불선은 성채에 깔린 수많은 진법, 금제, 결계를 단숨에 통과해 석탑 꼭대기에 도착했다. 노승들은 기대에 찬 눈빛으로 을성선사의 하선을 기다렸다.

한데 을성선사 옆에 처음 보는 젊은 승려가 있었다. 그들 중 누구도 젊은 승려의 정체를 모르는 탓에 어안이 벙벙했다.

4장. 종파 간의 대결

4장. 종파 간의 대결

"태상방장 어르신을 뵙습니다!"

낙낙사의 수뇌부에 해당하는 장선 중기 이상의 강자들이 일제히 양쪽 무릎을 꿇고 을성선사에게 공손히 절을 올렸다.

번거롭단 표정으로 소매를 슬쩍 휘둘러 노승들의 절을 받은 을성선사가 손미선사를 불러 같이 하선한 유건을 맡겼다.

"이 아이를 데려다가 잘 보살펴 주어라. 내력이 특이한 녀석이라 이번 대전이 끝나는 대로 노납이 직접 데려갈 것이니라."

"예, 태상방장 어르신."

대답한 손미선사는 바로 유건을 데리고 석탑을 떠났다.

뒷짐 진 상태에서 손미선사와 유건이 석탑을 떠나는 모습을 지켜보던 을성선사가 의미심장한 미소를 지으며 중얼거렸다.

"크크, 원래 숨기는 게 많을수록 캐 보는 재미가 있는 법이지."

그때, 낙낙사 방장이 조심스러운 목소리로 물었다.

"오는 도중에 만난 제자입니까?"

뒷짐을 푼 을성선사가 냉랭한 표정으로 대꾸했다.

"너희는 알 필요 없다. 그보다 후양종은 어떻게 하고 있느냐?"

방장은 현재 상황을 소상히 아뢰었다. 묵묵히 듣던 을성선사가 녹세구 반대편에 자리한 후양종 성채를 바라보며 물었다.

"길마(吉馬)와 현독(鉉毒)은?"

방장 윤가선사(胤加禪師)가 사백의 눈치를 살피며 대답했다.

"길마는 10일 전에, 현독은 어제 도착한 줄 압니다."

후양종 공동 태상호법인 길마와 현독은 장선 후기를 대성한 초강자였다. 한데 100년 전에 을성선사와 길마, 현독이 1대 2로 붙었다가 어느 쪽도 승기를 잡지 못한 적이 있었다.

비선을 코앞에 둔 을성선사를 보유한 낙낙사와 세력 면에서 상대를 압도하는 후양종이 치열하게 다투면서도 섣불리 상대를 치지 못한 이유는 을성선사가 후양종 태상호법인 길마와 현독을 상대로 승리를 장담하지 못 하는 이유가 컸다.

이는 후양종 공동 태상호법인 길마와 현독 역시 마찬가지였다. 혼자서는 을성선사를 상대할 능력이 부족해 반드시 태상호법 두 명이 힘을 합쳐 상대해야 했다. 그렇다고 태상호법 두 명이 힘을 합치면 을성선사를 반드시 제압할 수 있는 것 또한 아니어서 후양종 역시 먼저 공격하기를 꺼렸다.

이런 이유로 인해 양 종은 100년이 넘는 세월 동안 국지전만 벌일 뿐, 종파의 명운을 걸고 먼저 공격하지 못했다. 한데 마침내 낙낙사, 후양종 양 종이 지긋지긋한 악연을 끊기 위해 생존을 건 일전을 벌이기 일보 직전까지 와 있었다.

을성선사가 코웃음을 쳤다.

"노납의 예상이 맞는다면 현독은 이르면 10년 내로 구구말겁을 겪을 것이다. 아마 놈의 지금 수행으로는 말겁을 통과하기 힘들 게야. 놈 역시 그걸 알기 때문에 무리해서라도 구구말겁이 닥치기 전에 노납과 결판을 내고 싶어 하는 거겠지."

붉은 점이 있는 노승인 옹우선사(邕祐禪師)가 걱정하며 물었다.

"후양종이 뇌심목으로 법보를 만든다는 소문은 들으셨겠지요?"

을성선사가 콧방귀를 뀌었다.

"흥, 상관없다."

얼굴이 말상인 중해선사(中海禪師)가 기뻐하며 물었다.

"하면 대책이 있으신 겁니까?"

을성선사가 중해선사를 힐끗 보며 차갑게 대꾸했다.

"이번 대전에 노납의 천년 수행이 달려 있다. 설마 노납이 아무런 준비도 없이 거처를 떠나 이곳까지 왔을 것 같으냐?"

중해선사가 움찔해 얼른 머리를 조아렸다.

"사질이 주제넘게 나섰습니다. 용서해 주십시오."

낙낙사 최고 수뇌부는 곧 을성선사의 주도하에 후양종을 물리칠 계책을 논의했다. 그사이, 손미선사를 따라나선 유건은 자화연 근처에 있는 전각에 도착해 몇 가지 질문을 받았다.

대부분 법명이 무엇인지, 또 사부는 누구인지 등에 관한 질문이었다. 유건은 을성선사에게 했던 대로 적당히 대답했다.

손미선사가 지나가는 말투로 물었다.

"태상방장 어르신은 어떻게 만났느냐?"

유건은 목검, 무규신갑과 관련한 정보만 제외한 상태에서 솔직하게 대답했다. 손미선사는 그의 말을 믿는 눈치였다. 그는 그 질문을 끝으로 그를 장업(長業)이란 제자에게 맡겼다.

오선 초기 수사인 장업은 손미선사의 신임을 받는 제자였다. 을성선사에게 유건을 잘 보살피라는 지시를 받았기 때문에 믿을 수 있는 제자인 장업에게 유건을 맡긴 모양이었다.

장업을 따라간 유건은 손미선사의 거처와 그리 멀지 않은 장소에 있는 숙소를 배정받아 생활했다. 손미선사와 그의 제자들은 진법과 금제, 결계의 전문가였기 때문에 그들과 지내는 동안, 진법, 금제 등에 관한 기초지식을 쌓을 수 있었다.

그로부터 한 달쯤 지났을 때였다. 을성선사가 갑자기 손미선사를 찾아왔다. 아마 자화연 지하에 있는 결계 때문인 듯했다. 을성선사는 손미선사를 데리고 직접 자화연 바닥으로 내려가 그곳에 있는 결계를 조사했다. 그러나 을성선사 역시 결계를 뚫는 데 실패해 소득 없이 돌아올 수밖에 없었다.

을성선사가 자화연을 떠나기 전에 경고했다.

"삼월천 최고 진법가라는 백구족(白龜族) 출신 수사가 아니면 지하에 설치해 둔 결계를 건드릴 생각을 말아야 할 것이야."

손미선사가 당황해 물었다.

"어르신께서도 뚫지 못할 정도입니까?"

을성선사가 혀를 끌끌 찼다.

"강하고 약하고를 떠나 노납이 결계가 어떤 원리로 움직이는지조차 알아내지 못한다면 믿을 수 있겠느냐? 아마 억지로 건드렸다간 결계가 폭주해 상동(上東)이 다 날아갈 것이야."

녹원대륙은 지형, 기후, 풍습에 의해 열 개 지역으로 나뉘는데 그중 상동은 대륙 중간에서 동쪽 끝에 걸쳐 있는 지역이었다. 한데 말이 지역이지, 수십억의 생명이 살아가는 어마어마한 곳으로 대륙 속에 있는 작은 대륙과 마찬가지였다.

한데 결계가 폭주하면 그 상동 지역이 다 날아간단 말이었다. 손미선사는 결계를 조사하던 제자들을 즉시 불러들였다.

"한데 저 아원이란 제자는 어떻게……."

손미선사가 을성선사에게 유건의 처리를 물을 때였다.

"왔구나!"

을성선사의 표정이 홱 바뀌더니 서둘러 석탑으로 돌아갔다.

입맛을 다시며 파란 점으로 변해 멀어지는 을성선사를 바라보던 손미선사가 장업을 불러 유건을 계속 감시하라 명했다.

뎅뎅뎅!

잠시 후, 석탑이 범종을 울려 적의 침입을 알렸다. 적이라해 봐야 후양종밖에 없으므로 후양종이 쳐들어왔단 뜻이었다.

손미선사는 진법을 조종해야 할 할 막중한 책임이 있으므로 즉시 제자들을 불러 석탑으로 날아갔다. 물론, 장업의 감시 겸 보살핌을 받던 유건 역시 그 틈에 끼어 석탑을 찾았다.

석탑 중간에 도착한 유건은 몸을 돌리기 무섭게 벌어진 입을 다물지 못했다. 후양종 수사 15만 명이 비행 법보 수만 개에 나눠 타고 낙낙사 성채 상공으로 신속하게 진군 중이었다.

후양종이 꺼내 든 비행 법보는 형태와 크기가 아주 다양했다. 나뭇잎, 비검, 광주리와 같은 작은 비행 법보부터 마차,

선박, 비행선과 같은 중간 크기의 비행 법보까지 온갖 형태의 비행 법보가 수만 가지 빛을 발산하며 허공을 가로질렀다.

그러나 역시 가장 장관을 연출한 비행 법보는 10장 크기의 거대한 강시 1만 구를 실은 제단 모양의 초대형 비행 법보였다. 유건은 저렇게 크고 무거운 물체가 공중에 뜬다는 사실이 믿어지지 않았다. 과학이 극도로 발달한 지구에서 온 유건이 그럴진대 다른 수사들이야 두말할 필요가 없었다.

경지가 낮고 경험이 적은 승려들은 후양종의 엄청난 위용에 겁부터 집어먹었다. 그렇다고 경지가 높고 경험도 많은 승려들이 후양종의 위용에 충격을 받지 않은 것도 아니었다.

그들은 오히려 경지가 높고 경험이 많아서 더 놀랄 수밖에 없었다. 저렇게 거대한 비행 법보를 공중에 띄우려면 최소 1만 명 이상의 수사가 법력을 쉼 없이 투입하거나, 아니면 나라 몇 개를 세울 양의 오행석을 쏟아부어야 가능했다.

한데 그때였다.

"쳇, 초장부터 잔머리를 굴리는군."

석탑 꼭대기에 정박해 둔 자신의 빙불선에 앉아 그 광경을 지켜보던 을성선사가 코웃음 치며 청익경 네 마리를 가리켰다.

그 즉시, 청익경 네 마리가 입을 벌려 하얀 광선을 토해 냈다. 중간쯤에서 하나로 합쳐진 하얀 광선은 너비가 10여 장에 달하는 거대한 광선으로 변신해 후양종 제단을 공격했다.

그러나 청익경이 발출한 거대한 광선은 후양종 제단을 보호하는 거울 형태의 초대형 금제에 막혀 옆으로 튕겨 나갔다.

그때, 거대한 광선 속에서 갑자기 튀어나온 새파란 빛줄기가 금제를 뚫고 들어가 후양종 제단 가운데에 구멍을 뚫었다.

구멍이 뚫린 후양종 제단은 금방이라도 폭발할 것처럼 금이 좌르륵 가더니 1,000개가 넘는 조각으로 쪼개져 흩어졌다.

원래 후양종 제단은 1,000개가 넘는 작은 비행 법보를 붙여 만든 초대형 비행 법보였다. 그 때문에 을성선사가 날린 독문 공법에 구멍이 뚫리기 무섭게 원래 형태로 돌아갔다.

그제야 후양종의 속임수에 당했단 사실을 깨달은 낙낙사 승려들은 분노를 금치 못했다. 후양종이 작은 비행 법보를 이어 붙여 만든 초대형 법보로 그들을 우롱했기 때문이었다.

그때, 제단 꼭대기에 앉아 있던 도사 하나가 껄껄 웃었다.

"하하하, 역시 을성 선배의 차한공(侘寒功)은 명불허전이외다!"

도사는 주황색 머리카락을 배까지 치렁치렁 늘어트린 건장한 사내로 뱁새 같은 눈에 메기 같은 입을 지닌 괴인이었다.

을성선사는 청익경이 하얀 광선을 토할 때, 그 속에 몰래 본인의 독문 공법인 차한공으로 만든 광선을 심어 두었다.

그 덕분에 하얀 광선이 제단을 보호하는 거울 금제에 막혀 튕겨 나가는 순간, 차한공으로 만든 푸른 광선이 2차 공격을 가해 1차 공격을 받아 약해진 금제에 구멍을 뚫어 냈다.

을성선사가 벌떡 일어나 도사에게 삿대질하였다.

"길마, 설마 네놈 혼자 노납을 상대하려는 생각은 아니겠지?"

그 순간, 뒤에서 몸에 검은 붕대를 칭칭 감은 거인이 등장했다. 거인의 목소리는 동굴에서 말하는 것처럼 웅웅 울렸다.

"허허, 을성 선배께서 어떤 분이신데 길 수사만 보내 상대하겠소. 이 현독이 길 수사와 힘을 합쳐 을성 선배께 도전할 것이오."

을성선사가 청익경 네 마리를 데리고 고공으로 곧장 치솟았다.

"현독, 네놈 역시 와 있었군! 좋다! 100년 전에 보지 못한 승패를 여기서 가려 보자꾸나. 어디 한번 마음껏 공격해 봐라!"

"기다리던 바요!"

길마와 현독 역시 고공으로 날아올라 을성선사와 맞붙었다. 양 종파의 최강자끼리 맞붙는 순간, 낙낙사와 후양종은 누가 먼저랄 거 없이 서로를 향해 준비해 둔 공격을 퍼부었다.

먼저 공세에 나선 후양종은 1만 강시대군을 출격시켜 낙낙사가 성채에 설치한 망루와 성벽을 거세게 들이쳤다. 낙낙사의 진법 담당인 손미선사는 망루와 성벽에 설치한 진법과 금제를 절묘하게 조종해 후양종의 강시대군을 상대했다.

강시대군의 숫자가 1만에서 5천까지 순식간에 줄어들었을 무렵, 후양종 대군이 본격적으로 뛰어들어 공격을 퍼부었다. 수십만 개의 법보가 각양각색의 빛을 뿜어내며 낙낙사 성채를 보호하는 각종 진법과 금제를 차근차근 부숴 나갔다.

바닥에 대형 거울이 깔린 조종실에서 진법과 금제를 조종하던 손미선사가 탄식을 뱉으며 고개를 가로저었다. 낙낙사 성채를 지키던 진법과 금제가 6할 이상 부서진 상태였다. 심지어 어떤 지역은 적이 이미 요충지까지 들어와 있었다.

"놈들이 만반의 준비를 해 왔구나."

후양종이 자신만만하게 선공을 취한 이유는 진법과 금제를 파괴하는 이능을 지닌 법보를 대량 생산해 냈기 때문이었다.

손미선사는 진법이 지금보다 더 부서지기 전에 준비한 비장의 수단을 동원하기로 마음먹었다. 곧 제자들이 사부의 지시에 따라 바쁘게 움직이며 거대한 거울에 깃발을 꽂았다.

"설치를 완료했습니다."

대제자의 보고를 받은 손미선사가 전령을 불러 지시를 내렸다.

"너는 지금 당장 방장 사백께 가서 고하거라. 만자포형진 (卍字砲形陣)을 발동한 후에는 진법의 위력이 크게 떨어질 거라고."

"알겠습니다."

전령이 떠나는 모습을 지켜본 손미선사가 품에서 꺼낸 노란색 만자(卍字) 깃발을 거울 중앙에 있는 홈에 힘껏 내리쳤다.

그 순간, 낙낙사 성채 지하에서 대포처럼 생긴 법보 수백 개가 튀어나와 후양종 수사들을 향해 노란색 광선을 발사했다.

펑펑펑펑펑!

노란색 광선이 솟구칠 때마다 그 자리에 있던 후양종 수사 수백 명이 먼지로 변해 흩어졌다. 손미선사가 준비한 비장의 수단답게 진법 하나로 수천 명이 넘는 적을 쓸어버렸다.

석탑 정상에서 만자포형진이 발동하는 모습을 지켜보던 낙낙사 수뇌부는 각 부대에 총공격을 명령했다. 진법과 금제가 통하지 않는 이상, 지금부턴 백병전을 치를 수밖에 없었다.

장선으로 이루어진 낙낙사 수뇌부 30명이 석탑 곳곳에서 튀어나와 후양종 대군 쪽으로 이동했다. 후양종 수뇌부 역시 잡은 승기를 빼앗기지 않기 위해 일제히 공중으로 치솟았다.

곧 낙낙사, 후양종 양 종의 장선급 강자들이 치열하게 맞붙

었다. 낙낙사 장선 후기인 윤가, 강두타, 옹우, 중해 네 선사
는 후양종 장선 후기를 한 명씩 맡았다. 그러나 후양종은 장
선 후기가 한 명 더 있으므로 하는 수 없이 장선 중기인 뇌명
선사가 다른 장선 중기 두 명과 조를 이뤄 상대했다.

한데 낙낙사는 장선 후기뿐만 아니라, 중기, 초기 역시 후
양종보다 적었기 때문에 마봉, 오휴 같은 장선 초기 승려들
은 그야말로 언제 죽어도 이상하지 않을 위기에 처해 있었
다.

더욱이 후양종 종주의 애첩인 은심 선자는 장선 중기임에
도 실력이 월등해 벌써 낙낙사 장선 초기 두 명을 살해했다.

다행히 진법 조종을 대제자에게 맡긴 손미선사가 합류한
후부터는 은심 선자의 살육을 가까스로 저지하는 데 성공했
다.

한편, 유건은 감시자인 장업과 진법을 조종하는 거울에 남
아 있었다. 밖에선 지금도 수십만에 달하는 수사들이 치열하
게 싸우는 중이었다. 그러나 진법을 조종하는 거울이 낙낙사
석탑 내부에 있는 탓에 그는 큰 감흥을 느끼지 못했다.

장업은 사투를 벌이는 동료를 돕지 못해 안타까운 듯 초조
한 표정으로 벽에 난 창문에서 좀처럼 시선을 떼지 못했다.

유건은 장업에게 다가가 은근슬쩍 권했다.

"지금이라도 나가서 다른 제자들을 돕는 것이 어떻겠습니
까?"

우직한 장업은 바로 고개를 저었다.

"그건 안 될 말이네. 난 사부님께 자넬 보살피란 지시를 받았어."

그때, 거울이 있는 석탑 벽이 종잇장처럼 뜯겨 나가며 사람 머리통만 한 회색 눈동자가 나타났다. 장업이 갑자기 나타난 회색 눈동자의 정체를 몰라 얼떨떨한 표정을 지을 때였다.

유건은 비행술을 써서 도망치며 경고했다.

"피하십시오! 놈들이 보낸 강시입니다!"

그 말에 장업이 불경 법보를 꺼내 강시 눈에 던졌다. 그러나 강시는 한 마리가 아니었다. 이미 요충지까지 후양종에 뚫린 탓에 온 사방에서 강시가 나타나 석탑으로 몰려들었다.

유건과 장업은 석탑이 무너지기 직전에 비행술을 써서 가까스로 빠져나왔다. 손미선사 밑에서 진법 연구에만 매진한 장업은 전투에 익숙하지 않아 위험한 고비를 몇 차례 넘겼다.

그러나 장업 역시 오선이었다. 비행술에 금세 익숙해진 장업은 수십 구의 잿빛 강시 틈을 통과해 위험 지역을 탈출했다.

크기가 10장에 달하는 잿빛 강시들은 손에 든 무기를 마구잡이로 휘두르거나, 눈에서 잿빛 광선을 발출해 공격했다.

장업은 노란색 불경 법보로 몇 차례 반격을 가했다. 그러나 잿빛 강시는 가죽이 엄청나게 두꺼워 반격이 통하지 않았다.

유건은 잿빛 강시 사타구니 사이로 지나가며 경고했다.

"장 선배님이 가진 법보로는 강시를 죽일 수 없습니다! 지금은 어떻게든 이 난리 통을 빨리 빠져나가는 게 중요합니다!"

유건의 의견에 동의한 장업은 다시 도망치는 데만 집중했다. 강시의 행동이 굼뜨단 점을 간파한 유건과 장업은 강시의 사타구니나 겨드랑이 밑으로 비행해 위기를 모면했다.

두 사람을 놓친 잿빛 강시들은 경지가 낮은 제자들을 잡아 분풀이에 들어갔다. 공선 이상의 제자들은 후양종 수사를 막는 중이라 내부에는 입선 경지의 제자만이 남아 있었다.

장업은 속절없이 죽어 나가는 어린 제자들을 안타까운 눈빛으로 바라보았다. 그러나 그가 지금 할 수 있는 일은 없었다.

그저 강자 간의 대결에서 낙낙사 쪽이 빨리 승리하기만을 바랄 뿐이었다. 사실, 경지가 낮은 제자들은 얼마가 죽든 대세에 큰 영향을 주지 못했다. 어차피 이런 규모의 대전에서는 양 종 강자 간의 대결에서 승패가 갈리기 마련이었다.

두 사람이 강시대군이 만든 포위망을 거의 빠져나왔을 때였다.

파아앗!

잿빛 강시보다 약간 작은 파란 강시가 땅속에 두더지처럼 숨어 있다가 재빨리 튀어나와 두 사람 앞을 막아섰다. 파란 강시는 양손에 선문이 적힌 파란 칼날을 꼬나 쥐고 있었다.

'이거 느낌이 좋지 않은데.'

유건은 미간을 찌푸리며 속도를 늦추었다. 그러나 파란 강시를 잿빛 강시처럼 생각한 장업은 전처럼 파란 강시 다리 사이를 통과해 지나가려 하였다. 한데 그 순간, 이미 눈치 챈 파란 강시가 양손에 든 파란 칼을 장업 쪽으로 내리쳤다.

장업은 급히 비행술로 파란 강시의 공격을 피해 공중으로 치솟았다. 그러나 파란 강시는 당황하지 않았다. 오히려 장업보다 더 빨리 공중으로 치솟아 장업 머리 위에 칼날을 내리쳤다. 파란 칼날이 빨랫줄처럼 날아가 장업의 몸을 갈랐다.

"아뿔싸!"

소스라치게 놀란 장업은 급히 보호막을 펼쳐 파란 칼날을 막았다. 파란 강시가 엄청나게 빠를 뿐만 아니라, 비행술까지 자유자재로 사용하리라고는 전혀 예상 못 한 얼굴이었다.

파란 강시가 내려친 파란 칼날은 장업이 펼친 주황색 보호막에 막혀 튕겨 나갔다. 그러나 파란 칼날에 적힌 선문이 기이한 문양을 이루며 번쩍이는 순간, 칼날이 보호막을 뚫고 장업의 배를 갈랐다. 장업의 얼굴이 딱딱하게 굳었다.

쉬이익!

그때, 새빨간 불꽃이 장업을 낚아채 낙낙사 성채 안으로 도망쳤다. 새빨간 불꽃의 정체는 유건이 급히 꺼낸 청랑이었다.

"끼이아악!"

다잡은 먹잇감을 눈앞에서 놓친 파란 강시는 괴성을 지르며 청랑을 추격했다. 그러나 아무리 빨라도 청랑보다 빠를 수는 없었다. 파란 강시는 바로 뒤처져 시야에서 사라졌다.

공중에서 강시대군을 조종하던 후양종 수사가 히죽 웃었다.

"공선 주제에 꽤 쓸 만한 영수를 지녔군."

유건이 가진 영수에 욕심이 동한 후양종 수사가 곧장 비검에 올라타 청랑의 뒤를 추격했다. 오선 초기인 후양종 수사는 동 경지의 다른 수사와 비교해 실력이 월등히 뛰어났다. 특히, 진법에만 매진한 장업과는 큰 차이가 있을 정도였다.

후양종 수사는 마치 거인이 큰 걸음으로 쫓아오듯 고개를 돌려 확인할 때마다 거리를 좁혀 어느새 법보 사정거리에 들어서 있었다. 이대로 가다간 얼마 버티지 못할 게 분명했다.

뒤를 돌아본 장업이 불안한 기색을 드러냈다.

"곧 따라잡히겠어!"

"같은 생각입니다."

"어찌하면 좋겠는가?"

"따라잡히기 전에 먼저 선공을 취하는 게 나을 것 같습니다."

잠시 고민하던 장업이 비장한 표정을 지으며 고개를 끄덕였다.

"지금은 그 수밖에 없겠군."

뇌음으로 계획을 세운 두 사람은 청랑을 조종해 고공으로 날아갔다. 그 모습을 보며 피식 웃은 후양종 수사가 비검을 조종해 고공으로 도망치는 유건 일행의 뒤를 바짝 쫓아왔다.

그때, 청랑 등에서 뛰어내린 장업이 후양종 수사의 뒤를 붙잡아 법보를 날렸다. 후양종 수사는 즉시 비검 한 가닥을 떼어 내 장업이 날린 법보를 요격했다. 후양종 수사는 자신의 비검술에 대한 신뢰가 대단한 모양이었다. 비검 한 가닥을 날린 다음에는 더는 장업을 신경 쓰지 않는 모습이었다.

"그 영수는 네놈의 분수에 맞지 않는다! 순순히 영수를 내놓는다면 내 자비를 베풀어 네놈의 목숨만은 살려 줄 것이야!"

소리친 후양종 수사가 비검 한 가닥을 더 떼어 내 쏘아 보냈다. 한데 그 순간, 모든 이의 예상을 벗어나는 일이 발생했다.

청랑이 화륜차의 불꽃을 크게 키워 비검을 피해 냈다. 그와 동시에 청랑의 등에서 훌쩍 뛰어내린 유건이 전광석화, 사자후, 천수관음검법을 연달아 펼쳐 후양종 수사를 폭풍처럼 몰아쳤다. 비검을 피한 청랑 역시 공중에서 다람쥐 쳇바퀴 돌듯 한 차례 돈 후에 후양종 수사 등에 불꽃을 내뿜었다.

콰콰콰콰쾅!

불꽃과 무형의 음파와 날카로운 광선이 후양종 수사를 폭풍처럼 몰아쳤다. 그러나 후양종 수사는 정종 검법을 수련한 검선(劍仙)의 후예인지, 회색 검기를 길게 늘어트려 만든 단단한 보호막으로 유건과 청랑이 펼친 협공을 막아 냈다.

'역시 내가 상대하기엔 벅찬 자다.'

유건은 고개를 돌려 장업을 보았다. 장업은 아직도 후양종 수사가 날린 비검에 발이 묶여 빠져나오지 못하는 중이었다.

'오선치곤 정말 도움이 안 되는군.'

유건은 장업의 모습을 보며 수련과 실전 경험이 적절히 균형을 이루어야지만 더 강해진다는 진리를 다시 한번 절감했다.

장업과 후양종 수사가 지닌 경지는 오선 초기로 똑같았다. 심지어 쌓은 법력의 양 역시 비슷했다. 그러나 실전에서는 후양종 수사가 장업을 압도했다. 장업은 진법 수련에 매진한 탓에 진법과 관련한 법보 외엔 쓸 만한 법보조차 없었다.

유건은 청랑 등에 올라타 다시 전력으로 도망쳤다. 장업이야 죽든 말든 그가 알아서 할 일이었다. 그가 지금 유일하게 걱정하는 문제는 을성선사가 그를 의심하는 상황이었다. 한데 운이 겹친 덕에 의심을 사지 않고 도망칠 기회가 생겼다.

만약, 을성선사가 뒤늦게 그가 도망쳤다는 소식을 듣고 쫓아오더라도 장업이 약해서 어쩔 수 없었다는 훌륭한 변명거리가 있었다. 유건은 영목낭에 있는 규옥의 법력까지 전부 동원해 청랑의 속도를 높였다. 장업의 무게를 덜어 낸 덕에 화륜차를 단 청랑의 속도는 전보다 반 배 이상 빨라졌다.

후양종 수사는 청랑이 보여 준 신통력을 보고 욕심이 더 동해 죽자 사자 쫓아왔다. 유건은 쓴웃음을 지으며 계속 도망쳤다.

한편, 낙낙사 성채 고공에서는 양 종 초강자들이 자신의 실력을 본격적으로 뽐내는 중이었다. 원래 을성선사는 청익경 네 마리가 현독을 저지할 동안, 본인은 길마를 처치할 계획이었다. 길마는 본인의 상대가 아니었기 때문에 청익경이 시간만 잘 벌어 주면 승산이 충분할 거란 계산에서였다.

사실, 을성선사가 어렵게 구한 청익경을 수백 년 동안 애지중지하며 키운 이유가 바로 지금과 같은 때를 위해서였다.

한데 후양종 공동 태상호법 두 명도 이미 이에 대비를 충분히 해 둔 상태였다. 먼저 현독이 산선계 4품의 귀한 영수인 혈봉접(血鳳蝶) 수십만 마리를 풀어 청익경을 급습하였다.

혈봉접은 먹잇감의 살점과 피를 파먹으며 성장하는 이름난 흡혈 영충(靈蟲)이었다. 더욱이 크기가 엄청나게 작아 잡기 어려울 뿐만 아니라, 살갗에 한번 달라붙으면 살을 통째로 파내지 않는 이상, 몸에서 떼어 내기가 아주 힘들었다.

그러나 청익경 역시 만만치 않았다. 산선계 2품 영수인 청익경은 같은 어미에게서 태어난 쌍둥이로 손발이 척척 맞았다. 청익경 한 마리가 위험에 처하면 다른 한 마리가 하얀 광선을 날려 도와주었다. 또, 세 마리가 전면을 공격하는 동안, 남은 한 마리는 뒤에서 급습하는 혈봉접을 막았다.

쉬이이잉!

청익경이 토한 새하얀 광선이 허공을 가를 때마다 손톱보다 작은 혈봉접 수천 마리가 그대로 얼어붙어 땅으로 추락했다.

그러나 혈봉접은 숫자가 워낙 많아 끊임없이 달려들었다. 결국, 혈봉접 수천 마리가 청익경 배에 달라붙어 날카로운 송곳니를 질기기 짝이 없는 푸른 고래의 가죽에 박아 넣었다.

현독이 그 모습을 보며 크게 기꺼워했다.

"100년간 공을 들여 키운 보람이 헛되지 않았구나."

그때, 을성선사가 오히려 좋아하는 현독을 비웃으며 소리쳤다.

"하하, 아직 좋아하긴 이르다네!"

그 순간, 청익경의 모공에서 새하얀 얼음 결정이 튀어나와 몸 전체를 두꺼운 얼음층으로 단단히 보호했다. 마치 푸른 가죽 위에 얼음으로 만든 새로운 가죽을 덧입힌 것 같았다.

얼음 가죽은 혈봉접의 공격에서 청익경을 보호해 줄 뿐만 아니라, 엄청난 한기까지 내뿜어 혈봉접을 산 채로 얼렸다.

그러나 혈봉접 역시 지독하기 짝이 없어 얼음 가죽에 구멍이 뚫릴 때까지 포기하지 않았다. 결국, 청익경과 혈봉접의 대결은 누가 더 지독한가에 따라 결판이 날 가능성이 컸다.

한데 애초에 현독이 귀한 혈봉접부터 풀어놓은 이유는 을성선사의 계획을 수포로 돌려놓기 위해서였다. 1차전은 길마, 현독이 을성선사와 2 대 1로 대결한다는 처음 목적을 달성한 후양종 공동 태상호법 측의 승리로 결말이 난 셈이었다.

영수와 영충이 대결하는 동안, 길마, 현독 역시 을성선사를 앞뒤로 포위한 상태에서 독문 법보를 꺼내 협공을 가했다.

길마는 30장까지 몸의 크기를 키운 다음에 날카로운 톱니가 달린 고살륜(拷殺輪)으로 을성선사에게 근접 공격을 가했다. 또, 현독은 극독이 든 붕대를 검처럼 사용해 공격해 왔다.

고살륜은 한 번 움직일 때마다 수천 개에 달하는 톱니를 화살처럼 쏘아 보내 을성선사를 포위해 들어갔고 현독이 휘두른 붕대에선 검은색 독기가 결정으로 변해 쏟아져 내렸다.

이에 을성선사는 독문 공법인 차한공으로 수십 겹에 달하는 얼음 보호막을 친 상태에서 냉기가 실린 광선을 발사했다.

을성선사는 차한공을 거의 대성했기 때문에 열 손가락으로 파란 광선을 쏘아 보낼 때마다 그 주변 공기가 얼어붙었다.

이는 마치 얼음으로 이루어진 무지개다리가 끊임없이 생

기는 것 같아 주변 100리 일대가 얼음 구덩이에 갇혀 버렸다.

세 수사의 대결을 멀리서 지켜본다면 푸른 얼음이 사방으로 영역을 넓혀 가는 동안, 한쪽에선 노란색 화살 수만 개가 푸른 얼음을 깨부수고 다른 한쪽에선 검은색 독 구름이 푸른 얼음이 더는 커지지 못하게 막아서는 듯이 보일 터였다.

세 사람은 독문 공법과 독문 법보로 한참을 겨루었다. 그러나 100년 전 벌인 대결에서처럼 승패는 가려지지 않았다.

이에 세 사람은 다시 수십 개의 법보를 더 방출해 재차 맞붙었다. 급기야는 서로 원신을 내보내 전장의 영역을 더 넓혔다.

밑에서는 청익경과 혈봉접이 거대한 구름처럼 한데 뒤엉켜 누가 더 지독한가를 겨루는 중이었다. 또, 까마득한 높이의 고공에서는 을성선사의 원신과 길마, 현독 두 사람의 원신이 상대를 마주 본 상태에서 치명적인 일격을 주고받았다.

마지막으로 그 중간쯤에선 세 사람이 발출한 법술과 법보가 서로 엉켜 들며 어떨 때는 엄청난 한기가, 또 어떨 때는 들이마시기만 해도 뼈마저 그대로 녹아 버릴 것 같은 지독한 독기가 주변 100리 일대를 초토화했다. 거기다 양측이 방출한 법보 수십 개가 화염과 폭풍과 각양각색의 빛을 발산하며 맞붙어 그 여파가 거의 300리까지 미치기 시작했다. 이는 마치 삼월천이 멸망하기 직전의 모습을 보는 듯했다.

그러나 양 종 초강자 세 수사가 한 시진 넘게 싸웠음에도 승패는 여전히 가려지지 않았다. 을성선사와 길마, 현독 두 사람의 실력과 공법, 법보가 절묘하게 균형을 이룬 탓이었다.

하지만 이대로 법력을 소진해 가며 지쳐 쓰러질 때까지 싸울 수는 없었다. 어느 쪽이든 먼저 변화를 주어야 할 때였다.

먼저 변화를 준 쪽은 길마, 현독이었다. 길마는 고살륜이 푸른 얼음을 막아 주는 동안, 한껏 키운 본신을 청동빛으로 물들인 상태에서 직접 을성선사 쪽으로 짓쳐 갔다. 길마의 본신은 강시보다 훨씬 단단했기 때문에 을성선사가 만든 얼음에 금이 가며 보호막이 점차 깨져 나갔다. 길마가 어떤 공법을 사용했는진 알 수 없지만, 푸른 얼음이 내뿜는 지독한 냉기마저 본신을 감싼 청동빛을 뚫고 들어가지 못했다.

그사이, 현독은 등 뒤에서 꺼낸 1장 길이의 거대한 창날에 법력을 밀어 넣으며 입으로는 끊임없이 진언을 암송했다.

잠시 후, 거대한 창이 크기를 키워 나가 10여 장에 이르렀다. 또, 창에 새겨진 고대 선문이 황녹색을 띠며 반짝거리는 순간, 창날에 어른 허리만 한 굵기의 뇌전 결정이 맺혔다.

마침내 을성선사를 상대하기 위해 수십 년에 걸쳐 막대한 비용과 노력을 투자해 연성한 최강 법보가 모습을 드러냈다.

을성선사의 차한공은 그 적수를 쉽게 찾아보기 힘든 대단한 공법이었다. 그러나 약점이 딱 하나 있었는데 바로 벼락 속성 공격에 약하다는 단점이었다. 한데 법보가 지니는 여러 가지 속성 중에서 벼락 속성 법보를 만들기가 가장 까다로운 탓에 다른 수사들은 을성선사와 대적하길 꺼렸다.

한데 구구말겁이 닥칠 날이 머지않았음을 깨달은 현독은 말겁이 닥쳐오기 전에 을성선사와 어떻게든 결판을 낼 각오로 뇌비창(雷飛槍)이란 전설상의 법보를 억지로 연성했다. 그 바람에 몇십 년 동안 상동에서 뇌심목이 품귀현상을 빚었다. 뇌비창의 기본 재료가 뇌심목이었기 때문이었다.

을성선사는 현독이 뇌비창에 법력을 주입하는 모습을 보면서도 표정에 여유가 넘쳤다. 뇌비창이 그가 수련한 차한공의 천적이라는 점을 생각하면 이해가 가지 않는 일이었다.

을성선사가 낄낄거리며 현독을 조롱했다.

"흐흐, 역시 100년 만에 뇌비창과 같은 보물을 완성했을 리가 없지. 아니, 만들기는 했지만, 불량품이라는 게 더 맞겠군."

을성선사의 조롱을 들은 현독의 표정이 딱딱하게 굳었다. 을성선사의 말대로였다. 뇌비창과 같은 보물은 1~200년 안에 만들 수 없었다. 그의 말대로 뇌비창은 불량품이었다.

그때, 강시처럼 변한 길마가 얼음벽을 뚫고 을성선사와 300장 정도 떨어진 지점까지 접근해 온몸의 법력을 방출했다.

엄청난 법력이 회오리를 이루며 사방을 뒤덮은 얼음벽에 구멍을 뚫었다. 그리고 그와 동시에 진언 암송을 마친 현독이 30장까지 크기를 키운 뇌비창을 힘껏 던졌다. 뇌비창은 길마가 뚫어 놓은 통로를 타고 들어가 길마의 손에 들어갔다.

길마가 뇌전으로 뒤덮인 뇌비창을 양손에 쥐며 중얼거렸다.

"불량품이라고 해서 위력이 아예 없는 건 아니오."

말을 마친 길마가 뇌비창을 쥐고 을성선사를 향해 짓쳐 갔다. 뇌비창에서 쏟아져 나온 엄청난 굵기의 뇌전이 푸른 얼음을 타고 들어가 보호막 안에 숨은 을성선사 가슴에 작렬했다.

콰콰콰콰쾅!

뇌전이 폭발하는 순간, 주변 100리를 뒤덮은 푸른 얼음은 산산이 깨져 흩어졌고 을성선사는 뇌전 구름에 갇혀 형체조차 보이지 않았다. 마치 벼락이 온 세상을 뒤덮은 듯했다.

◆ ◈ ◆

길마와 현독은 안력을 높여 뇌전 구름 속을 관찰했다. 이번 일격에 막대한 법력을 소모한 탓에 반드시 성과를 봐야 했다. 그렇지 않으면 불리해지는 쪽은 그들일 수밖에 없었다.

그때, 뇌전 구름에 시커먼 구멍이 뚫리더니 그 속에서 파란 광채가 비틀거리며 걸어 나왔다. 파란 광채의 정체는 다름 아닌 을성선사였다. 을성선사는 온몸에 화상을 입은 상태에서 오른팔은 거의 녹아내린 처참한 모습이었다. 그러나 푸른 냉기가 쏟아지는 눈빛만 봐선 죽을 정도는 아니었다.

을성선사의 멀쩡한 왼손에는 악귀나찰을 새겨 넣은 가죽과 선문이 새겨진 황금색 살로 제작한 주황색 우산이 들려 있었다.

을성선사가 뇌전 구름을 빠져나오는 순간, 입술을 잘근 깨문 길마가 재차 뇌비창을 휘둘러 남아 있는 뇌전을 쏘아 보냈다.

"가짜 뇌비창은 이제 노납에게 타격을 주지 못한다!"

히죽 웃은 을성선사가 왼손에 쥔 주황색 우산을 휘둘러 뇌전을 막았다. 주황색 우산에 가로막힌 뇌전이 우산살을 타고 옆으로 빗물처럼 흘러내려 을성선사에게 피해를 주지 못했다.

그때, 우산의 정체를 파악한 현독이 이를 바드득 갈았다.

"융마노괴(隆魔老怪)의 대방산(大防傘)을 빌려 온 모양이구려!"

길마가 놀란 표정을 숨기지 못했다.

"융마노괴라면 혈심해(血心海)의 이름난 마선(魔仙)이 아니오?"

현독이 무거운 표정으로 고개를 끄덕였다.

"맞소."

"하면 을성노괴가 마종(魔宗)과 손을 잡았다는 뜻이오?"

"틀림없소."

현독이 을성선사 쪽으로 날아가 힐문했다.

"선배 역시 칠선해(七仙海)의 마종 놈들과 연을 맺으면 녹원대륙 공적(公敵)으로 몰린단 사실을 모르진 않을 것이오. 그런 사실을 알면서도 융마노괴의 대방산을 꺼냈단 뜻은 마종과 관련 있단 사실을 스스로 인정했다고 봐도 무방하겠소?"

을성선사가 싸늘한 미소를 지었다.

"흐흐, 원랜 노납 역시 대방산을 꺼내지 않을 생각이었지. 한데 길마 놈이 자기를 전도체(傳導體)로 만들어 불완전한 뇌비창의 위력을 몇 배로 끌어올릴 거라곤 전혀 예상 못 했다. 그 점은 칭찬해 주마. 그러나 네놈들이 나와 융마의 관계를 안 이상, 후양종이 이름이 붙은 것은 사람이든 강시든 관계없이 절대 이곳을 살아서 빠져나가지 못할 것이야."

을성선사가 말을 마치기 무섭게 대방산을 휘둘러 공격해 왔다. 대방산은 융마노조(隆魔老祖)의 독문 법보로 상대의 공격을 흩어 버리는 이능이 있었다. 특히, 벼락 속성 공격을 튕겨 내는 이능이 탁월해 절대 남에게 빌려주는 법이 없었다.

일주겁 중에서 막기 제일 까다로운 공격이 벼락 속성 공격이기 때문이었다. 한데 융마노조가 을성선사에게 대방산을 빌려주었단 말은 두 사람의 관계가 아주 깊단 방증과 같았다.

그 사실을 들킨 을성선사가 그들을 절대 살려 보내지 않을 거란 사실을 잘 아는 길마, 현독 역시 목숨을 걸고 싸웠다.

벼락 속성 기운을 강화하기 위해 자신을 전도체로 만든 길마는 뇌비창을 휘둘러 을성선사에게 계속 벼락 공격을 가했다.

그러나 그때마다 을성선사가 대방산으로 막아 벼락을 흩어 버렸다. 한데 길마는 마치 그 수 외엔 다른 방법이 없단 듯이 실패할 것을 뻔히 알면서도 뇌비창 공격을 멈추지 않았다.

을성선사의 눈썹이 가늘어졌다.

"설마 이놈들이?"

그때, 현독이 검은색 불길에 휩싸여 을성선사를 급습했다. 을성선사가 당황해 대방산을 휘둘러 검은색 불길을 막았다.

한데 검은색 불길은 대방산과 같은 보물에 천적인 듯했다. 벼락을 튕겨 내던 대방산마저 검은 불길에 맥을 추지 못했다.

그제야 속았단 사실을 깨달은 을성선사가 대방산을 회수한 다음에 차한공으로 만든 얼음 보호막을 대신 펼쳤다. 그제야 얼음 보호막에 막힌 검은색 불길의 기세가 한풀 꺾였다.

길마와 현독은 을성선사가 그들이 만든 벼락 속성 법보를 막을 법보를 빌리거나, 아니면 직접 연성할 것으로 생각했다.

후양종이 벼락 속성 법보의 주재료인 뇌심목을 몇십 년 동안 대량으로 매입한 사실을 을성선사나 낙낙사가 모를 리 없는 탓이었다. 또, 벼락 속성 법보의 목표가 을성선사란 사실 역시 모를 리 없었다. 그런 이유로 을성선사가 벼락 속성 법보에 대항하기 위해 특별한 법보를 준비했을 거란 사실을 예상하는 일이 그리 어렵지 않았다. 물론, 길마와 현독은 그 법보가 마종의 보물인 대방산일 줄은 전혀 몰랐다.

길마와 현독은 뇌비창이 실패할 때를 대비해 최후의 수단을 마련해 두었는데 바로 현독이 스스로 몸을 태워 만든 검은색 불길이었다. 이 불길은 무엇이든 녹여 버리는 극독을 함유한 탓에 을성선사가 준비한 대방산을 무력화할 수 있었다.

"끝이다!"

그때, 길마가 현독이 만든 기회를 틈타 뇌비창이 머금은 모든 뇌전을 을성선사에게 쏟아부었다. 을성선사가 검은색 불길을 두려워해 대방산을 거둔 지금이야말로 다시없을 기회였다.

콰콰콰콰쾅!

다시 한번 뇌전 구름이 을성선사를 뒤덮었다. 그러나 비선 진입을 코앞에 둔 초강자인 을성선사는 길마와 현독의 작전을 눈치 채고 그에 대한 대비책을 완벽하게 세워 둔 상태였다.

뇌비창으로 발출한 뇌전은 을성선사가 재빨리 꺼내 든 대방산에 막혀 힘없이 튕겨 나갔다. 그리고 그 틈에 을성선사가 날린 해골 머리가 달린 검은색 화살이 길마의 본신을 산 채로 녹여 버렸다. 해골 머리가 달린 검은색 화살을 확인한 현독이 몸을 부들부들 떨었다. 해골 머리가 달린 검은색 화살의 정체 역시 융마노조가 아끼는 독문 법보로 대방산만큼이나 무섭다고 알려진 백골마심전(白骨魔心箭)이었다.

길마의 본신을 녹여 버린 백골마심전이 빙그르르 회전해 현독을 노려 갔다. 이미 현독은 스스로 몸을 태워 가며 검은색 불길을 만든 상태라 차한공, 대방산, 백골마심전의 협공을 견디지 못하고 그의 본신 역시 한 줌 연기로 변해 흩어졌다.

길마와 현독의 본신이 죽는 순간, 그들의 원신 또한 겁에 질려 도망쳤다. 그러나 원신과 합체한 을성선사가 득달같이 쫓아가 길마와 현독의 원신을 얼음 알갱이로 흩어 버렸다.

뇌력을 퍼트려 전장에 다른 수사가 없음을 재차 확인한 을성선사는 대방산과 백골마심전부터 얼른 회수했다. 그가 칠선해에서 유일하게 마종이 지배하는 혈심해와 관련 있다는 소문이 퍼지는 날에는 아무리 그라 해도 무사하기 어려웠다.

본인의 법보와 길마, 현독의 법보를 회수한 을성선사는 성채 상공으로 내려가 후양종 장선 수사에게 살수를 퍼부었다.

후양종 장선 수사들은 을성선사가 혼자 나타나는 모습을 보고 사방으로 달아났다. 그러나 이미 누구도 살려 보낼 마음이 없던 을성선사의 지독한 공격에 죽음을 면치 못했다.

마치 윗물이 아래쪽으로 흐르듯 을성선사의 지원 덕에 후양종 장선 수사들을 몰살하는 데 성공한 낙낙사 장선 수사들은 다시 일반 제자들을 도와 후양종 수사들을 몰살시켰다.

그렇게 반나절이 지났을 무렵, 마침내 녹세구에 집결한 후양종 수사 10만여 명이 전멸했다. 을성선사는 웅우, 중해, 강두타 세 장선 후기 수사에게 후양종 본종과 분파를 지키는 잔당을 깡그리 죽이라 명령한 후에 빙불선으로 돌아갔다.

잠시 후, 방장 윤가선사가 젊은 수사에게서 떼어 낸 깨끗한 오른팔을 가지고 빙불선을 찾았다. 시커멓게 타 버린 오른팔을 차한공 광선으로 깨끗하게 잘라 낸 을성선사는 윤가선사가 가져온 오른팔을 어깨에 붙인 후에 영단을 발라 치료했다.

윤가선사가 봉합한 자리를 확인하며 안도했다.

"1년쯤 지나면 완벽하게 회복하실 겁니다."

을성선사가 코웃음 치며 냉랭히 대꾸했다.

"노납이 그걸 모를 것 같으냐."

윤가선사가 얼른 머리를 조아렸다.

"사질이 주제넘었습니다."

"그보다 좀 전부터 노납의 뇌력에 아원이란 그 젊은 녀석이 잡히지 않는데, 손미에게 가서 무슨 일인지 알아보고 오너라."

"예, 어르신."

윤가선사는 잠시 후 손미선사를 데리고 다시 빙불선을 찾았다. 손미선사는 빙불선에 승선하기 전부터 안절부절못했다.

윤가선사가 손미선사를 힐끗 보며 지시했다.

"어서 어르신께 그간의 사정을 소상히 말씀드리게."

안절부절못하던 손미선사가 바닥에 넙죽 엎드리더니 아원으로 위장한 유건이 후양종 수사에게 쫓기다가 사라졌다는 비보를 전했다. 또, 비보를 전한 후에는 아원을 찾기 위해 자신이 직접 믿을 만한 제자들을 파견했다는 사실도 덧붙였다.

을성선사가 입맛을 다시며 몹시 아쉬워했다.

"그 녀석은 헌월의 복신술을 쓰고 있었다."

윤가선사가 깜짝 놀라 물었다.

"헌월이라면 남환산맥에 사는 헌월노조를 말씀하시는 겁니까?"

"헌월이 그 헌월 말고 또 있더냐?"

"사질이 쓸데없는 질문을 했습니다."

"이럴 줄 알았으면 아원이란 놈을 찾았을 때 바로 고문해 실토하게 할 걸 그랬구나. 중요한 대전을 앞두고 부정 타는 게 싫어 손을 쓰지 않았는데 그 틈에 모습을 감출 줄이야."

윤가선사가 이해가 가지 않는단 표정으로 물었다.

"한데 헌월노조의 제자가 복신술까지 써 가며 본사의 제자로 위장한 이유가 무엇입니까? 그 안에 곡절이 있는 것입니까?"

"몇십 년 전에 구구말겁이 얼마 남지 않았단 사실을 알아

낸 헌월은 노납에게 양해를 구하고 무언갈 찾기 위해 상동 지
방을 한참 돌아다녔다. 한데 헌월이 자화연에 당도한 후부터
는 무언갈 연구하는지 이곳에 틀어박혀 움직이질 않았지."

윤가선사가 눈을 반짝이며 물었다.

"하면 자화연 밑에 있다는 결계를 헌월노조가 찾아낸 것일
까요?"

을성선사가 고개를 끄덕였다.

"그럴 가능성이 크다. 하지만 그 역시 결계를 뚫진 못했을
것이야. 노납보다 실력이 떨어지는 놈이 뚫었을 리 없지. 하
지만 사람 일이란 건 모르는 게 아니더냐? 운이 아주 좋다면
결계에 틈을 만들어 그 안에 뭐가 있는지 봤을 수도 있지."

윤가선사는 그제야 알겠다는 듯 고개를 끄덕였다.

"그런 상황에서 헌월노조의 복신술을 익힌 후인이 자화연
에 나타나 낙낙사 제자인 것처럼 위장해 돌아다녔단 말이군
요."

을성선사가 다시 입맛을 다셨다.

"바로 그렇다. 헌월노조의 후인이 이 먼 자화연까지 왔다
는 말은 헌월노조가 결계를 뚫는 방법을 알아내 후인에게 알
려 줬다는 증거가 아니면 뭐겠나? 윤가, 너는 지금부터 자화
연을 철통같이 감시하는 한편, 사라진 그 아원이란 녀석의 행
방을 찾아라. 노납은 지금부터 다시 폐관에 들어 이번 대전에
서 얻을 깨달음을 통해 몇십 년 후에 닥칠 구구말겁을 무사히

넘김과 동시에 비선 진입을 시도할 것이니라."

"분부대로 시행하겠습니다."

지시를 내린 을성선사는 다시 빙불선에 올라 수련하던 거처로 돌아갔다. 을성선사를 배웅하고 돌아온 윤가선사는 손미선사가 보낸 추격대에 오휴를 추가로 합류시켜 아원으로 위장한 헌월노조의 제자를 찾아내 잡아 오란 엄명을 내렸다.

한편, 꼬리에 후양종 오선 수사를 달고 도망치던 유건은 을성선사의 뇌력이 미치는 범위 밖으로 벗어나는 데 주력했다.

을성선사가 장선 후기 최고봉이었기 때문에 뇌력이 미치는 범위 역시 그의 상상을 초월할 가능성이 컸다. 유건은 여유를 넉넉히 넣어 계산한 후에야 마음을 놓을 수 있었다.

'이젠 후양종 수사를 없애는 일만 남았군.'

조금만 더 가면 낙낙사의 영향력 밖이었다. 상동에서 가장 큰 종파는 십대종문인 산죽림(傘竹林)이었기 때문에 산죽림 관할 구역 안으로 들어가는 상황만은 어떻게든 피해야 했다.

선도에선 수사가 10만 명 이하면 지문(支門), 10만 명 이상이면 종문으로 분류했다. 또, 50만 명 이상일 땐 대종문(大宗門), 100만 명 이상은 초대종문(超大宗門)으로 분류했다.

낙낙사, 후양종은 보유한 수사가 10만 명 이상, 50만 명 미만이기 때문에 종문에 해당했다. 그러나 그 둘과 다르게 거의 60만 명이 넘는 수사를 거느린 산죽림은 대종문에 속했으며 녹원대륙을 좌지우지하는 십대종문의 한 자리를 차지했다.

녹원대륙에는 100만 명 이상의 수사를 보유한 초대종문이 없었다. 칠선해 건너편에 있는 대륙인 거령대륙(巨靈大陸)엔 초대종문이 있단 소문이 있지만, 여전히 소문일 뿐이었다.

'저기가 좋겠군.'

유건은 한적한 계곡 사이로 내려가 무광무영복을 덮어썼다. 잠시 후, 후양종 오선 수사가 계곡에 도착해 뇌력을 퍼트렸다. 그러나 무광무영복을 덮어쓴 유건을 찾아낼 리 없었다.

"흐흐, 재밌는 수를 쓰는군."

히죽 웃은 후양종 오선 수사가 법보낭에서 까만 액체가 든 병을 꺼내 공중에 던졌다. 스스로 마개를 연 병은 안에 든 검은 액체를 공중에 뿌렸다. 공기와 접촉하는 순간, 검은 액체가 검은 수증기로 변해 계곡 전체를 순식간에 뒤덮었다.

극독이 들어 있는 수증기에 닿으면 나무고 돌이고 흙이고 상관없이 모두 검은 액체로 녹아 흘러내렸다. 불과 1각 만에 아름다운 계곡이 죽음의 대지로 변했다. 독을 뿌린 후양종 오선 수사는 느긋한 표정으로 유건이 나타나길 기다렸다.

그때, 조금 전에 검은 액체로 녹아내린 나무에서 청량이 튀어나와 후양종 오선 수사의 발밑에 푸른색 화염을 내뿜었다.

"하하, 거기 있었구나!"

회색 비검으로 방어막을 만들어 화염을 쉽게 막아 낸 후양종 오선 수사는 기뻐하며 법보낭에서 밧줄 법보를 꺼내 던졌다.

공중에서 뱀처럼 꿈틀거린 밧줄 법보가 날렵한 동작으로 청랑에게 쇄도했다. 후양종 오선 수사는 청랑을 죽이려는 게 아니라, 사로잡아 자기 영수로 만들 생각이었기 때문에 살수를 쓰지 않았다. 그 순간, 청랑 밑에서 튀어나온 유건이 남은 자광은침 10개를 던져 후양종 오선 수사를 기습했다.

"흥, 잔머리를 굴리는군."

코웃음 친 후양종 오선 수사가 회색 비검을 10개로 갈라 자광은침을 요격했다. 그러나 자광은침은 자연법칙이 미세하게 담긴 보물이었다. 회색 비검 열 가닥과 자광은침이 가까워지는 순간, 회색 비검의 속도가 갑자기 확 줄어들었다.

"뭐지?"

의문을 드러낸 후양종 오선 수사가 자기 멋대로 속도를 줄인 회색 비검에 급히 법결을 날릴 때였다. 그 틈에 회색 비검을 통과한 자광은침이 후양종 오선 수사의 요처를 찔렀다.

탕탕탕탕탕!

회색과 보라색 빛이 충돌하며 10개의 작은 폭발이 일어났다.

"귀엽다고 해 주니까 이젠 아예 기어오르려 드는군!"

160

남은 비검으로 자광은침을 막아 낸 후양종 오선 수사가 화를 벌컥 내며 입을 크게 벌렸다. 그 순간, 후양종 오선 수사의 입에서 회색 깃발이 튀어나와 유건을 향해 날아갔다. 회색 깃발은 대단한 보물이었다. 상대 근처에 도달하기 무섭게 눈부신 회색 광채를 발산해 유건을 빛무리 속에 가두었다.

그때, 유건의 소매 속에서 튀어나온 녹색 털 뭉치가 손에 쥔 녹색 포대 입구를 벌렸다. 녹색 포대는 등장과 동시에 유건을 속박한 회색 광채는 물론이거니와 회색 광채를 발산하던 회색 깃발까지 한 번에 끌어당겨 포대 속에 가둬 버렸다.

"이럴 수가! 고작 공선 초기 따위가 어찌 저런 보물을!"

후양종 오선 수사가 놀라 비명을 지를 때, 유건의 팔목에서 보라색 안개를 휘감은 금룡이 튀어나와 벼락을 내뿜었다.

후양종 오선 수사의 이름은 내욱(內旭)이었다. 후양종 장로의 증손자인 그는 장로에게 받은 상문검(喪門劍) 한 자루로 수차례 공을 세워 수뇌부의 신임을 한 몸에 받는 중이었다. 애초에 진법 한 우물만 판 장업과는 결이 다른 강자였다.

장선을 배출한 명문 출신답게 평범한 오선 초기 수사는 보기조차 힘든 벼락 속성 저항력이 들어 있는 옥패를 몸에 지닌 내욱은 금룡이 뿜어낸 벼락을 피해 다니며 회색 비검으로 반격을 시도했다. 내욱의 회색 비검은 단전에서 상문검을 200년 동안 연화해 만든 비검이었기 때문에 아주 신묘했다.

금룡조차 비검에 한 번 찔려 본 후에는 피해 다니기 바빴

165

다. 내욱은 내친김에 단도, 화살, 도끼 형태의 법보를 더 방출해 미꾸라지처럼 빠져나가는 금룡의 행동반경을 제한했다.

금룡은 벼락을 뿜어내 요격하거나, 분신을 만드는 등의 수법을 써서 포위망을 빠져나갔다. 포위망을 빠져나온 후에는 다시 접근해 발톱과 거대한 꼬리로 물리적인 타격을 가했다.

그러나 금룡은 나불림에서처럼 상대를 단숨에 죽이지 못했다. 우선 유건이 가진 정혈이 부족해 금룡의 위력을 최대로 끌어내지 못했다. 유건은 나불림 우물에서 낙낙사 인경과 후양종 쌍둥이를 상대하기 위해 자하제룡검을 펼친 적이 있었다. 한데 그로부터 한 달이 채 지나지 않은 탓에 자하제룡검이 제 위력을 낼 만한 정혈을 생성하지 못한 상태였다.

두 번째 이유는 금룡이 유건의 지휘를 계속해서 거부하는 탓이었다. 금룡의 위력이 아무리 강해도 그 혼자서는 웬만한 오선 중기를 상회하는 내욱을 단숨에 제압하기 어려웠다.

크아아앙!

공격이 번번이 실패할 때마다 분노가 담긴 포효를 터트린 금룡은 더 빠르게, 더 강하게 내욱을 몰아쳤다. 그러나 실전 경험이 풍부한 내욱은 노련한 조련사처럼 흥분한 금룡을 여유 있게 농락하며 비검과 법보로 치명적인 반격을 가했다.

쿠웅!

내욱이 날려 보낸 회색 비검에 꼬리가 거의 잘릴 뻔한 금룡은 화가 머리끝까지 치솟아 보라색 콧김을 연신 뿜어 댔다.

그때, 유건이 법결을 날려 금룡을 다시 조종하려 들었다. 그러나 금룡은 여전히 명령에 따르길 거부했다. 유건을 슬쩍 째려본 금룡은 그를 무시하고 다시 후양종 수사를 덮쳐 갔다.

긴장이 완전히 풀린 내욱은 그 광경을 보더니 껄껄 웃었다.

"하하, 법보에게 무시받는 주인은 또 처음 보는군. 금룡과 그 개를 닮은 파란 영수를 공손히 넘긴다면 목숨만은 살려 주마. 아, 저 녹색 영선까지 같이 넘겨준단 조건에서 말이야."

내욱은 유건 옆에 있는 규옥을 흘끗 보며 탐욕을 드러냈다. 그는 고작 공선 초기 따위가 이토록 귀한 영물과 영수와 영선을 지니고 있다는 사실이 좀처럼 믿기지 않았다. 물론, 그 덕에 그가 예상치 못한 기연을 만날 것일 테지만 말이다.

그러나 유건은 내욱의 조롱을 별로 신경 쓰지 않았다. 지금 그의 주요 관심사는 어떻게 하면 금룡을 제대로 조종할 수 있을까였다. 원신을 밖으로 꺼내 금룡을 위협하는 방법이 있기는 하지만 그 방법을 계속 사용하고 싶지는 않았다.

'영물이라면 보고 느끼는 게 있겠지.'

결정을 내린 유건은 청랑, 규옥에게 협공을 명령했다. 화륜차의 불꽃을 크게 키운 청랑은 눈으로 따라잡기 어려운 속도로 돌아다니며 푸른색 불꽃을 연신 뿜어냈다. 또, 규옥은 독 구름 속에 숨어 포선대로 상대의 법보와 비검을 노렸다.

유건은 유건대로 내욱이 빈틈을 드러낼 때마다 사자후, 전광석화, 구련보등의 법술을 잇달아 펼쳐 상대를 몰아붙였다.

사자후가 만든 무형의 음파가 내욱의 움직임을 봉쇄할 때마다, 구련보등이 피워 올린 연꽃 수백 송이가 상대가 조종하는 법보에 찰싹 들러붙어 움직이지 못하게 했다. 유건은 그 틈에 직접 몸 주위에 전광석화를 두르고 법보로 돌진했다.

쾅!

전광석화와 충돌해 충격을 받은 내욱의 단도가 바닥으로 떨어졌다. 물론, 내욱 역시 이를 지켜만 보진 않았다. 재빨리 회수 법결을 날려 땅으로 떨어지는 단도 법보를 회수했다. 그러나 단도가 공중으로 재차 떠오르는 순간, 기다렸다는 듯 규옥이 독 구름을 몰고 나타나 포선대의 입구를 벌렸다.

포선대에 끌려 들어간 단도는 꿈틀거리며 주인에게 돌아가려 애썼다. 그러나 규옥이 입구를 조이기 무섭게 바로 잠잠해졌다. 유건과 규옥, 청랑은 그런 식으로 내욱이 방출한 단도, 화살, 도끼 세 법보를 모두 빼앗아 무용지물로 만들었다.

이제 내욱에게 남은 법보는 상문검을 연화해 제작한 회색 비검 한 자루밖에 없었다. 회색 비검과 내욱을 동시에 상대 중이던 금룡은 주인과 동료가 공을 세우는 모습을 보기 무섭게 화를 벌컥 내더니 몸에 감은 보라색 안개를 풀었다.

금룡이 풀어 버린 보라색 안개는 즉시 주변 100장을 짙은 안개로 뒤덮었다. 물론, 금룡 역시 무사하지 못했다. 금광이 전보다 훨씬 옅어져 있었다. 상당히 무리 중이란 증거였다.

"크아아아아아앙!"

보라색 안개로 뛰어든 금룡이 포효를 터트리는 순간, 보라색 벼락이 소나기처럼 떨어져 내욱과 회색 비검에 작렬했다.

콰콰콰콰쾅!

귀청을 찢는 천둥소리가 쉴 새 없이 울려 퍼졌다. 잠시 후, 보라색 안개 속에서 처참한 몰골을 한 내욱이 튀어나왔다.

회색 비검이 벼락에 맞아 부러지는 바람에 내욱은 비행술을 써서 도망쳤다. 그런 그에게선 조금 전까지 기연을 만났다며 좋아하던 모습을 찾아볼 수 없었다. 그저 목숨이라도 건져보기 위해 당황한 표정으로 허겁지겁 도망칠 뿐이었다.

보라색 안개를 다시 흡수해 몸에 두른 금룡은 기력을 거의 소진해 콧김만 연신 뿜어 댈 뿐, 비행술로 도망치는 내욱을 쫓지 못했다. 힘을 제대로 배분하지 못한 탓이 분명했다.

"쯧쯧."

금룡을 보며 혀를 찬 유건은 청랑을 올라탄 뒤 도망치는 내욱을 쫓았다. 심지어 규옥마저 금룡을 한심스럽다는 표정으로 쳐다봤다. 물론, 규옥은 금룡이 송곳니를 드러내며 으르렁거리는 순간, 얼굴에 핏기가 가서 급히 주인 뒤에 숨었다.

비검과 법보를 잃은 데다, 중상까지 입어 법술을 제대로 펼치지 못하는 내욱은 전혀 무섭지 않았다. 규옥, 청랑과 협공을 펼치던 유건은 결국 천수관음검을 꺼내 내욱을 조각냈다.

내욱이 죽기 전에 내보낸 그의 원신은 대비하고 있던 규옥이 재빨리 포선대로 잡아 유건에게 바쳤다. 유건은 내욱의 원신을 이번에 가장 많이 고생한 청랑에게 주었다. 원신을 게걸스럽게 씹어 먹은 청랑이 유건 다리에 머리를 비볐다.

유건은 규옥, 청랑과 전장으로 돌아갔다. 금룡은 씩씩거리며 유건 일행을 잡아먹을 듯이 노려보았다. 다만, 주인인 유건에게는 차마 그럴 수 없어 규옥과 청랑에게 분노를 쏟아냈다.

잔뜩 겁을 먹은 규옥과 청랑은 얼른 주인 뒤에 숨어 금룡의 눈치를 살폈다. 저 금룡이 진짜 용이 아니고 용의 혼백이 담긴 일종의 영물이란 사실은 예전부터 알았다. 그렇다고 해서 본능적인 두려움까지 사라지진 않았다. 용은 용이었다. 용이란 존재 자체가 주는 두려움에서 벗어날 수 없었다.

유건은 한숨을 푹 내쉬었다.

"그대가 직접 경험해 봐 알 테지만 그대 혼자 싸웠을 땐 어쩌지 못한 상대를 우리가 힘을 합쳐 상대했을 때 쉽게 해치웠소. 이처럼 쉬운 길이 있는데 굳이 자존심 때문에 어려운 길을 갈 필요 없지 않겠소? 인제 그만 나를 받아 주시오."

금룡은 사람이 삐질 때처럼 고개를 홱 돌리며 그를 무시했다.

유건은 진심을 담아 설득했다.

"물론, 나도 잘 알고 있소. 내가 그대의 주인 자격에 한참 못 미친다는 사실을. 하지만 그대와 내가 자하선부에서 어렵게 만나 인연을 맺은 이상, 앞으로 수천수만 년을 함께 살아가야 할 텐데 그대가 지금처럼 날 싫어하면 내가 어찌 이 험난한 선도에서 살아남을 수가 있겠소? 내가 대도를 이룰 수 있도록 부디 도와주시오. 진심으로 부탁하겠소."

금룡은 의외로 성격이 아주 단순한 모양이었다. 이쪽이 강하게 나가면 같이 강하게 나오지만 반대로 이쪽이 감정에 호소하며 부탁할 땐 어찌할 바를 몰랐다. 금룡은 첫인상처럼 이제 막 걸음마를 떼기 시작한 아기와 비슷한 면이 많았다.

고개를 갸웃거리던 금룡은 보라색 콧김을 홍 하고 내뿜었다. 그러나 전처럼 무시하거나, 귀찮아하는 기색은 아니었다.

유건은 이때다 싶어 얼른 법결을 날렸다. 금룡은 썩 내켜하는 표정은 아니었다. 그러나 어쨌든 법결을 맞고 보라색 팔찌로 변해 유건의 손목에 감겼다. 이번에 내욱을 상대하면서 상당히 무리하는 바람에 당분간은 사용하기 힘들었다.

전장을 대충 정리한 유건은 녹원대륙 북쪽 가운데에 있는 쇄북(鎖北)으로 이동했다. 쇄북은 1년 내내 추운 겨울과 그보다 조금 덜 추운 겨울이 반복해서 찾아오는 혹한의 지역으로 십대종문 중 하나인 부빙궁(浮氷宮)이 있는 곳이었다.

유건이 쇄북으로 떠난 지 보름쯤 지났을 때, 그와 내욱이 겨루던 계곡에 10명으로 이루어진 낙낙사 추격대가 도착했다.

선두에 선 자는 중후하게 생긴 중년 승려였는데 그는 올빼미 머리를 지닌 사나운 개를 대동하고 있었다. 킁킁거리며 주변 냄새를 맡던 개가 갑자기 북서쪽을 보며 사납게 짖었다.

그때, 다른 일행을 데리고 쫓아온 오휴가 중년 승려에게 물었다.

"안소(安昭), 야효견(夜梟犬)이 녀석의 냄새를 맡은 것이냐?"

안소라 불린 중년 승려가 공손히 대답했다.

"그렇습니다, 대사. 아시다시피 야효견은 동류의 냄새를 귀신같이 맡는 이능이 있는데 녀석이 이리 짓는 모습을 보면 놈이 데리고 다니는 파란색 개의 냄새를 맡은 게 분명합니다."

오휴가 한시름 놓았단 표정을 지었다.

"놈이 어디로 내뺐는지 몰라 애를 먹었는데 다행히 야효견이 있어 놈을 추적할 실마리를 찾았구나. 장업에게서 미리 아원으로 위장한 헌월선사의 제자가 파란 가죽을 지닌 개를 영수로 데리고 다닌단 정보를 얻지 못했으면 곤란할 뻔했어."

그때, 체구가 장대한 승려가 답답하단 표정으로 물었다.

"안소, 그래서 언제쯤 놈을 따라잡을 수 있겠는가?"

안소가 미간에 깊은 주름을 만들며 대답했다.

"야효견의 반응을 봐선 보름쯤 뒤처진 듯합니다만……."

체구가 장대한 승려가 안소의 말을 끊으며 재촉했다.

"그럼 어서 빨리 출발하지 않고 뭐 하는 건가?"

그때, 오휴가 날카로운 목소리로 소리쳤다.

"모군(毛君), 주제넘다."

모군이라 불린 승려가 얼굴을 붉히며 황급히 물러섰다.

"송구합니다."

모군은 오선 후기 최고봉으로 장선 진입만을 남겨 둔 상태였다. 물론, 오선 후기 최고봉조차 장선에 이를 확률은 극히 낮았기 때문에 진짜 장선인 오휴 앞에선 맥을 추지 못했다.

오휴가 만족한 미소를 지으며 안소에게 다시 물었다.

"놈이 간 방향이 어느 쪽인가?"

"북서쪽입니다."

"여기서 북서쪽이면 쇄북이군."

"그렇습니다."

"안소, 야효견에게 놈이 데리고 다닌다는 파란 색 개의 냄새를 다시 한번 맡게 해 줘라. 평생 놈의 뒤만 쫓아다니며 살게 아니라면 이번에 잡은 실마리를 절대 놓쳐선 안 된다."

"예, 사숙!"

안소는 내욱이 망가트린 계곡 밑으로 내려가 야효견에게 청랑의 냄새를 다시 맡게 했다. 잠시 후, 야효견이 북서쪽을 바라보며 전보다 더 사납게 짖었다. 확실하다는 의미였다.

"가자!"

오휴는 그제야 일행을 지휘해 쇄북으로 도망친 유건을 쫓았다.

한편, 쇄북에 도착한 유건은 경지가 낮은 낭선들이 모이는 지역을 찾아 독문 법보 연성에 필요한 재료가 있는지 알아보았다. 그는 아직 독문 법보가 없었다. 현경도, 자하제룡검은 독문 법보보다는 빌려 쓰는 법보에 가까웠다.

유건은 본인만의 방법으로, 그만이 사용할 수 있는 독문 법보를 만들기 위해 몇 가지 계획을 세웠다. 독문 법보의 핵심인 주재료는 운 좋게 이미 구한 상태였다. 나불림 우물에서 무규신갑 나무 속성 열쇠가 뿜어내는 영기를 장기간 흡수해 나무 속성 보물로 거듭난 목검이 바로 그 재료였다.

초목과 관련한 지식이 풍부한 규옥이 목검을 관찰하며 말했다.

"이 목검을 만드는 데 쓴 목재는 마오박(魔梧樸)이란 영목입니다. 금속보다 단단하기로 유명한 산선계 5품 영목이지요. 아마 이 정도 크기로 자라려면 2만 년쯤 걸릴 것입니다."

유건은 약간 실망했다.

"산선계 5품이란 말이냐? 낙낙사 놈들은 고작 산선계 5품으로 만든 목검을 우물에 넣을 만큼 애지중지했던 모양이군."

규옥이 웃으면서 대꾸했다.

"아직 실망하시기에는 이릅니다, 공자님."

"그럼 뭐가 더 있단 말이냐?"

"낙낙사 승려들이 마오박을 나무 속성 기운이 넘치는 나불림 우물에 넣은 행동은 올바른 판단으로 보입니다. 원래 마오박엔 주변 영기를 흡수하는 이능이 있으니까요. 여기서 말하는 주변 영기란 나무 속성 기운뿐만 아니라, 이 세상에 존재하는 수많은 영기를 모두 흡수할 수 있단 뜻입니다. 즉, 마오박은 쓰는 사람에 따라 가치가 달라지는 영목이지요."

"지금은 마오박의 품질이 어느 정도인가?"

규옥이 감정사처럼 목검을 예리하게 훑어보며 대답했다.

"지금 수준이면 산선계 4품에 가까울 것입니다."

"하면 여기서 영기를 더 흡수하면 가치가 더 오른단 말이냐?"

"그렇습니다. 물론, 그만큼 질 좋은 영기를 흡수해야 하지만요."

유건은 목검을 돌려받아 꼼꼼히 살펴보았다.

"독문 법보로 쓰기엔 괜찮은 재료군. 주변 영기를 흡수하는 데다, 더 강력해질 여지까지 있다면 그보다 좋을 순 없지."

규옥이 바로 동의했다.

"같은 생각입니다. 공자님은 나불림에서 기연을 만나신 겁니다."

유건은 목검이 가진 나무 속성 기운부터 강화할 생각으로 그에 필요한 재료를 찾아다녔다. 곧 풍화벽(風火壁)이란 곳에서 경지가 낮은 낭선들이 모여 필요한 재료를 거래한다는 소문을 접한 유건은 고민 끝에 참석하기로 하였다.

◆ ◈ ◆

사문이나 뒤를 봐주는 뒷배 없이 부평초처럼 홀로 떠도는 낭선은 상대와 경지가 두세 단계 이상 차이 날 때, 저항조차 하지 못하고 허무한 죽음을 맞는 경우가 많았다.

그 때문에 경지가 낮은 낭선들은 어떻게든 강대한 세력이나 실력이 고강한 수사 밑에 들어가 목숨을 보전하려 들었다. 물론, 그런 행운을 누리는 숫자가 많지 않았다.

대부분의 경지가 낮은 낭선들은 포식자에 대항하기 위해 무리 생활을 하는 짐승처럼 뭉쳐 다녔다. 또, 낭선을 적극적으로 보호해 주는 종파 세력권 내에서 주로 활동하곤 하였다.

경지가 낮은 낭선을 보호해 주는 종파는 신생 종파여서 제자를 빠른 속도로 늘릴 필요가 있거나, 아니면 신생 종파는 아니지만, 전쟁과 같은 이유로 손해가 막심해 제자를 대거 모집하려는 경우가 대부분이었다. 그들은 자기 세력권에서 활동하는 낭선 중에서 떡잎이 일찍부터 남다른 수사를 발굴해 제자로 삼았다. 물론, 공짜는 아니었다. 오행석을 내야지만 그 지역에서 활동하게 해 주었다.

유건이 찾은 풍화벽은 그중 신생 종파에 속했다. 풍화벽은 다른 지역의 유명한 종문에서 장선 중기에 도달한 강자가 고향에 돌아와 자신의 종파를 세운 경우였다. 제자 숫자는 1만이 넘지 않아 아직 지문에 불과했다. 그러나 종파를 세운 강자의 나이가 젊은 덕에 전도는 아주 유망한 편이었다.

"본문의 세력권으로 들어가려면 오행석 100개를 내야 한다."

유건은 관문을 지키는 풍화벽 수사의 말에 법보낭에서 오행석 100개를 꺼내 건넸다. 오행석을 건네받은 풍화벽 수사는 검은색 쇠로 만든 철패를 주며 의미심장한 경고를 해 왔다.

"본문 세력권 안에서는 다른 세력의 수사가 자네를 해치지 못하네. 그러나 본문 세력권에서 활동하는 낭선 간의 다툼에는 본문이 개입하지 않네. 이를 유념하고 활동하게나."

고개를 끄덕인 유건은 풍화벽 세력권 안으로 들어갔다. 풍화벽 세력권 안에는 1,000만 명 이상이 거주하는 중성(中城) 10여 개와 수십만, 수백만이 거주하는 소성(小城) 100여 개가 있었다. 물론, 그보다 적은 인구가 사는 거주지는 셀 수 없이 많았다. 유건은 그중 수사 간에 거래가 활발하게 이뤄진다는 세력권 남쪽의 양주성(兩州城)으로 향했다.

반나절쯤 날아갔을 때였다. 공선 초기로 보이는 험상궂은 수사 두 명이 나타나 그 앞을 막아섰다. 눈빛에 사이한 기운이 살짝 섞인 모습을 봐서는 흑선이나 요선(妖仙)이 분명했다.

　유건은 피식 웃었다.

　'관문에 있던 풍화벽 수사의 말이 아주 허튼소리는 아니었군. 아니, 어쩌면 풍화벽 수사와 짜고 벌이는 짓일지도 모르지.'

　얼굴에 칼자국이 크게 난 수사가 킬킬거리며 웃었다.

　"관문에서 지켜보니 오행석 100개를 아까운 기색도 없이 넙죽 내놓더군. 그 말은 가진 재산이 상당하단 뜻이겠지. 너도 우리가 무슨 목적으로 왔는지 알 거다. 괜히 헛심 쓰지 말고 가진 재산을 내놔라. 그러면 살아서 돌아가게 해 주마."

　유건은 뇌력을 퍼트려 주변에 다른 수사가 있는지 알아보았다. 다행히 뇌력이 미치는 범위에 다른 수사는 보이지 않았다.

　"그렇지 않아도 새로운 얼굴이 필요하던 참인데 마침 잘 만났군."

　싸늘히 중얼거린 유건은 바로 전광석화를 펼쳐 칼자국이 난 수사에게 돌진했다. 칼자국이 난 수사는 혼자인 유건이 숫자가 하나 많은 그들에게 먼저 덤벼들 거란 생각을 전혀 하지 못했다. 그는 당황한 표정으로 급히 부적을 흩뿌렸다.

부적은 곧 스스로 불타며 머리가 세 개 달린 악귀를 소환했다. 그러나 유건이 수련한 공법은 모두 불문 정종이었다. 흑선, 요선, 마선과 같은 수사에게는 천적이나 마찬가지였다.

　화르륵!

　몸에 두른 불꽃으로 악귀를 태워 버린 유건은 사자후를 발출했다. 무형의 음파가 칼자국이 난 수사의 다리를 결박하는 순간, 구련보등이 만든 연꽃 꽃봉오리가 상대를 뒤덮었다.

　"으아아악!"

　연꽃 꽃봉오리가 만개하며 흰 꽃가루를 뿌리기 무섭게 얼굴에 칼자국 난 수사가 비명을 지르며 흐물흐물 녹아내렸다.

　동료가 순식간에 죽어 나가는 모습을 보며 자신들이 건드려선 안 될 상대를 건드렸다는 사실을 뒤늦게 깨달은 다른 수사는 바로 바닥에 넙죽 엎드려 목숨만은 살려 달라 구걸했다.

　그러나 냉소를 띠며 사자후를 발출해 상대를 결박한 유건은 복신술을 써서 얼굴과 체형을 훔쳤다. 훔친 후엔 원신을 내보내 수사의 원신을 잡아먹었다. 곧 민홍(敏薨)이란 이름을 가진 공선 초기 수사로 변신한 유건은 쓴웃음을 지었다.

　예상대로 얼굴에 칼자국이 난 수사와 그가 위장한 민홍은 관문을 지키던 풍화벽 수사와 한패였다. 풍화벽 수사가 돈 많고 세상 물정 잘 모르는 낭선을 점찍어 얼굴에 칼자국이 난 수사와 민홍에게 알려 주면 그 둘은 적당한 때에 습격해 재물과 목숨을 강탈했다. 또, 강탈한 후에는 빼앗은 재물의 7할을 풍화벽 수사에게 주고 나머진 그들이 가졌다.

전광석화 불꽃으로 두 수사의 시체를 깨끗이 처리한 유건은 다시 양주성으로 날아갔다. 다음 날, 유건은 양주성 성문을 지키는 수사에게 오행석 50개를 주고 안으로 들어갔다.

양주성은 규모로 보면 소성이지만 낭선이 많이 찾아 다른 큰 도시보다 활동하는 수사의 숫자는 훨씬 더 많았다.

양주성은 수사가 많이 거주하는 탓에 범인과 수사의 거처가 아예 따로 떨어져 있었다. 유건은 수사가 거주하는 남주관(南州館)에 들어가 주위를 둘러보았다. 남주관 입구에는 같이 행동할 동료를 찾는 낭선이 수십 명에 달했다.

곧 말끔하게 생긴 학사 차림의 낭선이 접근해 물었다.

"같이 행동할 동료를 찾소?"

유건은 수사를 재빨리 훑어보았다. 공선 초기의 수사로 눈빛이 맑고 몸가짐이 단정해 보이는 자였다. 물론, 선도에서 상대의 첫인상을 신뢰하는 행동만큼 바보 같은 짓은 없었다.

유건은 솔직히 시인했다.

"그렇소만."

"그럼 우리와 같이 행동하는 것이 어떻겠소?"

"몇 명이오?"

"나를 포함해서 공선 초기 둘과 공선 중기 둘 해서 총 넷이오. 다들 전적이 깨끗할 뿐 아니라, 실력 또한 출중한 편이오."

유건은 일부러 꺼림칙한 표정을 지어 보였다.

"공선 중기가 두 명이나 있다면 생각 좀 해 봐야겠소."

학사 차림의 수사가 다 안다는 듯 손을 저으며 웃었다.

"하하, 걱정하지 마시오. 같이하겠다고 결정하면 바로 삼
혈서 선약을 맺어 뒤통수를 맞는 일이 없게 할 거요. 어떻소?"

"제대로 선약을 맺는다면 참가하겠소."

학사 차림의 수사가 기뻐하며 손을 모아 예를 표했다.

"나는 홍지(弘知)라 하오. 다시 한번 만나서 반갑소."

"난 민홍이오."

"자, 저쪽 객점으로 갑시다. 민 수사에게 동료들을 소개해
주겠소."

유건은 홍지를 따라 입구 근처에 있는 화려한 객점으로 들
어갔다. 객점 1층엔 홍지의 동료 세 명이 차를 마시고 있었
다.

유건은 재빨리 그들을 살폈다. 한 명은 공선 초기인 젊은
여자로 얼굴에 두꺼운 면사를 덮어써서 얼굴을 볼 수 없었다.

또, 그녀 옆엔 체구가 큰 사내가 앉아 있었는데 공선 중기
였다. 젊은 여자와 체구가 큰 사내는 부부, 남매, 혹은 사형제
간인지 자리가 가까웠다. 반면, 그 남녀 반대편에 앉은 자는
강퍅한 인상에 살기가 도는 눈빛을 한 공선 중기였다.

젊은 여자와 체구가 큰 사내가 자리에서 일어나 예를 표했
다.

유건 역시 얼른 예를 표하며 자길 소개했다.

"민홍입니다. 모자란 점이 아직 많습니다. 잘 가르쳐 주십시오."

여자가 먼저 나서서 그녀와 체구가 큰 사내를 같이 소개했다.

"만나서 반가워요. 난 막리(幕璃)예요. 옆에 있는 분은 제 사형이신 동명자(東明子)구요. 동명자 사형은 비록 공선 중기지만 나와 홍 형을 친구로 대해 줘요. 당신도 그러도록 해요."

동명자가 사람 좋은 웃음을 지어 보였다.

"하하, 맞네. 내가 이미 사매와 홍 형을 친구로 여기는데 새로운 친구와 또 친구를 맺지 못할 이유가 없지. 앞으로 편하게 대해 주게나. 이 양주성은 생각보다 험한 곳이라 우리 다섯이 똘똘 뭉치지 않으면 손해를 보는 일이 많을 것이네."

막리와 동명자가 소개를 마친 후에도 강퍅한 인상을 지닌 마지막 사내는 자리에서 일어나 본인을 소개하지 않았다. 그저 눈앞의 차를 음미하며 미간을 살짝 찌푸릴 뿐이었다.

분위기가 무거워지려는 찰나, 홍지가 재빨리 웃으며 나섰다.

"여기 이분은 사곤(射坤) 선배님이오. 실력이 대단해서 양주성 수사들은 누구나 사 선배님을 우러러본다오. 그런 사 선배님이 우리와 같이 행동하는 것은 크나큰 행운일 것이오."

그때, 사곤이 냉랭한 목소리로 홍지를 타박했다.

"사설은 그쯤하고 빨리 선약부터 맺도록 하지."

홍지가 설설 기며 대꾸했다.

"예, 선배님. 그렇지 않아도 선약부터 맺으려 했습니다."

각자 준비한 혈필에 자기 피를 한 방울 묻힌 다섯 수사는 혈지 위에 상대를 배신하지 않겠다는 맹세를 적었다. 다 적은 후에는 혈지를 다섯 장으로 찢어 하나씩 나누어 가졌다.

실력은 사곤이 가장 높았다. 그러나 대부분의 일은 홍지가 처리해 그의 의견대로 움직였다. 홍지는 결계가 쳐진 객실로 자리를 옮겨 각자 교환하려는 물건을 꺼내 놓게 하였다.

유건은 다른 수사가 의심하지 않을 만한 재료를 꺼내 놓았다. 처음부터 법보나 고급 재료를 꺼내 놓으면 의심을 살 수밖에 없었다. 다들 기껏해야 공선 초, 중기인 탓에 꺼내 놓은 물건 중에 쓸 만한 물건은 그리 많지 않았다. 오히려 그가 꺼내 놓은 물건의 인기가 가장 많아 순식간에 팔려 나갔다.

유건은 대금으로 오행석을 받거나, 아니면 다른 물건과 교환하는 식으로 자기 물건을 처리했다. 시중가보다 싸게 내놨기 때문에 다들 유건에게 호의를 보내며 물건을 구매했다.

그때, 영목낭에 있던 규옥이 은밀히 뇌음을 보냈다.

"사곤이란 자가 내놓은 붉은 모래를 사십시오."

유건은 홍지가 내놓은 나무토막을 구경하는 척하며 물었다.

"붉은 모래의 정체를 아느냐?"

"소옥이 착각한 게 아니라면 저건 적금예사(赤金銳沙)입니다. 법보의 예기를 올려 주는 효과가 뛰어나 공자님이 독문 법보로 연성하려는 목검을 전보다 날카롭게 해 줄 것입니다."

유건은 규옥의 안목을 믿기로 했다. 삼월천에서 최소 수만 년을 살아온 규옥보다 감정을 잘하는 이는 백진 외에 없었다.

유건은 공손하게 청했다.

"사 선배님, 그 붉은 모래를 파실 생각입니까?"

사곤이 냉랭하게 대꾸했다.

"그럼 자랑하려고 꺼내 놓은 것 같은가?"

"제게 파시지요. 원하시는 값을 치르겠습니다."

사곤이 붉은 모래가 든 옥병을 집어 들어 찬찬히 살펴보았다.

"원하는 대로 주겠다……. 자넨 이 물건의 용도를 아는 듯하군. 그렇지 않으면 용도도 모르는 물건에 돈을 쓸 리 없지."

그 말에 다른 쪽에서 대화 중이던 홍지, 막리, 동명자까지 붉은 모래에 관심을 드러냈다. 그들 역시 궁금한 모양이었다.

유건은 솔직하게 인정했다.

"옛 문헌에서 본 적이 있습니다. 적금예사란 이름의 재료로 법보에 예기를 더해 주는 효과가 있다고 합니다. 한데 제가 마침 그런 재료를 구하던 중이라 거래를 제안한 것입니다."

사곤은 코웃음을 쳤다.

"순진하군. 그렇게 쉽게 인정하다니. 내가 이 용도를 알 길 없던 붉은 모래가 적금예사란 사실을 알고 팔길 거부하거나, 아니면 엄청난 대가를 요구하면 그때는 어떻게 할 텐가?"

유건은 어깨를 으쓱거렸다.

"할 수 없지요."

"재밌는 놈이군. 가져가라."

적금예사가 든 옥병을 유건에게 던진 사곤이 그가 내놓은 물건 하나를 말없이 가져갔다. 유건은 적금예사가 든 병을 법보낭에 넣은 후에 고맙다는 뜻으로 고개를 숙여 보였다. 그러나 사곤은 유건을 무시하고 자기 자리에 가서 앉았다.

그때, 홍지가 달려와 어색한 분위기를 풀었다.

"자, 다들 거래를 마치셨으면 내일 일정에 관해 상의하시지요. 마침 제가 안면이 있는 분이 중간 규모의 회합을 연다는데 거기 가 보는 게 어떻겠습니까? 최소 3, 40명은 쉽게 모일 터라, 우리끼리 하는 거래보단 수확이 많을 것입니다."

다들 동의했기 때문에 그날은 거기서 거래를 마쳤다.

다음 날, 유건은 홍지 등을 따라 새로운 회합에 참여했다.

홍지의 장담대로 50명이 넘는 낭선이 모인 회합이었다. 다들 적지 않은 수확을 얻었다. 더욱이 그에게는 훌륭한 감정사인 규옥이 있어 귀한 물건을 싼값에 살 수 있었다.

경지가 낮은 낭선은 귀한 물건을 알아보는 안목이 떨어졌다. 심지어 사곤처럼 자기가 지닌 물건의 정확한 가치를 몰라 어이없는 가격에 물건을 내놓는 경우마저 허다했다.

유건은 입선 후기로 보이는 노인 앞에서 걸음을 멈추었다. 꾀죄죄한 노인은 입선 후기에 불과했는데 좌판에 내놓은 물건 몇 개는 꽤 쓸 만한 재료였다. 특히, 기양토(氣養土)와 함식지(咸植地)는 규옥이 침을 흘릴 정도로 탐내는 재료였고 화섬란(火纖蘭)은 청랑의 양기를 보충하는 효과가 있었다. 한데 재료 앞에 적힌 가격은 평범한 재료 가격이었다.

유건은 의심쩍은 생각에 슬쩍 물었다.

"이걸 이 가격에 파는 건가?"

노인이 머리를 긁적이며 웃었다.

"헤헤, 공선 선배님께서 사 주신다면 저야 더 바랄 게 없지요."

"그럼 전부 내가 사지."

유건은 노인에게 값을 치르고 기양토, 함식지, 화섬란을 구매했다. 반나절 동안 회합을 돌아다니며 수사들이 내놓은 물건을 구경하던 유건은 분홍색 쇠막대기 앞에서 멈춰 섰다.

분홍색 쇠막대기는 팔뚝 크기에 굵기는 새끼손가락보다

작았다. 한데 짙은 금 속성 기운이 느껴지는 게 보통 물건이
아니었다. 유건은 고개를 들어 주위를 둘러보았다. 이 정도
의 기운이 느껴지는 물건이라면 낭선뿐만 아니라, 풍화벽 벽
주(壁主)마저 탐낼 듯했다. 한데 다른 낭선들은 기운을 느끼
지 못하는 듯 관심을 가지는 이가 없었다.

이상한 느낌이 든 유건은 뇌음으로 규옥에게 물었다.

"쇠막대기가 뭔지 알겠느냐?"

"소옥도 저 쇠막대기의 정체만은 모르겠습니다."

"혹시 저 쇠막대기에서 금 속성 기운이 강하게 느껴지지
않느냐?"

규옥은 이상하단 목소리로 물었다.

"소옥에겐 오히려 금 속성 기운보다 흙 속성 기운이 더 강
하게 느껴집니다. 그것도 아주 잡스러운 기운에 더 가깝지
요."

"흠, 그렇단 말이지."

유건은 흔한 장사치로 보이는 판매자에게 값을 치르고 분
홍색 쇠막대기를 구매했다. 한데 그때 그의 머리에 언젠가 들
어 본 적 있는 목소리가 들려왔다. 바로 풍화벽 관문 앞에서
통행료를 받으며 그에게 경고해 주던 수사의 목소리였다.

"민홍, 오늘 밤 자정에 산수정(山壽井)으로 오너라."

민홍의 기억에 따르면 방금 연락한 풍화벽 수사의 이름은 학람(學覽)이며 관문을 지키는 공선 중기 수사 중 하나였다.

'강탈한 재물을 가져가기 위해 부른 모양이군.'

학람, 민홍, 얼굴에 칼자국이 크게 난 곡귀(哭鬼) 세 명은 거의 10년 동안 낭선을 죽여 강탈한 재물을 7 대 3으로 나눠 가졌다. 물론, 학람이 7, 민홍과 곡귀가 3이었다.

산수정은 그들이 일을 치른 후에 만나 재물을 나누는 장소였으므로 유건은 별다른 의심 없이 즉각 고개를 끄덕였다.

잠시 후, 뇌력으로 학람이 돌아간 사실을 확인한 유건은 다시 거래에 집중했다. 지금 그의 관심사는 오로지 분홍색 쇠막대기였다. 무슨 일인진 몰라도 분홍색 쇠막대기에 흐르는 강력한 금 속성 기운을 다른 낭선은 감지하지 못했다.

'내가 이상한 건가? 아니면 다른 수사들이 이상한 건가? 둘다 이상한 게 아니라면 대체 왜 나만 느낄 수가 있는 거지?'

백진 역시 분홍색 쇠막대기의 정체를 몰라 정답을 가르쳐 주지 못했다. 그러나 어쨌든 범상치 않은 재료임에는 분명했다.

'출처를 알아 두면 나중에 쓸데가 있을지 모른다.'

결론을 내린 유건은 판매자에게 돌아가 물었다.

"분홍색 쇠막대기의 정체를 아는가?"

머리가 벗겨진 입선 중기 수사가 공손히 대답했다.

"저도 우연히 구한 거라 정체를 알지 못합니다."

"누구에게서 구했나?"

"그게 저……."

입선 중기 수사가 주저하는 모습을 본 유건은 바로 오행석 50개를 꺼내 건넸다. 그제야 수사가 활짝 웃으며 대답했다.

"헤헤, 역시 공선이시라 그런지 씀씀이가 아주 화통하십니다."

"수작 그만 떨고 누구에게서 구했는지나 말해 보게."

"예, 예. 당연히 말씀드려야죠. 분홍색 쇠막대기는 서해 백락장(白珞場)에서 돌아온 어떤 낭선에게 사들인 물건입니다. 아마 정확히는 백락장 구곡동(九曲洞)이었을 겁니다. 그 수사는 분홍색 쇠막대기를 얻은 후에 뭔가 귀한 것 같기는 한데 도통 용도를 몰라 고민하다가 제게 팔았지요."

유건은 미간을 살짝 찌푸렸다.

"백락장이면 여기서 꽤 먼 곳이군."

지리에 해박한 입선 중기 수사가 바로 맞장구를 쳐 왔다.

"그렇지요. 녹원대륙 서해 쪽의 백락장이면 빨라도 몇 달은 걸릴 것입니다. 그러나 저희 같은 낭선이 사문의 지원 없이 재료를 채취할 만한 지역은 백락장 한 곳이라, 무사히 도착해 운만 따라 준다면 한몫 크게 잡을 수 있지요."

입선 중기 수사의 말대로였다. 재료가 풍부한 지역은 강한 종파가 차지한 지 오래라 경지가 낮은 낭선들은 꿈조차 꾸지 못했다. 한데 칠선해와 가까운 서해에는 다른 수사의 방해를 받지 않고 경지가 낮은 낭선이 재료를 채취할 수 있는 지역이 존재했는데 그중 하나가 백락장이었다.

유건은 다시 물었다.

"한데 쇠막대기를 찾은 낭선은 어떻게 여까지 온 건가?"

입선 중기 수사가 주위를 슬쩍 둘러본 후에 대답했다.

"풍화벽 세력권에 거주하는 낭선들은 10년에 한 번씩 갑자기 사라졌다가 아주 소수만 돌아오곤 합니다. 제가 이 쇠막대기를 매입한 수사 역시 그 소수 중의 한 명이었지요."

"갑자기 사라진 이유는 무엇인가?"

"글쎄요. 그 이유까지는 저도…….."

"알겠네. 많이 파시게."

유건은 섣불리 결정하지 않았다. 분홍색 쇠막대기의 정확한 쓰임새도 모르는 상황에서 백락장까지 가는 것은 위험했다.

회합을 마친 유건은 홍지 등과 객점으로 돌아가 밤을 보냈다. 그는 우선 방에 몇 겹으로 보호막을 펼쳐 다른 수사가 내부를 엿보지 못하게 했다. 이렇게 하면 방에서 일어난 현상이나 소음 역시 밖으로 새어 나가지 않아 좀 더 안전했다.

준비를 마친 유건은 법보낭에서 기양토, 함식지를 꺼내 규옥에게 주었다. 기양토, 함식지는 둘 다 영목의 기운을 왕성하게 해 주는 귀한 재료였다. 화색이 돈 얼굴로 감사의 절을 올린 규옥은 기양토와 함식지로 본신의 기운을 북돋웠다.

규옥 옆에서는 혀를 내민 청랑이 꼬리 세 개를 정신없이 흔들었다. 피식 웃은 유건은 회합에서 구한 화섬란을 주었다.

극양의 기운을 지닌 영수인 청랑은 양의 기운을 보충할 수 있는 재료면 뭐든지 먹어 치우는 무시무시한 식성을 지녔다. 청랑은 유건에게 받은 화섬란을 바로 우걱우걱 씹어 먹었다.

그사이, 유건은 사곤에게 구매한 적금예사를 꺼내 살펴보았다. 규옥의 말이 맞는다면 적금예사는 법보에 날카로움을 더해 주는 희귀 재료였다. 특히, 비검, 비도와 궁합이 좋았다.

법결을 써서 옥병에 든 적금예사를 공중에 띄운 유건은 그 위에 방에 있던 종이를 던져 보았다. 곧 종이가 순식간에 수만 개의 미세한 조각으로 잘려 바닥에 흩어졌다. 적금예사가 법보에 날카로움을 더해 준다는 말은 거짓이 아니었다.

마음에 든 유건은 연신 법결을 날려서 적금예사가 목검 내부에 스며들게 하였다. 한데 생각보다 시간이 오래 걸려 손톱만 한 양을 작업했을 때는 이미 자정에 가까운 시간이었다.

유건은 바로 거처를 나와 학람을 만나러 갔다. 민홍의 기억에 산수정이 있어 만나기로 한 장소를 찾는 덴 문제가 없었다.

산수정에 도착한 유건은 뇌력을 퍼트려 다른 수사가 있는지 확인했다. 한데 그 순간, 뇌력이 뭔가를 살짝 건드리며 지나갔다. 학람은 아니었다. 학람의 기운은 눈에 잘 띄어 쉽게 알아보았다. 그는 뇌력이 신호를 보낸 방향으로 시선을 주었다. 그러나 별달리 이상한 점은 눈에 띄지 않았다.

'흠, 뭐가 있기는 한데 대체 누구지?'

그때, 남색 광채가 서쪽 하늘에서 곧장 산수정으로 날아왔다. 바로 산수정에서 만나기로 한 학람이었다. 학람은 산수정에 내려서기 무섭게 주위를 훑더니 불만스러운 표정을 지었다.

"곡귀는 어디 갔어?"

유건은 좀 전에 뇌력으로 파악한 존재가 마음에 걸려 대답하지 않았다. 대신, 보호막을 펼쳐 방음벽을 먼저 만들었다.

학람이 불쾌한 감정을 감추지 않았다.

"민홍, 이게 뭐 하는 짓거리냐?"

유건은 태연하게 대답했다.

"주변에 우리말을 엿듣는 쥐새끼가 있을지 모릅니다."

학람은 낄낄거리며 웃었다.

"내가 이미 뇌력으로 몇 차례나 확인했다. 이 주변엔 우리 둘뿐이야. 설마 네 뇌력이 내 뇌력보다 낫다는 말은 아니겠지?"

유건은 얼른 손사래를 쳤다.

"설마 그럴 리 있겠습니까? 조심해서 나쁠 게 없을 뿐입니다."

학람의 미간이 살짝 찌푸려졌다.

"민홍, 못 본 사이에 성격이 꽤 변했구나. 그나저나 곡귀는 왜 보이지 않는 거냐? 원래 계산은 그가 도맡아 했을 텐데."

"제가 조심하는 이유가 바로 그 때문입니다."

뭔가를 눈치 챈 학람이 당황해 물었다.

"설마, 곡귀가 그놈에게 당한 거냐?"

"예, 곡귀는 죽고 저만 간신히 살아서 도망칠 수 있었습니다."

"멍청한 놈들, 그깟 놈 하나 제대로 처리 못 하다니."

학람이 말을 하면서 손을 슬며시 법보낭 쪽으로 내렸다. 곡귀가 죽었다면 민홍까지 마저 처리해 꼬리를 자를 요량이었다.

유건은 학람이 손을 쓰기 전에 서둘러 제안했다.

"제가 이번에 곡귀를 대체할 만한 후보를 몇 명 찾아냈습니다."

학람이 법보낭으로 향하던 손을 멈추며 물었다.

"어떤 놈들이지?"

유건은 그에게 홍지, 막리, 동명자, 사곤 등에 대해 알려 주었다.

"그 넷 중 하나를 포섭해 우리 일에 끌어들이는 겁니다. 그러면 전처럼 문제없이 사업을 계속 이어 나갈 수 있을 것입니다."

학람은 고민했다. 그동안 곡귀, 민홍을 이용해 적지 않은 재산을 모았던 터라, 황금알을 낳는 거위의 배를 이대로 가르기가 왠지 아까웠다. 그는 결국 제안을 수락하기로 했다.

"포섭을 마치는 대로 관문으로 와서 날 찾아라."

"물론입니다."

학람은 떠나기 전에 살기를 발출해 유건을 위협했다.

"딴마음을 먹는다면 네놈 역시 곧 곡귀의 뒤를 따라갈 것이야."

"염려 놓으십시오. 전 절대 배신하지 않습니다."

"좋다."

고개를 끄덕인 학람은 바로 발을 굴러 남색 광채로 변했다.

학람이 떠난 후, 보호막을 해제한 유건은 다시 한번 뇌력을 퍼트려 보았다. 조금 전 퍼트린 뇌력에 걸렸던 자가 이미 자취를 감춰 이번에 퍼트린 뇌력에는 걸리는 것이 없었다.

'홍지, 막리, 동명자, 사곤 넷 중 하나겠지. 하지만 미리 방음벽을 만들어 내가 학람과 대화한 내용은 듣지 못했을 거다.'

유건은 바로 숙소로 돌아가 목검에 적금예사를 심는 작업을 계속했다. 하루, 이틀 만에 끝날 작업은 아니어서 유건은 여유를 가지고 이번 일에 임했다. 해가 동쪽에서 막 떠오를 무렵, 작업을 마친 유건은 분홍색 쇠막대기를 조사했다.

그러나 외관상으로는 특별한 점이 보이지 않았다. 유건은 분홍색 쇠막대기에 법력을 주입해 보았다. 그 순간, 용트림하듯 꿈틀거린 분홍색 쇠막대기가 그의 손에서 벗어나려 하였다.

깜짝 놀란 유건은 법결을 날려 분홍색 쇠막대기를 봉인했다. 그러나 그것만으로는 마음이 놓이지 않아 부적까지 붙였다.

'흠, 법력 주입만으로 이런 기이한 현상이 일어나다니. 가만, 법력 주입만으로 이런 현상이 일어난다면 왜 다른 수사들은 이 사실을 몰랐던 거지? 그들 역시 분홍색 쇠막대기의 용도를 알아보기 위해 별의별 실험을 다 했을 게 아닌가.'

유건은 혹시 하는 마음에 규옥을 불러 분홍색 쇠막대기에 법력을 주입해 보게 하였다. 그러나 좀 전과 달리 변화가 일어나지 않았다. 즉, 분홍색 쇠막대기는 그의 법력에만 반응한단 의미였다. 무엇보다 약간의 법력 주입만으로도 살아 있는 것처럼 꿈틀거린다면 이는 대단한 보물임에 틀림없었다.

그 순간, 유건의 머릿속에 원대한 계획 하나가 세워졌다.

'남주봉에 있던 고문서에서 읽은 적이 있는 오행검(五行劍)을 만들어 볼까? 내게는 이미 나무 속성 기운을 가진 보물인 목검이 있는 데다, 이번에 강력한 금 속성 기운을 가진 분홍색 쇠막대기까지 얻었으니 이미 뼈대는 세운 셈이 아닌가?'

오행검은 전설로 내려져 오는 법보로 오행, 즉 다섯 가지

기운을 지닌 비검을 뜻했다. 사실, 그동안 난다 긴다 하는 초
강자들은 오행검 연성에 한 번씩 도전했었다. 그러나 대부분
실패했는데, 그 이유는 시간과 재료가 부족했기 때문이었다.

속성을 지닌 비검 한 자루를 완성하는 데만도 엄청난 노
력과 시간, 비용이 든다. 한데 그걸 다섯 자루나 만드는 일은
웬만한 천운이 따라 주지 않고서는 성공하기 힘든 일이었다.

물론, 유건에겐 천운까지는 몰라도 어쨌든 운이 따라 주
는 중이었다. 우연한 기회에 나무 속성 기운을 가진 목검과
강력한 금 속성 기운을 가진 분홍색 쇠막대기를 얻은 덕이었
다.

'죽을 때까지 나머지 속성을 지닌 재료를 찾지 못해 결국
이행검(二行劍)으로 끝나면 또 어떤가? 이행검은 이행검 나
름대로 강력할 것이다. 내 첫 독문 법보로 삼기에 충분해.'

결정을 내린 유건은 공선 초기 최고봉에 이른 후에 조용한
장소를 찾아 목검과 쇠막대기를 연성하기로 굳게 다짐했다.

그날 아침, 객점 1층에 모인 일행은 점원에게 차를 주문해
마셨다. 다들 곡기를 끊은 상태라 식사 대신, 차를 마시는 경
우가 많았다. 물론, 모든 수사가 그들처럼 곡기를 끊지는 않
았다. 더러는 범인처럼 끼니마다 푸짐한 식사를 즐기면서도
장선은 물론이거니와 심지어 비선에 오른 예도 있었다.

홍지가 차를 마시며 오늘 일정을 통보했다.

"오늘은 기다려 왔던 정기 경매일입니다. 다들 아시겠지

만, 이번 경매가 특별한 이유는 우리와 같은 낭선들뿐만 아니라, 풍화벽의 수사들까지 참석하기 때문입니다. 심지어 풍화벽에서는 이번 경매를 감독하기 위해 장선 선배님을 파견한다고 하니 이보다 더 좋은 기회는 없을 것입니다."

막리가 장선이 온다는 소리에 약간 흥분한 목소리로 떠들었다.

"난 지금까지 장선 선배님을 제대로 본 적이 없어요."

동명자가 약간 거드름을 피우며 대꾸했다.

"사매와 달리 난 전에 장선 선배님을 본 적이 있지."

막리가 피식 웃었다.

"그건 장선 선배님이 지나갈 때 멀리서 잠깐 지켜본 거잖아요."

"하하, 그래도 어쨌든 보긴 본 거지 않느냐?"

머리를 긁적이며 웃던 동명자가 고개를 돌려 유건에게 물었다.

"민 동생은 장선 선배님을 실제로 본 적이 있는가?"

"동 선배님과 같습니다. 멀리서 잠깐 본 적 있지요……."

그의 대답이 끝나기도 전에 사곤이 냉소를 터트렸다.

"흥, 풍화벽 수사와 친해서 장선 선배님을 본 적이 있는 줄 알았는데 아닌 모양이군. 그게 아니면 거짓말하는 중이거나."

홍지가 흠칫해 물었다.

"민 수사, 풍화벽 수사와 친분이 있소?"

유건은 쓴웃음을 금치 못했다.

'역시 어젯밤에 염탐하던 자는 사곤이었군. 풍화벽 공선 중기 수사인 학람이 뇌력으로 탐지하지 못할 정도면 이 사곤 이란 자도 꽤 하는데. 어쨌든 지금은 이 위기부터 벗어나자.'

유건은 당황한 표정을 지었다.

"친분이 있긴 합니다. 그러나 그 친분이 나와 여러분이 나 누는 친분이라기보단 명령을 내리면 따르는 그런 친분에 가 깝지요. 그 수사가 그런 나에게 사문의 존장을 소개할 리 있 겠습니까?"

동명자가 팔짱을 끼며 고개를 끄덕였다.

"양주성에 있는 낭선 중엔 여기서 쫓겨나지 않기 위해 풍화 벽 수사가 지시하면 궂은일을 마다하지 않고 하는 자가 적지 않네. 민 동생 역시 그런 경우인 모양인데 내 말이 맞는가?"

"바로 그렇습니다."

홍지와 막리는 실망한 표정으로 고개를 돌렸다.

그들은 유건이 위장한 민홍이 정말 풍화벽 수사와 깊은 교 분을 나눴다면 민홍의 연줄을 이용해 풍화벽 수사와 안면을 틀 수 있을 거라 기대했기 때문에 실망감을 감추지 못했다.

만약, 풍화벽 수사와 친해진다면 그를 통해 풍화벽에 입문 할 기회가 오지 말란 법이 없었다. 한데 그게 아닌 모양이었 다.

일행은 다소 무거운 분위기 속에서 객점을 나와 경매가 이뤄지는 흑림성(黑林城)으로 이동했다. 흑림성은 양주성에서 멀지 않은 성으로 인구가 1,300만 명에 달하는 중성이었다.

흑림성 안 경매장에는 이미 낭선 수천 명과 풍화벽 수사 500명이 집결해 경매가 이뤄지길 기다리는 중이었다.

그때, 경매 진행을 맡은 진행자가 일어나 누군가를 소개했다.

"이번 경매 감독을 위해 특별히 풍화벽 장로이신 눌천(訥穿) 장로님을 모셨습니다. 모두 일어나 예를 표해 주십시오."

잠시 후, 낭선들뿐만 아니라, 풍화벽에서 나온 수사까지 관심을 가지고 지켜보는 가운데 깔끔한 도복을 걸친 노인이 몸에 채색구름을 휘감은 상태에서 마치 무지개가 뻗어 나가는 것처럼 경매장 가운데로 곧장 떨어져 내렸다.

다들 장선이 보여 준 엄청난 위용에 감탄하며 존경심이 가득 담긴 목소리로 풍화벽 장로 눌천을 향해 최고의 예를 올렸다.

한데 유건은 전혀 다른 의미에서 놀란 상태였다. 바로 유건에게 기양토와 함식지, 화섬란을 판매한 입선 후기 수사가 바로 진행자가 소개한 눌천과 똑같이 생겼기 때문이었다.

6장. 출세를 위한 경쟁

경매 자체는 별거 없었다. 경매장에서 판매 의뢰를 받아
내놓은 물건은 산선계 8품에서 4품까지 다양했다. 그러나 대
부분 재력이 풍부한 풍화벽 수사 손에 떨어지는 경우가 많았
다.

그런데도 풍화벽 세력권에서 활동하는 낭선이 대거 집결
한 이유는 경매에 풍화벽 수사가 참여하기 때문이었다.

경매가 이루어지는 과정, 혹은 경매장을 오가는 과정에서
풍화벽 수사의 눈에 들어 안면을 튼다면 그보다 기쁜 일은 없
었다. 실제로 풍화벽 수사와 친분을 맺은 낭선이 그 인맥을
이용해 풍화벽에 들어갔단 소문이 자주 돌았다.

더욱이 이번엔 낭선에게 신과 같은 존재인 풍화벽 장선 장로가 감독으로 나온 상황이었다. 그들에게 이보다 더 좋은 기회는 없었기 때문에 꿀을 본 벌떼처럼 몰려들었다.

한편, 유건은 눌천 문제를 생각하느라 경매에 집중하지 못했다.

'그는 왜 입선 후기 수사로 변장해 회합에 참여했던 걸까? 또, 기양토, 함식지, 화섬란 같은 귀한 재료를 왜 그런 헐값에 내게 팔았을까? 단순한 장난? 아니면 다른 의도가 있어서?'

유건이 한참 생각에 빠져 있을 때였다. 오른쪽 손목이 욱신거리며 팔찌로 변한 자하제룡검이 또 통제를 벗어나려 들었다.

'제길. 여기서 자하제룡검이 제멋대로 날뛰면 정말 끝장인데.'

유건은 자하제룡검이 폭주하기 전에 경매장을 빠져나가기로 했다. 한데 막 몸을 일으키는 순간, 자하제룡검이 그의 손목을 강하게 옥죄며 경매장을 빠져나가지 말란 의사를 전했다.

다시 슬며시 의자에 엉덩이를 걸친 유건은 뇌음을 보내 물었다.

"왜 말린 거요?"

그때, 자하제룡검이 그의 팔을 제멋대로 움직였다. 유건은 자하제룡검이 하는 행동을 말없이 지켜보았다. 자하제룡검은 그의 팔을 살짝 들어 올려 경매장 무대 위를 지목했다.

"경매에 관심이 있소?"

자하제룡검은 정답이라는 듯 그의 팔을 다시 원래 위치로 돌려놓았다. 유건은 쓴웃음을 지으며 경매에 다시 집중했다.

경매 진행자가 석함에 든 보라색 영과 하나를 꺼내 보였다.

"이 영과는 자룡안과(紫龍眼果)로 독성이 아주 풍부해 독과 관련한 법보나 공법을 익히는 데 큰 도움을 받을 수 있습니다! 또, 독을 독으로 제압하는 자연법칙에 따라 부작용은 약간 있으나 효과가 아주 뛰어난 영단을 연단할 수 있습니다! 경매에 내놓은 자룡안과의 숫자는 모두 12개이며 경매 시작 가격은 개당 오행석 1만 개부터 시작하겠습니다!"

설명을 마친 진행자는 모든 수사가 경매품을 자세히 볼 수 있도록 자룡안과에 특수 거울을 비추었다. 그 순간, 경매장 상공에 자룡안과를 100배 확대한 입체 영상이 등장했다.

자룡안과는 그 이름처럼 보라색 용의 눈동자를 닮은 신기한 과일이었다. 크기는 주먹보다 약간 컸다. 한데 껍질에 난 솜털이 살아 있는 것처럼 계속 꿈틀거려 기이함을 자아냈다.

유건은 자하제룡검에게 뇌음을 보냈다.

"저 자룡안과란 영과가 필요한 거요?"

자하제룡검은 그렇다는 듯 유건의 팔목을 살짝 옥죄여 왔다.

유건은 미간을 찌푸렸다.

'경매 시작 가격이 1만 개인 자룡안과를 공선 초기 낭선이 구매하면 다들 놀라 눈이 휘둥그레질 테지. 그리고 놀란 이들 대부분이 내가 산 자룡안과를 빼앗을 기회만 엿볼 테고. 이는 마치 어린애가 황금을 들고 깡패들로 가득한 뒷골목을 걸어가는 행동과 다름없으니까. 아마 경매장을 나간 지 얼마 지나지 않아 목숨을 잃을 거야. 그렇다고 자하제룡검의 부탁을 들어주지 않을 수도 없고. 부탁을 들어주지 않으면 또 제멋대로 폭주해 소동을 일으킬 테니까.'

이는 어떤 선택을 해도 위험하다는 뜻이어서 유건 역시 선뜻 결정하지 못했다. 다행히 자룡안과는 인기가 별로 없었다.

독공을 익히는 풍화벽 수사 두 명 외엔 입찰하는 수사가 없었다. 풍화벽은 자룡안과를 중요하게 여기지 않는 것이 분명했다. 그들이 자룡안과를 중요하게 여겼다면 낭선이 참여하는 외부 경매에 내놓을 리 없었다. 원래 정말 희귀한 재료는 각 종파 수뇌부가 나눠 가지기 마련이었다.

진행자가 풍화벽 공선 후기 여수사를 지목하며 외쳤다.

"방금 진소(進素) 수사가 자룡안과 한 개에 오행석 1만 2,000개를 부르셨는데 가격을 그보다 올리겠다는 수사 없으십니까? 없으면 이대로 진소 수사에게 낙찰하도록 하겠습니다!"

그러나 기다려도 진소란 여수사보다 오행석을 더 부르는 수사는 없었다. 진행자는 당장이라도 낙찰이 이루어졌다고 선언할 것 같았다. 또, 자룡안과에 눈이 홱 뒤집힌 자하제룡 검은 유건의 제지에도 불구하고 튀어 나가기 직전이었다.

'빌어먹을.'

결국, 자룡안과를 구매하기로 마음먹은 유건은 땀이 흥건한 손을 들어 오행석 개수를 더 부르려 했다. 한데 바로 그때였다. 품속에 넣어 둔 현경도에서 백진의 목소리가 들려왔다.

"이 문제는 본녀가 처리하겠습니다."

유령처럼 그의 옆에서 솟아난 백진이 유건 대신 손을 들었다.

"자룡안과 하나당 오행석 1만5,000개를 내죠!"

백진의 말에 근처에 있던 낭선들은 물론이거니와 반대편에 있던 풍화벽 수사까지 깜짝 놀라 그녀를 쳐다보았다.

심지어 상석에 앉아 꾸벅꾸벅 졸던 눌천까지 눈을 번쩍 뜨고 백진을 주시했다. 백진은 옷차림이 전과 사뭇 달랐다. 몸매가 드러나지 않는 검은색 무복에 머리에는 보라색 죽립(竹笠)을 깊이 눌러써서 그녀의 얼굴을 알아보기 쉽지 않았다.

약간 멈칫한 진행자가 곧바로 평정을 되찾았다.

"보라색 죽립을 쓰신 여수사께서 오행석 1만5,000개를 불렀습니다! 1만5,000개보다 더 낼 의향 있는 수사 있으십니까?"

오행석 1만2,000개로 자룡안과를 거의 낙찰받기 직전까지 갔던 진소가 갑자기 등장해 훼방을 놓은 백진을 노려보았다.

그러나 안력을 아무리 높여도 백진의 경지를 알아볼 수 없단 사실을 깨달은 진소는 약간 멈칫하더니 다시 자리에 앉았다.

상대의 경지를 알아보지 못하는 경우는 두 가지였다. 첫 번째는 상대가 경지를 감추는 비술을 익혔을 때였고 두 번째는 상대와의 경지 차이가 커서 확인할 수 없을 때였다. 둘 다 위험하기는 마찬가지여서 진소 역시 물러설 수밖에 없었다.

진소의 행동을 관찰하던 경매 진행자가 바로 선언했다.

"진소 수사가 포기함에 따라 자룡안과 12개는 개당 오행석 1만5,000개의 가격으로 보라색 죽립을 쓰신 여수사께 돌아갔습니다! 그럼 지금부터는 이번 경매의 주인공이라 할 수 있는 보물을 연달아 선보이겠습니다! 모두 기대해 주십시오!"

백진은 앞으로 나가 유건의 법보낭에서 꺼낸 오행석 18만 개로 자룡안과 12개를 사서 돌아왔다. 세력이나 종문의 지원을 받지 않는 낭선이 오행석 18만 개를 모으려면 최소 오선 이상이어야 했다. 한데 백잔은 이름조차 잘 알려지지 않는 영과를 구매하는 데 오행석 18만 개를 선뜻 내놓았다. 이는 자금에 상당한 여유가 있다는 증거와 같았다.

백진이 자기 자리로 돌아왔을 때, 수사 중 일부는 부러움이 담긴 시선으로, 또 다른 일부는 질투 혹은 탐욕이 번들거리는 시선으로 백진을 쳐다보았다. 다만, 지금은 백진의 경지가 아직 불분명한 탓에 대놓고 나서지 못할 따름이었다.

"본녀는 귀찮은 놈들을 떼어 내 버리고 오겠습니다."

경매가 거의 끝나 갈 무렵, 뇌음을 보낸 백진이 출구로 향했다.

그 순간, 백진만 주시하고 있던 낭선 수십 명과 풍화벽 수사 10여 명이 동시에 일어나 백진을 쫓았다. 뒤를 돌아보며 싸늘하게 웃은 백진은 그대로 몸을 돌려 나갔다. 물론, 백진을 쫓던 수사들 역시 서둘러 경매장을 빠져나갔다.

유건은 백진 때문에 경매가 눈에 들어오지 않았다.

'백 선자는 소진한 법력을 아직 제대로 회복하지 못했을 텐데.'

그때, 알 수 없는 불안감이 등줄기를 스쳐 지나갔다. 흠칫한 유건은 고개를 돌려 불안감의 원인을 찾아보았다. 원인은 바로 밝혀졌다. 조금 전까지 의자에 앉아 있던 눌천의 모습이 보이지 않았다. 눌천 역시 백진을 쫓아간 게 틀림없었다.

'다른 이들은 몰라도 장선 초기인 눌천은 백진에게도 위험한 상대일 것이다. 내가 나가서 그녀를 도와줘야 하는 걸까?'

법력을 회복한 백진이라면 누가 와도 무섭지 않았다. 그러나 그녀는 자하선부에서 위험에 처한 규옥과 청랑을 구하기 위해 현경도를 이용해 모은 법력을 거의 소진한 상태였다. 그

바람에 십여 년이 지난 지금까지도 법력을 회복 못 하고 있었다.

갈팡질팡하던 유건은 곧 고개를 저었다.

'그녀를 믿어 보자. 내가 돕겠다고 나서면 오히려 그녀에게 안 좋은 영향을 끼칠 수 있다. 지금은 기다리는 게 최선이다.'

그때, 진행자가 마지막 경매품의 낙찰을 선언하며 경매가 끝났다. 경매에 참가한 풍화벽 수사들은 삼삼오오 모여 담소를 나누다가 경매장을 빠져나갔다. 풍화벽 수사 다음엔 낭선들이 경매장을 빠져나갔다. 그러나 그들은 경매장을 나가지 못했다. 풍화벽 수사가 입구를 막은 탓이었다.

동명자가 앞으로 나가서 정중히 예를 표하며 물었다.

"어찌 입구를 막으시는지요?"

그때, 공선 후기로 보이는 풍화벽 수사가 쌀쌀맞게 대꾸했다.

"얌전히 기다리면 우리가 입구를 막은 이유를 자연히 알 것이야."

풍화벽 수사에게 두 번 질문할 용기는 없던 동명자가 바로 수긍하고 물러났다. 낭선들은 삼삼오오 모여 불안한 표정으로 풍화벽이 경매장 입구를 막은 이유를 추측했다. 물론, 그중에 그 이유를 정확히 아는 수사는 거의 없었다.

그때, 막리가 다가와 걱정스러운 목소리로 물었다.

"민 형은 그들이 이러는 이유를 아시나요?"

"잘 모르겠소. 막 수사는 아시오?"

막리 역시 모른다는 듯 고개를 가로저었다.

그때, 슬쩍 끼어든 홍지가 목소리를 낮춰 두 사람에게 물었다.

"설마 나쁜 의도는 아니겠지요?"

막리가 흠칫해 물었다.

"나쁜 의도라니요?"

홍지가 목소리를 전보다 더 낮춰 대답했다.

"풍화벽에서 갑자기 마음이 바뀌어 세력권에 있는 낭선들을 몰살시키려 들지 누가 알겠소? 전에 모화령(毛華岺)이란 어떤 종파에서는 낭선들을 제자로 받아 준다며 모집한 후에 원신을 뽑아 법보를 만드는 데 썼다더군."

막리가 겁에 질려 대꾸했다.

"설마 풍화벽이 그러려고요."

홍지가 고개를 절레절레 저었다.

"사람 일이란 모르는 법이오. 일단, 우리도 조심하는 게 좋겠소."

한편, 옆에서 막리와 홍지가 나누는 대화를 듣던 유건은 그저 속으로 이번 사태가 백진과 관련 없기만을 바랄 뿐이었다.

그때, 채색구름 한 덩이가 입구에 나타났다. 채색구름의 정체가 눌천임을 다들 알았기 때문에 장내에 긴장감이 감돌았다.

채색구름 속에서 나타난 눌천은 기분이 영 좋지 않은 듯 냉랭한 표정으로 낭선들을 쏘아보았다. 낭선들은 눌천의 표정을 보고 겁을 먹어 얼른 머리부터 조아렸다.

한데 눌천의 입에서 예상치 못한 얘기가 튀어나왔다.

"지금부터 풍화벽 벽주님의 지시에 따라 풍화벽 제자를 뽑는 시험을 단행하겠다. 시험의 내용은 의외로 아주 간단하다."

눌천의 폭탄과 같은 선언에 낭선들은 숨조차 제대로 내쉬지 못했다. 지금 그들이 평생 소원해마지않던 일이 일어났다. 그들의 소원은 풍화벽과 같은 전도유망한 종파에 입문해더는 목숨을 위협받지 않으며 수련하는 것이었다.

장내는 곧 바늘 떨어지는 소리도 들릴 만큼 조용해졌다.

피식 웃은 눌천이 어쩌면 가장 중요할지 모르는 내용을 말했다.

"풍화벽은 경지가 낮은 낭선들이 출입할 수 있는 대표적인 수련 성지(聖地)인 백락장에 사는 산선계 7품 삼두호마(三頭虎馬)의 내단을 가져오는 수사에게만 정식 제자의 지위를 부여할 것이다. 기한은 없다. 또, 수사끼리의 경쟁 역시 허용한다. 즉, 어떤 방법을 쓰든 상관없다는 얘기다."

설명을 마친 눌천은 채색구름에 휩싸여 고공으로 솟구쳤다.

"난 너에게 기대하고 있다. 꼭 성공해서 돌아오너라."

유건은 눌천이 떠나기 전에 보내온 뇌음에 살짝 놀랐다.

'이상하군. 난 그와 그저 회합 장소에서 한 번 만났을 뿐인데. 심지어 그때는 그가 풍화벽 장로인 줄도 몰랐고. 설마 내가 그의 마음에 든 건가? 그래서 기양토, 함식지, 화섬란과 같은 귀한 재료를 준 건가? 아니면 다른 의도가 있어서?'

한편, 한참을 날아 풍화벽 본종에 도착한 눌천은 높이가 1만 장에 달하는 초대형 절벽에 뚫린 구멍 중 하나로 들어갔다.

구멍 안에는 둥그런 형태의 거대한 석실이 있었고 그 석실에 놓인 돌의자에는 이미 다섯 남녀가 먼저 와서 앉아 있었다. 한데 놀랍게도 다섯 남녀 모두 장선 초기의 강자였다.

도인 차림의 젊은 미녀가 웃으면서 물었다.

"눌 형이 제일 늦게 오셨군요. 그래, 기대할 만한 자가 있던가요?"

눌천이 의자에 앉으며 대꾸했다.

"운 좋게 열 놈쯤 발견했소. 그보다 석(石) 선자 쪽은 어떻소?"

석 선자라 불린 젊은 미녀가 고개를 저었다.

"아쉽게도 우리 쪽엔 쓸 만한 수사가 없더군요. 한데 눌 형은 이번에도 재료를 가지고 낭선의 운을 시험해 봤나요?"

"그렇소. 다들 고만고만한 녀석들 속에서 옥석을 가려내는 덴 운이 따르는지, 아닌지 알아보는 방법보다 좋은 게 없소."

"그래 성과는 좀 있었나요?"

"한 놈이 아주 대단한 운을 지녔소. 글쎄 내가 시험 삼아 내놓은 기양토, 함식지, 화섬란을 한 번에 가져가지 않았겠소?"

석 선자가 눈을 빛내며 물었다.

"그 세 가지를 골라낼 정도라면 운이 아니라, 실력 아닐까요?"

눌천이 턱을 문지르며 대답했다.

"아닐 거요. 공선 초기 낭선이 그런 재료를 언제 봤겠소?"

그때, 상석에 앉은 난쟁이 도사가 옥함을 바닥에 던졌다.

"전과 같네. 각자 맡은 구역에서 가장 많이 성공한 낭선이 나오는 장로가 내기에 건 물건을 전부 가져가는 거야."

난쟁이 도사의 말에 눌천, 석선사 등이 품에서 석갑, 옥함, 금궤 등을 꺼내 난쟁이 도사가 던져 둔 옥함 옆에 내려놓았다.

말쑥하게 생긴 중년 도사가 불진(拂塵)으로 장난치며 말했다.

"저번에는 2만 명 중에서 고작 67명만이 살아 돌아왔는데 이번에는 얼마나 살아 돌아올지 기대가 크군요. 그래도 명색이 제자를 선발하는 시험인데 100명은 넘어야지 않겠어요?"

난쟁이 도사가 팔짱을 끼며 고개를 저었다.

"숫자는 중요하지 않네. 시험은 그저 옥석을 가리는 용도니까. 이런 경쟁에서 살아남는 놈이라면 옥도 그냥 옥이 아니라, 아주 단단한 옥일 테지. 우린 그런 놈들이 필요해. 유사시에 그런 놈들을 방패막이로 삼아 시간을 벌어야 하니까."

교활해 보이는 인상의 중년 사내가 맞장구를 쳤다.

"수석 장로님의 말씀이 옳습니다. 어차피 제자들이야 장로들을 배출한 선가(仙家)에서 거의 다 충당하는데 낭선을 많이 받을 필요 없지요. 오히려 물만 흐려질 것입니다."

중년 사내의 말에 다들 동의하는 듯 고개를 끄덕였다.

경매에 참여한 낭선들은 잔뜩 흥분한 상태에서 본인이 머물던 거처로 돌아갔다. 유건도 일행과 합류해 양주성으로 돌아갔다. 한데 홍지, 막리, 동명자뿐만 아니라, 사곤마저 돌아가는 내내 흥분한 기색을 좀처럼 감추지 못했다.

홍지가 비행 법보를 조종해 그의 옆으로 다가왔다.

"민 수사도 풍화벽 입문 시험에 도전할 생각이오?"

유건은 주저 없이 고개를 끄덕였다.

"당연히 그럴 생각이오."

홍지가 은근한 어조로 권했다.

"우린 어차피 삼혈서 선약을 맺은 터라, 서로를 배신할 위험이 적소. 나, 막 선자, 동명자 선배, 사곤 선배는 앞으로도 쭉 같이 움직이기로 했는데, 특별한 계획이 없다면 민 수사도 같이하는 게 어떻겠소? 서로 도우면 일이 더 쉬워지지 않겠소?"

유건은 일부러 흥분한 표정을 지으며 손을 저었다.

"아니, 오히려 내가 먼저 홍 수사 등께 부탁하고 싶던 참이었소. 백락장까지 갔다가 다시 오려면 고생이 이만저만이 아닐 텐데 믿을 수 있는 동료가 있다면 마음이 든든할 것이오."

홍지가 기뻐하며 막리, 동명자, 사곤에게 소리쳤다.

"민 수사도 합류한답니다!"

홍지의 말에 막리, 동명자, 사곤이 비행 법보를 조종해 다가왔다. 다만, 여전히 그를 마음에 들어 하지 않는 사곤은 약간 떨어진 데서 비행하며 다른 일행의 말에 귀를 기울였다.

일행은 그 자리에서 바로 시험을 어찌 치를지 논의했다.

홍지가 심각한 어조로 당부했다.

"우린 앞으로 세 가지를 조심해야 합니다."

막리가 흥분이 가시지 않은 목소리로 물었다.

"무엇인가요? 그 세 가지가?"

"눌천 장로님이 조금 전에 백락장을 오가는 동안, 또 백락장에서 삼두호마를 잡는 동안, 낭선끼리의 경쟁을 허용한다는 선언을 하셨소. 그 말은 다른 수사가 우릴 공격할 수 있단 뜻이오. 그게 우리가 조심해야 할 첫 번째 문제요."

동명자가 숙연한 표정으로 고개를 끄덕였다.

"홍 동생의 말처럼 지금부터는 다른 낭선의 동태에 주의를 기울여야 하네. 그들이 언제 발톱을 드러낼지 모르니."

홍지가 바로 이어 설명했다.

"두 번째는 삼두호마요. 내가 알기로 삼두호마는 상당히 까다로운 악수인 데다, 결정적으로 무리 생활을 하는 종으로 알려져 있소. 만약, 삼두호마를 잘못 건드리는 날에는 수천수만으로 이뤄진 무리에 둘러싸여 빠져나오기 어려울 거요."

막리가 한숨을 쉬며 물었다.

"역시 쉬운 게 없군요. 그럼 세 번째는요?"

"이곳 쇄북과 백락장이 있는 서해가 족히 몇 달은 가야 할 만큼 멀단 것이 바로 세 번째 문제요. 아마 도중에 지나가는 낭선을 노리는 흑선, 요선, 귀선 등이 적지 않을 거요. 심지어 각 지역을 지배하는 거대 세력이 직접 나설 위험마저 다분하오. 거대 세력은 종종 경지가 낮은 제자들에게 낭선을 사냥하게 해서 경험을 쌓게 하는 경우가 있소. 또, 정종이 아닌 종파는 낭선을 잡아서 노예로 부리거나, 혼백, 원신을 뽑아 법보로 제련하곤 하오."

홍지의 말이 끝나는 순간, 막리와 동명자의 얼굴이 어두워졌다. 눌천이 시험을 쳐서 제자를 받는단 말을 했을 때는 너무 흥분한 나머지 그 안에 숨은 위험을 감지하지 못했었다.

한데 홍지의 말을 듣고 보니 만만한 일이 아니었다. 아니, 만만하고 자시고를 떠나 살아남는 일조차 버거울지 몰랐다.

그때, 홍지가 분위기를 바꾸려는 듯 일부러 더 쾌활하게 말했다.

　"하지만 성공만 하면 풍화벽 정식 수사로 입문할 수 있습니다. 부평초처럼 떠돌아다니며 언제 죽을지 몰라 불안에 떨 필요가 없단 뜻이지요. 더구나 풍화벽의 지원을 받으면 우리의 꿈이라 할 수 있는 오선 진입 역시 더는 꿈이 아닐지 모릅니다. 또, 목전에 닥친 백팔초겁 역시 통과할 수 있을 테지요. 전 어떤 어려움이 있더라도 삼두호마의 머리를 잘라 내단을 취할 생각입니다. 다른 분들은 어떠십니까?"

　눈빛을 교환한 막리, 동명자가 동시에 고개를 끄덕였다.

　"우리 사형제는 참여하겠어요. 우리 역시 백팔초겁이 머지않아 이번에 실패하면 언제 죽을지 알 수 없는 처지예요. 버러지처럼 죽을 바에야 그전에 뭐라도 해 보는 게 더 낫겠지요."

　오히려 사곤은 처음부터 결심이 전혀 흔들리지 않은 듯했다.

　"내 생각은 아까도, 지금도 별반 달라지지 않았네."

　홍지가 마지막으로 유건을 쳐다보았다.

　유건은 어깨를 으쓱하며 대답했다.

　"다른 분들의 뜻이 그러시다면 저 역시 기꺼이 참여하겠습니다."

　그러나 유건은 풍화벽에 입문하기 위해 참여하려는 게 아

218

니었다. 그는 오히려 낭선인 지금 신분이 훨씬 편했다.

유건은 거대 세력에 들어가 일신을 보전하는 대가로 자유를 제약받을 생각이 눈곱만치도 없었다. 그러나 백락장을 둘러볼 마음이 전혀 없진 않았기 때문에 이번 기회를 이용하기로 했다. 백락장에 가면 신비하기 짝이 없는 분홍색 쇠막대기를 더 구할 수 있을 뿐만 아니라, 경지가 낮은 낭선이 들어갈 수 있는 몇 안 되는 수련 성지인 백락장에서 공선 초기를 대성하는 데 필요한 경험을 쌓을 수 있었다.

양주성 객점에 복귀한 일행은 짐을 챙겨 바로 떠나기로 했다. 다른 객점에 기거하던 낭선 수십 명이 벌써 출발했다는 소식이 들려온 터라, 꾸물거릴 이유가 전혀 없었다.

유건은 짐이라 부를 만한 물건이 딱히 없었다. 그러나 그는 모이기로 한 장소인 객점 1층으로 내려가길 계속 주저했다. 기다리는 사람이 있었기 때문이었다. 바로 백진이었다.

처음엔 별일 없을 거로 생각해 마음을 놓았다. 그러나 1각, 2각이 지나 반 시진이 지났을 즈음엔 그 역시 초조해졌다.

'그때, 경매장에 다시 나타난 눌천의 표정이 좋지 않았던 이유는 아마 그녀를 추적하는 데 실패했기 때문일 거다. 한데 왜 아직 돌아오지 않는 거지? 설마 다른 강자를 만난 건가?'

갈수록 더 초조해진 유건은 현경도를 꺼냈다. 화신 상태인 백진과 그녀가 평소에 머무르며 수련하는 현경도는 한 몸과 같았다. 만약, 그녀에게 사고가 생겼으면 현경도가 경고를 발해 알려 줄 것이다. 그러나 현경도는 달라진 점이 없었다.

현경도의 하늘을 오가는 태양은 여전히 손톱보다 작았고 달은 이제 막 초승달 상태를 벗어나기 위해 애쓰는 중이었다.

그때, 목이 빠지라 기다리던 백진이 유령처럼 나타났다.

유건은 그제야 마음을 놓으며 손에 쥔 현경도를 백진에게 던졌다. 다소 피곤한 표정이던 백진은 엷은 미소를 지어 보이더니 유건이 던진 현경도 속으로 들어가 모습을 감추었다.

유건은 현경도를 손에 쥐고 뇌음으로 물었다.

"그동안 무슨 일이 있었던 겁니까?"

"낭선 무리와 풍화벽 떨거지들은 쉽게 떼어 낼 수 있었습니다. 나중에 합류한 눌천이란 장로는 꽤 애를 먹였지만 역시 얼마 지나지 않아 떼어 냈지요. 한데 갑자기 전혀 다른 방향에서 장선 중기 수사가 나타나는 바람에 곤란한 지경에 처했습니다. 우연히 근처에 있다가 소식을 듣고 급하게 쫓아온 풍화벽 벽주였던 것 같은데 실력이 좋아 쉽게 떨어지지 않더군요. 결국, 몇 가지 비술을 써서 떼어 낸 다음에 안전을 기하기 위해 멀리 이동했다가 지금 돌아온 겁니다."

유건은 미간을 찌푸리며 물었다.

"풍화벽 벽주가 그리 대단했습니까?"

백진이 감탄하며 대답했다.

"장선 중기를 대성했더군요. 아마 100년 이내에 중기 최고

220

봉에 올라 후기 진입을 시도할 겁니다. 더구나 나이도 적어 별일 없다면 녹원대륙에서 한자리 차지할 인물이었습니다."

유건은 풍화벽 벽주를 조심해야겠다고 생각하며 다시 물었다.

"한데 자룡안과가 대체 뭐기에 자하제룡검이 날뛴 것입니까?"

백진이 웃으면서 대답했다.

"자하제룡검은 모양만 보고 자룡안과를 상계에서 자주 먹던 자룡파안선과(子龍爬眼仙果)로 착각한 것에 불과합니다. 자룡안과는 자룡파안선과의 변종으로 효과는 진짜에 미치지 못하지요. 물론, 그렇다고 해서 효과가 없지는 않습니다."

"어떤 효과가 있습니까?"

"경매 진행자가 설명한 내용이 얼추 맞습니다. 극독이 들어 있어서 독과 관련한 공법이나 법보에 잘 어울리지요. 또, 독을 치료하는 단약이나 독성을 띠는 영단을 만들 수도 있습니다. 그러나 상계에서 자룡파안선과를 귀하게 여기는 진짜 이유는 영과의 씨에 있습니다. 씨 안에 용 형상을 한 뼈 같은 게 들어 있는데 그 뼈를 먹으면 용처럼 근골이 단단해집니다. 상계 법술을 수련하는 데 꼭 필요한 영과이지요. 한데 자룡안과에도 작게나마 용 형상을 한 뼈 씨앗이 들어 있습니다."

대답한 백진이 법보낭에서 자룡안과 12개를 꺼내 건넸다. 유건은 자룡안과를 받아 살피다가 그중 세 개를 돌려주었다.

"세 개는 백 선자께서 복용하시지요. 비록 자룡파안선과에는 미치지 못하지만 그래도 없는 것보다는 낫지 않겠습니까?"

백진 역시 은근히 영과를 원했던 터라, 거절하지 않았다.

"그럼 고맙게 받겠습니다."

유건은 남은 9개 중 2개를 규옥과 청랑에게 하나씩 주었다. 규옥과 청랑은 당연히 뛸 듯이 기뻐하며 영과를 챙겼다.

"3개는 내가 먹고 마지막 4개는 자하제룡검에게 주면 되겠군."

따로 3개를 챙긴 유건은 팔찌에 정혈을 약간 주입해 자하제룡검을 소환했다. 곧 보라색 안개를 몸에 휘감은 금룡이 나타나 코를 벌렁거리며 자룡안과를 찾았다. 유건은 고개를 절레절레 저으며 남은 자룡안과 4개를 공중으로 던져 주었다.

반색한 금룡은 공중에서 신기한 묘기를 연달아 펼치며 자룡안과 4개를 멋들어지게 받아 냈다. 그러나 금룡의 기분이 나빠지는 데 걸린 시간은 촌각에 불과했다. 금룡은 발톱으로 쥔 자룡안과를 앞으로 내밀며 왜 4개뿐이냐고 항변했다.

유건은 어깨를 으쓱하며 대답했다.

"자룡안과 12개를 전부 차지하려 드는 것은 욕심이 과한 거 아니오? 생각해 보시오. 자룡안과를 사는 데 쓴 비용은 모두 내가 낸 거요. 또, 백 선자가 때맞춰 도와주지 않았으면 어찌 자룡안과 12개를 다른 수사의 방해 없이 전부 차지할 수 있었겠소? 적어서 불만인 건 알지만 이해해 줘야 하오."

유건의 말에 콧방귀를 뀐 금룡은 발톱으로 쥔 자룡안과를 맛있게 씹어 먹었다. 한데 무슨 일인지 보라색 껍질로 둘러싸인 씨는 끝내 먹지 않았다. 순식간에 자룡안과 4개의 과육을 깨끗이 먹어 치운 금룡이 입맛을 쩝쩝 다시다가 강아지가 씻고 나서 몸을 터는 것처럼 갑자기 몸을 부르르 떨었다.

그 순간, 금룡의 몸에서 떨어져 나온 보라색 안개가 짙어지다가 갑자기 황금색 눈과 보라색 혀를 지닌 구렁이로 변신했다.

'아, 이 구렁이는?'

유건은 자하선부에서 그를 몰래 습격한 보라색 구렁이와 지금 나타난 구렁이가 똑같이 생겼단 사실을 알고 몹시 놀랐다.

그때는 금룡이 항상 몸에 두르고 다니는 보라색 안개가 변신한 모습이 보라색 구렁이일 거로 생각했다. 한데 인제 보니 아니었다. 보라색 구렁이가 변한 모습이 보라색 안개였다.

'설마 자하제룡검은 정말 암수 한 쌍이었단 말인가?'

보라색 구렁이를 사랑스러운 눈빛으로 쳐다보던 금룡이 자기가 먹고 남긴 자룡안과 씨앗을 전부 건네주었다. 보라색 구렁이는 금룡의 배려에 감동한 듯 몸을 비비 꼬며 좋아하다가 자룡안과 씨앗을 깨물어 그 안에 든 뼈를 씹어 먹었다.

백진의 말처럼 자룡안과 씨앗 안에는 작은 용 모양을 한 뼈가 들어 있었다. 씨앗에 든 뼈를 순식간에 먹어 치운 보라색 구렁이는 색깔이 조금 전보다 약간 짙어졌을 뿐만 아니라, 크기 역시 약간 커져 금룡의 반 배 정도까지 성장했다.

그제야 상황을 이해한 유건은 말없이 고개를 끄덕였다.

'금룡이 자룡안과에 환장한 이유가 자하에게 주기 위해서였구나. 자하는 아직 이무기 상태를 벗어나지 못한 탓에 용으로 성장하려면 자룡안과와 같은 영약이 더 필요했던 거였어.'

그때, 문을 두드리는 소리가 들렸다.

유건은 자하제룡검을 다시 팔찌 형태로 돌린 후에 문을 열었다.

문밖에는 홍지가 초조한 표정으로 서 있었다.

"아직 정리할 게 남았소?"

"막 끝났소."

"그럼 어서 출발합시다."

1층으로 내려온 유건은 기다리던 일행과 합류해 양주성을 나섰다. 양주성을 나서기 무섭게 곳곳에서 날아오르는 낭선 무리를 확인할 수 있었다. 양주성에서만 거의 3,000명이 출발하는 듯했다. 그러나 그 숫자는 갈수록 더 늘었다.

며칠 후 풍화벽 서쪽 관문에 도착했을 때는 거의 1만을 헤아렸고 관문을 지나 쇄북 서쪽으로 향했을 때는 2만이 넘었다.

막리가 비행 법보를 타고 가는 낭선들을 보며 물었다.

"대체 이번 시험에 몇 명이나 참여하는 걸까요?"

일행 중에서 이 지역 사정을 가장 잘 아는 홍지가 대답했다.

"풍화벽 세력권은 여섯 개 구역으로 이루어져 있는데 각 구역에서 최소 5~6,000명의 수사가 시험에 참여했을 거요. 즉, 최소 3만에서 많으면 4만 명의 수사가 참여한다는 말이오."

막리가 약간 떨리는 목소리로 대꾸했다.

"휴, 대단한 숫자군요."

유건은 주위를 둘러보았다. 수사들은 크게 두 개의 형태를 이루어 이동했다. 첫 번째는 포식자를 피해 다니는 물고기 떼처럼 적게는 수십 명, 많게는 수백 명이 뭉쳐 다니는 형태였다. 그들은 대부분 입선으로 대장은 입선 후기가 맡았다.

두 번째는 소수 정예로 움직이는 경우였다. 그런 무리는 대부분 공선으로 이뤄져 있었는데 유건 일행 역시 두 번째 형태에 속했다. 유건은 소수 정예로 움직이는 무리를 주시했다.

'우리를 습격할 가능성이 큰 쪽은 역시 우리와 비슷한 형태로 움직이는 자들일 것이다. 머지않아 발톱을 드러내겠지.'

유건 등이 백락장으로 떠나고 열흘쯤 지났을 때, 오휴, 모군, 안소, 야효견 등으로 이루어진 낙낙사 추적대가 나타났다.

안소가 냄새를 맡고 돌아온 야효견을 보며 보고했다.

"놈이 풍화벽 세력권 안으로 들어갔다가 다시 나온 듯합니다."

오휴가 유건 일행이 간 방향인 서쪽을 보며 물었다.

"조금 전에 낭선으로 보이는 자들이 풍화벽에서 나와 서쪽 하늘로 대거 이동하던데 혹시 그중에 섞여 있는 것이냐?"

안소가 바로 고개를 끄덕였다.

"틀림없습니다."

"흐음, 그렇단 말이지. 놈이 헌월선사의 복신술을 수련해 다른 수사의 얼굴과 체형, 목소리를 훔칠 수 있다는 사실을 명심하고 움직여라. 그렇지 않으면 코앞에서 놓칠 수 있다."

"예, 대사님."

오휴는 다시 추적대를 이끌고 서쪽 하늘로 날아갔다.

쇄북을 출발한 유건 일행은 한 달 후에 조양(朝陽)에 도착했다. 조양을 통과하지 않으면 초수대산맥(超獸大山脈) 최남단을 크게 돌아서 서해로 가야 하는 데 몇 년이 걸릴지 알 수 없는 일정이라, 사실상 다른 선택지가 없는 셈이었다.

초수대산맥은 산선계 2품 악수까지 모습을 드러낼 정도로 위험한 지역이어서 장선조차 감히 넘어갈 생각을 하지 않았다.

다만, 조양 역시 그리 녹록하지 않다는 점이 문제였다. 조양은 쇄북과 서해 사이에 끼어 있는 지역으로 수련 자원이 많이 나지 않아 대종문이나 종문과 같은 큰 세력이 없었다.

그 대신, 수많은 군소세력이 난립해 수천 년 동안 혼란이 계속해 이어졌으며 곳곳에 흑선, 귀선, 요선 등이 들끓었다.

유건 일행 역시 그 혼란의 여파를 피하지 못했다. 조양 변경에서 서해가 있는 남서 방향으로 이틀쯤 날아갔을 때였다.

공선 초, 중기로 이루어진 흑선 여섯 명이 갑자기 들이닥쳤다.

막리가 비행 법보의 속도를 올리며 소리쳤다.

"도망쳐요!"

그러나 막리는 얼마 가지 못해 멈춰 설 수밖에 없었다. 홍지가 재빨리 날아와 도망치는 그녀 앞을 막아 버린 탓이었다.

비행 법보를 급히 멈춰 세운 막리가 힐난하듯 물었다.

"무슨 짓이에요?"

홍지가 담담한 표정으로 대꾸했다.

"여기서 우리가 도망치면 쫓는 무리만 점점 더 늘어날 뿐이오."

"그럼 어떻게 하겠다는 거예요?"

홍지가 고개를 돌려 그들을 쫓아오는 흑선 무리를 바라보았다.

"지금은 저들을 해치우고 이동하는 게 가장 안전한 방법이오."

그때, 동명자가 가장 먼저 적 쪽으로 돌아서며 사매에게 말했다.

"홍 동생 말대로 저들을 해치우고 나서 도망치는 게 좋겠어. 다행히 이 주변엔 저들 외에 다른 수사는 없는 것 같으니까."

사곤 역시 말은 안 해도 비슷한 생각인 듯했다. 그는 비행법보의 방향을 돌려 고공으로 올라갔다. 일행은 곧 뇌음으로 작전을 상의했다. 공선 중기인 동명자, 사곤 두 명이 적을 위와 아래, 양쪽에서 저지하는 동안, 공선 초기인 유건, 막리, 홍지가 뒤에서 그런 두 수사를 지원하기로 하였다.

정종 도문 출신인 동명자는 도사를 그려 넣은 작은 깃발 9개를 공중에 던져 진법을 만들었다. 또, 고공에 도착한 사곤은 검은 연기가 스멀스멀 피어오르는 검은색 검 한 자루와 화살 모양을 한 암기형 법보 100여 개를 자기 앞에 띄웠다. 사곤의 성격처럼 법보 역시 날카로운 살기를 뿜어냈다.

한편, 동명자 뒤에 자리한 유건은 법보낭에서 삼주검(三朱劍)이라 불리는 세 개의 검을 꺼내 손에 쥐었다. 삼주검은 요검자의 법보낭에서 찾은 법보로 길들일 필요 없이 바로 사용 가능한 상용 법보였다. 홍지 등이 있는 곳에서 자신의 본실력을 드러낼 생각이 없던 그에게는 딱 맞는 법보였다.

삼주검이란 이름처럼 검날이 붉은 검 세 자루가 유건의 코 앞에서 빙글빙글 돌며 언제든 튀어 나갈 준비를 마쳤다. 유건과 약간 떨어진 장소에 자리한 막리는 문양이 화려한 노란색 부채를 꺼내 들었고 막리 옆에 있는 홍지는 금속으로 제작한 대형 붓과 벼루를 마치 칼과 방패처럼 들고 있었다.

유건 일행이 준비를 마쳤을 때, 그들을 추적하던 흑선 무리가 비행 법보를 타고 도착했다. 다섯 명으로 이루어진 낭선들이 그들보다 먼저 공격 태세를 갖추었을 거란 예상을 못 한 그들은 서둘러 흩어지며 상대의 선공을 피했다.

그러나 그러기에는 약간 늦은 감이 있었다. 동명자가 공중에 띄워 둔 작은 깃발 9개가 맹렬히 회전하며 실처럼 가는 빛줄기를 마구 분사해 그 일대를 작은 감옥으로 만들어 버렸다.

흑선 여섯 명 중 세 명은 법보를 이용해 감옥을 뚫고 나왔다. 그러나 남은 세 명은 감옥 안에 갇혀 우왕좌왕하였다.

그때, 고공에 있던 사곤이 검은색 비검을 날려 감옥 안에 갇힌 흑선 세 명을 급습했다. 흑선 세 명 중 한 명은 비검이 도달하기 전에 간신히 감옥을 빠져나갔다. 그러나 빠져나가는 데 실패한 두 명은 검은색 비검에 난자당해 즉사했다.

사곤의 솜씨가 일행 중에서 가장 좋다는 말은 거짓이 아니었다. 보호막과 부적, 법술 등으로 검은색 비검을 막아 보려던 흑선 두 명은 검은빛이 번쩍하는 순간, 이미 죽어 있었다.

그때, 동명자는 초록색 불진을 휘둘러 깃발로 만든 감옥에서 가장 먼저 빠져나온 공선 중기 세 명을 상대하는 중이었다. 그가 불진을 휘두를 때마다 녹색 알갱이처럼 생긴 작은 빛 덩이가 폭포처럼 쏟아져 내려 상대의 진로를 막아섰다.

그러나 동명자 혼자 같은 경지인 공선 중기 세 명을 오래 붙들고 있기는 힘들었다. 곧 유건, 막리, 홍지 세 명이 세 방향에서 밀고 들어가 고생하는 동명자의 짐을 덜어 주었다.

계획은 간단했다. 그들 네 명이 공선 중기 세 명을 최대한 오래 붙잡고 있는 동안, 사곤이 나머지를 정리하고 합류해 끝장내는 계획이었다. 지금까진 계획대로 이뤄지고 있었다.

동명자는 사곤처럼 날카롭진 않았다. 그러나 그 대신에 아주 끈질긴 면모가 있었다. 그는 상대 공선 중기 세 명의 공격을 거의 혼자 상대하면서도 좀처럼 파탄을 드러내지 않았다.

그사이, 홍지는 본인과 동명자 주위에 벼루 법보로 만든 강력한 보호막을 만들어 덮어씌웠다. 또, 상대가 물러설 땐 붓 법보로 먹물처럼 칠흑에 가까운 광선을 쏘았다. 가끔 상대의 공격이 보호막을 뚫고 들어오는 경우가 있었는데 그땐 몸에 걸친 주황색 장삼으로 강렬한 빛을 뿜어내 막았다.

'다른 건 몰라도 몸에 걸친 장삼은 꽤 괜찮은 법보군.'

홍지가 동명자를 돕는 동안, 유건과 막리는 최대한 안전하게 움직이다가 갑자기 기습을 가해 상대의 집중력을 흩트렸다.

막리는 노란색 부채 법보를 공중에 띄워 공격했는데 수결을 맺은 손으로 법결을 날릴 때마다 부챗살에서 손가락 굵기의 노란 광선 10여 개가 튀어나와 허공을 빗살처럼 갈랐다. 또, 가끔은 부적에 불을 붙여 공격했는데 그때마다 불꽃이 만들어 낸 병사들이 기이한 웃음소리를 내며 날아다녔다.

반면, 유건은 막리보다 더 뒤에서 삼주검을 조종해 상대를 공격했는데 삼주검이 장선 초기인 요검자가 사용하던 법보였기 때문에 막리보다 훨씬 더 치명적인 공격을 가할 수 있었다. 막리가 날린 노란 광선을 피하지도 않고 보호막으로 받아내던 적은 삼주검이 날아오면 몸을 피하기 바빴다.

한데 삼주검이 빨아들이는 법력의 양이 원체 많아 유건 역시 공격을 오래 끌지는 못했다. 물론, 공선 후기에 맞먹는 법력을 지닌 유건에게는 큰 문제가 아니었다. 그러나 홍지 등이 지켜보는 자리에서 법력을 자랑할 이유는 전혀 없었다.

그때, 이대로는 답이 없다고 여긴 흑선 공선 중기 하나가 포위망을 빠져나와 막리에게 덤벼들었다. 일행 중 가장 약해 보이는 그녀부터 없애 막힌 숨구멍을 뚫어 보겠단 의도였다.

막리는 공중에서 춤을 추는 무희처럼 어지럽게 움직이며 상대를 떼어 내려 들었다. 또, 가지고 있던 부적 다발 몇 개를 통째로 태워 불덩이로 이뤄진 병사 수백 명을 더 불러냈다.

그러나 상대 역시 각오가 대단했다. 여기서 더 밀리면 강도질하러 왔다가 반대로 본인들이 털리는 굴욕을 당하는 것은 물론이거니와 피로 얼룩진 삶 역시 종지부를 찍어야 했다.

무서운 기세로 달려드는 흑선을 보며 두려움에 질린 막리의 손발이 점차 어지러워졌다. 이대론 얼마 버티지 못할 듯했다.

'그녀를 도와줘야 하나?'

유건이 그런 생각을 할 때, 위에서 화살 모양을 한 법보 10여 개가 우박처럼 쏟아졌다. 깜짝 놀란 흑선은 비행 법보를 조종해 급히 옆으로 피했다. 그러나 화살 모양 법보는 살아 있는 것처럼 곡선을 크게 그리며 흑선의 뒤를 추격했다.

흑선은 화살 모양 법보를 떼어 내기 위해 온갖 수단을 다 동원했다. 그 바람에 일행 중 가장 약한 막리부터 처리한다는 그의 야심 찬 계획은 수포로 변했다. 화살 모양 법보로 흑선 하나를 무리에서 떼어 내는 데 성공한 사곤은 비검으로 진법 감옥에서 도망친 공선 초기 하나를 마저 제거했다.

사곤의 엄청난 활약 덕에 이제 숫자는 유건 일행 쪽이 더 많았다. 흑선 무리는 감옥에서 두 명, 감옥 밖에서 한 명이 죽어 세 명밖에 남지 않았다. 그러나 남은 흑선 세 명이 모두 공선 중기인지라, 전투는 쉽게 끝날 기미가 없었다.

이는 유건의 방식과 맞지 않았다. 유건은 초반에 승부를 보는 쪽에 가까웠다. 그러나 지금은 혼자 움직이는 게 아니었기 때문에 다른 일행의 방식에 맞춰 최대한 안전하게 싸웠다.

동명자, 유건, 홍지, 막리 네 명이 공선 중기 흑선 두 명을 막는 동안, 무리에서 떨어져 나온 공선 중기 하나를 홀로 상대하던 사곤이 갑자기 동북쪽 하늘을 주시하며 경고했다.

"서둘러야겠소!"

사곤은 정말 신중한 사람이었다. 한데 그런 그가 뇌음을 보낼 틈도 없이 육성으로 경고할 만큼 심각한 일이 일어난 듯했다.

유건은 동북쪽 하늘을 보았다. 하늘 끝에서 푸른색과 검은색으로 빛나는 빛줄기 네 개가 날아오는 중이었다. 빛줄기 속도가 엇비슷한 것을 봐서는 넷 모두 공선 중기 이상이었다.

'어부지리를 노리는 모양이군. 한데 어디서 온 놈들이지? 조양에 있던 자들인가? 아니면 풍화벽에 있던 다른 낭선들?'

유건의 관심은 하늘 끝에서 나타난 새로운 수사 무리로 향했다. 그러나 손은 전혀 쉬지 않았다. 그는 오히려 동명자 무리에서 이탈해 혼자 적을 상대하는 사곤 쪽으로 날아갔다.

유건은 삼주검에 법력을 더 주입해 동시에 날렸다. 붉은 광채를 매단 삼주검 세 자루는 동시에 날아가다가 한 자루는 위로, 다른 한 자루는 아래로, 마지막 자루는 비스듬히 곡선을 그리며 이동해 사곤이 맡은 흑선을 세 방향에서 기습했다.

삼주검을 부릴 때 사용한 법결은 자하제룡검을 부릴 때 사용하는 법결과 같았다. 법결에 현묘한 이치가 담겨 있어 대비가 쉽지 않았다. 물론, 전력을 다한 공격은 아니었다. 그저 옆에서 사곤이 흑선을 죽일 수 있게 도와준 것에 불과했다.

유건의 도움을 별로 환영하지 않은 사곤은 냉소를 터트리다가 남은 화살 모양 법보를 전부 다 투입해 맹공을 가했다.

삼주검과 화살 모양 법보를 정신없이 막아 내던 흑선은 결국 사곤이 직접 뛰어들어 검은 비검으로 베기 무섭게 절명했다.

유건의 도움을 받아 강적을 제거한 사곤은 쉴 틈도 없이 다시 동명자, 홍지, 막리를 돕기 위해 날아갔다. 유건이 사곤을 돕는 동안, 그들 세 사람은 위험한 고비를 몇 차례 넘겼다.

그러나 동명자 등을 상대하던 흑선 두 명은 동료를 죽인 사곤과 유건이 연달아 날아들어 협공을 펼치기 무섭게 양쪽으로 흩어져 도주했다. 평소의 유건이라면 절대 살려 두지 않을 자들이었다. 그러나 지금은 그들이 문제가 아니었다.

흑선 두 명이 도망침과 동시에 동북쪽 하늘에서 나타난 빛줄기 네 개가 마침내 살기를 잔뜩 피워 올리며 현장에 도착했다.

곧 빛줄기가 가시며 갑자기 싸움판에 끼어든 불청객의 정체가 만천하에 드러났다. 한데 그중에 아는 사람이 있는 듯 그들을 본 홍지 일행의 표정이 딱딱하게 굳었다. 심지어 시종일관 감정을 드러내지 않던 사곤마저 약간 흠칫할 정도였다.

유건은 사곤이 주목하는 자를 자세히 관찰했다. 얼굴이

길고 팔다리가 가는 사내였는데 등에 회색 활을 둘러메고 있었다.

민홍의 기억을 뒤진 유건은 곧 그가 풍화벽 낭선 중에서 악랄하기로 세 손가락에 꼽힌다는 공선 중기 수사 매진(昧眞)임을 알아보았다. 악랄한 성격을 지녔음에도 아직 살아 있단 말은 그의 실력이 아주 뛰어나다는 방증과 같았다.

매진을 따라온 사내 둘과 여자 하나 역시 모두 공선 중기로 만만치 않은 실력의 소유자였다. 숫자는 유건 일행이 많아도 실력 면에서 보면 매진 일행보다 훨씬 떨어진단 의미였다.

매진은 가늘게 뜬 눈으로 유건 일행을 훑어보며 미소 지었다.

"흐흐, 아는 사람이 몇 있군."

유건을 마지막으로 훑은 매진의 시선이 사곤 쪽으로 돌아갔다.

"사곤 형, 오랜만이야."

사곤은 담담한 표정으로 물었다.

"여기보단 백락장에서 손을 쓰는 게 더 편하지 않겠나?"

매진이 뱀의 혀보다 더 붉은 혀로 얇은 입술을 핥았다.

"사곤 형 말대로 백락장에서 손을 쓰면 더 편하겠지. 하지만 지루한 여정에 싸움보다 더 활력을 주는 게 없어서 말이지. 계집질도 해 보고 술도 마셔 봤지만 영 따분해서 말이야. 역시 나에게는 살인만큼 흥분을 가져다주는 게 없는 듯해."

사곤은 양손에 검과 화살 모양 법보를 쥐고 음산하게 말했다.

"난 네가 상대한 얼뜨기들처럼 그리 쉽게 죽어 줄 마음은 없다."

"흐흐, 사곤 형 정도면 나도 요리하는 재미가 꽤 있겠지."

두 사람은 전에 대적해 본 경험이 있는 모양이었다. 매진의 말이 끝나기도 전에 사곤이 먼저 맹렬한 기세로 달려들었다.

사곤과 매진이 붙는 순간, 매진을 따라온 공선 중기 사내 두 명이 동명자와 막리, 홍지 쪽으로 날아갔다. 그리고 남은 여자 한 명은 유건을 맡기로 한 듯 그쪽으로 몸을 날렸다.

유건은 삼주검으로 여자의 접근을 막으며 옆을 돌아보았다. 사곤과 매진은 벌써 전력을 다하는 듯 섬광과 폭음이 연달아 터지며 점점 어두워져 가는 하늘을 대낮처럼 밝혔다.

반면, 동명자 쪽에서는 벌써 곡소리가 흘러나오고 있었다. 동명자는 간신히 버티는 중이었다. 그러나 홍지, 막리 두 명은 당장이라도 목이 날아갈 것처럼 위태롭기 짝이 없었다.

물론, 유건 역시 공선 중기 여수사에게 압박감을 느끼는 중이었다. 여수사는 화장을 짙게 한 데다 미간 사이에 음기(淫氣)가 가득해 별로 상대하고 싶지 않았다. 그는 상황이 어떻게 돌아가나 살펴볼 요량으로 전광석화를 써서 도망쳤다.

회색 단도 세 개를 발출해 유건이 발출한 삼주검을 상대하

던 여수사가 유건이 전광석화로 도망치는 모습을 보며 외쳤
다.

"본녀 앞에서 네깟 놈이 도망칠 수 있을 성싶으냐!"

여수사는 이내 분홍색 구름을 불러내 타고 유건의 뒤를 추
격했다. 그러나 전광석화는 말 그대로 전광석화였다. 유건은
그녀보다 한발 먼저 움직여 매번 그녀의 추격에서 벗어났다.

화가 잔뜩 난 여수사는 검은색 공 법보와 회색빛을 내는 비
녀 법보 두 개를 더 꺼내 양쪽에서 유건의 진로를 막아 왔다.

그러나 유건은 전광석화의 속도를 높여 포위망을 가볍게
빠져나갔다. 그가 적광석화를 펼칠 때마다 신형이 길게 늘어
졌다가 다시 하나로 합쳐지는 것 같은 착각을 불러일으켰다.

한데 그때였다.

"아악!"

막리가 당한 듯 비명을 지르며 연신 뒤로 물러섰다.

'여기까지인가 보군.'

쓴웃음을 지은 유건은 한숨을 내쉬며 돌아섰다. 마침 여수
사가 분홍색 구름을 조종해 유건에게 직접 달려드는 중이었
다.

7장. 백락장과 삼두호마

7장. 백락장과 삼두호마

유건은 뒤를 돌아보았다. 여수사의 분홍색 구름이 시시각 각 다가오는 와중에 취한 행동이었기 때문에 꽤 대담하게 비 쳤다. 물론, 여수사는 더 분노해 얼굴이 벌겋게 달아올랐다.

그사이, 유건은 목적한 바를 이루었다. 사곤, 동명자 등은 적을 상대하느라 바빠 이곳 상황에 신경 쓸 여유가 전혀 없었 다. 그로선 실력을 발휘할 적당한 기회를 잡은 셈이었다.

유건은 전광석화에 법력을 더 불어넣었다. 그 순간, 몸 주 위에 주황색 불길이 크게 일어나더니 그 주변 공기를 불태웠 다.

뭔가 심상치 않음을 감지한 여수사가 분홍색 구름의 속도를 줄일 때였다. 불길에 휩싸인 유건이 곧장 구름 속으로 뛰어들었다. 유건이 익힌 전광석화는 불문 정종 공법으로 사기(邪氣), 요기(妖氣), 귀기(鬼氣)의 천적이나 마찬가지였다.

전광석화의 불길에 닿기 무섭게 분홍색 구름은 지독한 노린내를 풍기며 타올라 순식간에 없어져 버렸다. 잠시 후, 구름이 있던 자리에서 여수사가 낭패한 꼴로 모습을 드러냈다.

여수사는 온몸이 불타 화상을 입은 상태였다. 심지어 옷자락까지 같이 타 버려 여인의 굴곡진 나체가 그대로 드러났다.

그러나 유건은 별다른 동요 없이 구련보등을 펼쳐 여수사를 계속 공격해 갔다. 여수사는 급한 대로 방어 법보를 꺼내 막아 왔다. 하지만 연꽃이 꽃봉오리를 활짝 피우면서 하얀 꽃가루를 뱉어 내기 무섭게 그녀의 방어 법보가 녹아내렸다.

여수사는 처음에 유건을 맡은 게 잘한 결정이었다고 생각했다. 다른 동료들은 같은 경지의 수사나, 아니면 한 명 이상의 적을 상대할 때, 그녀는 평범해 보이는 유건은 맡았다.

한데 그녀가 뽑은 패가 가장 나쁜 패일 줄은 그땐 미처 몰랐다.

여수사가 뒤늦게 불쌍한 표정을 지으며 간곡하게 사정했다.

"수, 수사, 살려 주세요.……."

그러나 그녀가 말을 채 끝나기도 전에 그녀의 회색 단도 법보 세 개를 부서트린 삼주검이 쏜살같이 날아와 그녀를 갈라 버렸다. 삼주검 세 자루가 번쩍하며 지나는 순간, 여수사는 피를 뿌리며 몸이 여섯 개로 잘려 지상으로 추락했다.

유건은 잠시 기다리다가 그녀의 머리에서 뛰쳐나온 자그마한 원신까지 전광석화로 태워 버린 후에 동명자 쪽으로 향했다.

동명자, 홍지, 막리는 여수사를 피해 도망친 유건이 멀쩡한 모습으로 돌아오는 모습을 보고 반가워 미칠 지경이었다.

세 수사는 유건이 그보다 경지가 높은 여수사를 어떤 방법을 써서 떼어 버렸는지 무척 궁금했다. 그러나 굳이 물어보지는 않았다. 그보단 발등에 떨어진 불이 더 급한 탓이었다.

유건은 거의 쓰러지기 직전이던 막리를 도와 적을 상대했다. 원래 막리는 홍지와 공선 중기 수사 한 명을 협공하는 중이었다. 그러나 말만 협공이지, 실상은 공선 중기 수사가 막리와 홍리 두 수사를 거세게 밀어붙이는 쪽에 가까웠다.

그나마 홍지는 그가 보유한 벼루 법보와 몸에 걸친 주황색 장삼 법보로 보호막을 펼쳐 상황이 괜찮았다. 그러나 홍지보다 실력이 약간 떨어지는 데다, 방어 법보마저 부실한 막리는 공선 중기 수사의 맹공 앞에서 버티기가 쉽지 않았다.

유건은 다른 법보나 공법을 펼치지 않고 오로지 삼주검을 조종하는 데만 집중했다. 물론, 법력은 전보다 더 투입했다.

삼주검은 붉은 구렁이처럼 꿈틀거리며 공선 중기 수사의

주위를 돌다가 광선을 토하거나, 아니면 직접 검날로 베었다.

유건을 같잖게 생각하던 공선 중기 수사는 삼주검이 발출한 붉은 광선에 세 겹으로 펼쳐 둔 보호막이 뚫려 나가는 모습을 보며 기겁했다. 그는 즉시, 홍지, 막리에게 퍼붓던 공격 대부분을 유건 쪽으로 돌렸다. 그 덕분에 여유를 찾은 홍지와 막리는 유건 뒤에서 움직이며 상대의 약점을 공략했다.

유건은 삼주검으로 공선 중기 수사의 공세를 대부분 막아 내며 홍지와 막리가 상대의 약점을 찔러 이길 수 있게 해 주었다. 그러나 홍지와 막리는 조금 전 전투와 이번 전투에서 법력 대부분을 소비하는 바람에 제대로 힘을 쓰지 못했다.

유건은 쓴웃음을 지으며 옆을 돌아보았다. 동명자는 조금씩 밀리는 중이었다. 한데 사곤은 그보다 더 심해 매진에게 당하기 직전이었다. 사곤 등이 매진을 두려워할 만하였다.

'할 수 없지.'

유건은 자광은침 하나를 슬쩍 꺼내 삼주검 검날에 붙여 두었다. 헌월선사에게서 얻은 귀한 상용 법보인 자광은침은 원래 100개가 넘었는데 지금은 거의 다 써 얼마 남지 않았다.

유건은 수결을 맺은 손으로 삼주검 한 자루를 조종해 공선 중기 수사에게 쏘아 보냈다. 그 바람에 물샐틈없이 돌아가던 방어망에 구멍이 뚫렸다. 그러나 유건을 주시하던 홍지가 재빨리 벼루 법보로 강력한 방어막을 만들어 구멍이 뚫린 곳을

채워 주었다. 금강부동공으로 상대의 공격을 막아 내려던 유
건은 계획을 취소하고 홍지의 도움을 받았다.

막리 역시 놀고만 있진 않았다. 분노와 수치심으로 얼굴이
새빨개진 막리는 악에 받쳐 상대를 공격했다. 만약, 유건이
도와주지 않았으면 그녀는 이미 이 세상 사람이 아니었다. 분
노는 상대의 교활함 때문에 생긴 감정이었고 수치심은 자신
의 실력이 미치지 못하는 데서 기인하는 본능이었다.

혀를 깨물어 피를 머금은 막리가 쓰고 있던 면사를 벗어 그
위에 뿜었다. 곧 하얗던 면사가 피에 젖어 검붉게 변했다.

막리는 피에 적신 면사를 던지며 진언을 외웠다. 곧 면사
가 펄럭거리며 날아가다가 점점 크기를 키워 집채만 해졌다.

진원을 다 외운 막리가 수결을 맺은 손으로 법결을 날리는
순간, 집채만 해진 면사가 비릿한 냄새를 풍기며 공선 중기
수사의 보호막을 에워쌌다. 막리가 어떤 수법을 썼는지는 알
수 없었다. 그러나 집채만 해진 면사에 닿은 공선 중기 수사
의 보호막이 매캐한 냄새를 풍기며 녹아내렸다.

유건은 고개를 돌려 막리를 살폈다. 그동안은 면사를 항상
착용해 얼굴을 볼 기회가 없었다. 그러나 지금은 비술을 쓰는
데 면사를 사용해 그녀의 얼굴을 처음으로 볼 수 있었다.

정혈을 뽑아내는 바람에 약간 창백하긴 해도 꽤 미인이었
다. 물론, 유건은 백진, 선혜수와 같은 엄청난 미인을 만난 적
이 있어 그녀의 미모에 혹해 집중력이 흐트러지지는 않았다.

암튼 막리가 정혈을 소모해 가며 펼친 비술은 효과가 있었다. 비록 상대가 바로 부적을 태워 만든 방패로 보호막을 보충하긴 했어도 그 틈에 삼주검 하나를 집어넣는 데 성공했다.

상대는 입에서 뿜어낸 세찬 불바람으로 보호막 안으로 들어온 삼주검을 밖으로 몰아내려 하였다. 삼주검은 몇 번 저항해 보다가 불바람에 밀려 결국 보호막 밖으로 밀려 나갔다.

그러나 어차피 유건은 삼주검에 기대하지 않았다. 그가 기대한 것은 바로 삼주검 검날에 몰래 붙여 둔 자광은침이었다.

자광은침은 자연법칙을 이용해 잠깐 모습을 감췄다가 다시 나타나 상대를 놀라게 했다. 상대는 급히 불바람을 다시 내뿜어 자광은침을 막으려 들었다. 그러나 자광은침은 불바람을 가볍게 뚫고 솟구쳐 상대의 입속으로 들어가 버렸다.

입속으로 들어간 자광은침은 곧장 상대의 뇌와 심장을 뜯어 먹었다. 거기에 때마침 홍지가 날린 붓 법보가 맹렬히 회전하며 달려들어 자광은침에 당해 괴로워하는 수사를 관통했다.

물론, 홍지의 붓 법보가 도달하기 전에 상대는 이미 죽은 상태였다. 수사가 아무리 인간의 한계를 초월한 존재라 해도 심장과 뇌가 동시에 뜯어 먹히면 살아날 방도가 없었다. 비명조차 질러보지 못하고 죽은 상대가 바닥으로 추락했다.

막리는 시체조차 남기지 않겠다는 듯 시체를 쫓아가 부적을 날렸다. 부적은 상대의 시체와 원신을 한꺼번에 불태웠다.

한편, 두 번째 공선 중기 수사를 제거한 유건, 막리, 홍지세 수사는 동명자가 상대 중이던 세 번째 수사를 협공했다.

이번에는 유건이 나설 필요조차 없었다. 동료들이 도와준 덕에 어깨가 한결 가벼워진 동명자가 기세 좋게 휘두른 초록색 불진이 상대를 머리부터 발끝까지 한 번에 녹여 버렸다.

정수리에서 하얀 김이 무럭무럭 올라오는 모습으로 다가온 동명자가 사매의 상태부터 확인했다. 다행히 막리는 정혈을 약간 소모한 것 외엔 다친 데가 없어 안심하는 눈치였다.

서로의 안부를 물은 네 수사는 사곤과 매진이 대결하는 장소로 이동했다. 사곤이 전투 시작 전에 맹렬한 기세로 뿜어내던 검은색 광채는 거의 다 줄어들어 사람 크기만 해졌다.

반면, 매진이 뿜어내던 짙은 빨간색 광채는 거의 변함이 없어 검은색 광채를 거의 둘러싸기 직전이었다. 누가 봐도 사곤이 곤란한 상태였다. 그러나 일행은 먼저 나서기를 꺼렸다.

사곤과 같은 성격을 지닌 자는 자존심이 대단해 누가 자신의 싸움에 끼어드는 상황 자체를 싫어했다. 또, 속으로는 어떤 생각을 할지 모르지만, 자존심에 상처를 입기 싫어 도와달란 말도 하지 않았다. 설령 자기가 죽을지라도 말이다.

그때, 홍지가 꾀를 내었다.

"우리가 싸움에 끼어들면 사곤 선배가 싫어할 테지만 그를 이대로 죽게 놔둘 수는 더더욱 없는 일입니다. 우선 우리가 마치 협공할 것처럼 매진을 위협해 물러서게 만드는 게 좋겠습니다. 데려온 부하들이 우리 손에 전부 죽었다는 사실을 알면 매진도 더는 사곤 선배와 싸우려 들지 않을 테니까요."

홍지는 이어서 미리 생각해 둔 계획을 하나 더 제안했다. 꽤 성공할 확률이 높은 계획이었다. 다들 그의 의견에 찬성했다.

유건, 홍지, 막리 세 명은 비행 법보를 타고 전장 안으로 들어가 사방을 마구 돌아다녔다. 당연히 매진 역시 유건 등을 신경 쓸 수밖에 없어 사곤을 향한 공세가 약간 약해졌다. 그 틈에 위기를 벗어난 사곤은 재빨리 전열을 정비했다.

매진은 홍지 등을 쏘아보며 소리쳤다.

"이 빚은 나중에 이자까지 쳐서 받도록 하지!"

"받아 갈 수 있으면 받아 가 봐라!"

그때, 전열을 정비한 사곤이 싸움닭처럼 볏을 세우고 다시 달려들었다. 그러나 이미 싸울 마음이 사라진 매진은 손에 쥔 활을 가볍게 당겼다. 그 순간, 회색 빛살로 이루어진 화살 수백 개가 사곤을 향해 날아갔다. 사곤은 검은 비검을 10개로 갈라 회색 빛살 화살을 쳐냈다. 그러나 한계가 있었다. 그는 눈 깜짝할 사이에 원래 있던 자리까지 밀려났다.

"사곤 형, 못다 한 승부는 나중에 마저 가립시다!"

소리친 매진은 비행 법보를 조종해 왔던 곳으로 내뺐다. 한데 매진이 막 전장을 벗어나려는 순간, 그동안 모습을 보이지 않던 동명자가 나타나 수결을 맺은 손으로 법결을 날렸다.

잠시 후, 고공에 있던 깃발 18개가 실 같은 빛줄기를 마구 분사해 도망치던 매진을 빛살로 만든 감옥에 가두어 버렸다.

"훙, 이딴 조악한 진법으로 날 막을 수 있을 성싶으냐?"

코웃음 친 매진이 활로 화살을 쏴서 진법에 구멍을 뚫었다. 그러나 매진이 진법으로 만든 감옥을 막 빠져나오려는 순간, 매복을 마친 홍지와 막리, 유건이 동시에 공격을 가했다.

매진은 감옥 안에 몸을 반쯤 걸친 상태에서 홍지, 막리, 유건이 해 오는 공격을 받아넘겨야 했다. 그때, 뒤늦게 도착한 사곤이 검은 검과 화살 모양 법보를 날려 매진을 협공했다. 또, 동명자는 조종하던 진법 깃발에 계속 법력을 투입해 매진이 진법에서 빠져나가지 못하게 필사적으로 저지했다.

매진은 끈질겼다. 거의 세 시진 넘게 버텼다. 그러나 사곤과 벌인 1차전에서 그 역시 막대한 법력을 소모한 터라, 유건일행 다섯 수사가 벌인 맹공에 결국 무릎을 꿇어야 했다. 마지막엔 사곤이 검은 비검을 들고 직접 뛰어들어 매진의 목을 잘랐다. 사곤으로선 짓밟힌 자존심을 살리는 계기였다.

가까스로 매진을 죽이는 데 성공한 일행은 소모한 법력을 회복하기 위해 다른 수사가 없는 지역에 땅을 파고 들어갔다.

유건은 다른 일행과 비교했을 때, 상대적으로 소모한 법력이 훨씬 적었기 때문에 가장 먼저 지상으로 나왔다. 그로부터 다시 한 시진쯤 지났을 무렵, 사곤이 두 번째로 나왔다.

한데 그는 유건을 보기 무섭게 살기를 피워 올리며 다가왔다.

유건은 담담한 눈빛으로 그를 바라보며 물었다.

"왜 그러십니까?"

"너, 민홍이 아니지?"

생각하기에 따라서는 꽤 놀랄 만한 질문이었다.

그러나 유건은 여전히 침착한 태도를 잃지 않았다.

"제가 왜 민홍이 아니라고 생각하십니까?"

"난 네가 여수사를 손쉽게 죽이는 광경을 보았다."

유건은 별일 아니라는 듯 어깨를 으쓱하며 대답했다.

"운이 좋았을 뿐입니다."

사곤이 콧방귀를 뀌었다.

"흥, 내가 아는 민홍은 곡귀란 놈과 짜고서 별 볼 일 없는 놈들을 털어먹는 쓰레기 중의 쓰레기였다. 또, 수련한 공법 역시 난잡했어. 한데 네놈은 불문 정종 공법을 펼치더군."

유건은 눈썹을 찡긋하며 대꾸했다.

"생각보다 눈썰미가 좋으시군요. 매진이란 자에게 당하느라 이쪽을 돌아볼 여유가 없을 거로 생각해 공법을 펼쳤는데."

사곤은 유건이 생각보다 훨씬 담담한 태도로 자신이 민홍이 아니라는 사실을 인정하는 바람에 약간 당황한 눈치였다.

"왜 민홍으로 위장해 우리 일행에 합류한 거지?"

"그럴 만한 사정이 있었다고만 말씀드리죠."

"다른 일행이 이 사실을 알면 그들이 어떻게 반응할 것 같은가?"

유건은 동명자, 막리, 홍지가 있는 쪽을 힐끗 보며 대답했다.

"다른 일행에게 제가 정체를 숨기고 있다고 말해도 상관없습니다. 전 그냥 당신들과 헤어져 제 갈 길을 가면 되니까요."

사곤이 살기를 더 짙게 피워 올리며 물었다.

"공선 초기가 공선 중기가 두 명이나 있는 일행을 상대로 그런 말을 할 정도면 숨겨 둔 수가 더 있단 뜻이겠지. 그런가?"

유건은 피식 웃으며 대꾸했다.

"다른 건 몰라도 도망치는 데는 자신 있으니까요."

사곤이 하얀 이를 슬쩍 드러내며 잔혹해 보이는 미소를 지었다.

"난 너완 반대로 누군가를 쫓는 데 자신 있지."

"그거 재밌겠군요."

그 순간, 두 수사 사이에 일촉즉발의 긴장감이 감돌았다. 유건은 영수낭에 있는 청랑에게 뇌음을 보내 도망칠 준비에 들어갔고 사곤은 연기가 흐르는 검은 비검을 꺼내 손에 쥐었다.

그때, 동명자가 나타나 두 사람 사이를 갈라놓았다.

"둘 다 그만하시오."

동명자는 두 사람이 뭐 때문에 살기를 드러내는지 몰랐다. 그러나 일행 사이에 반목이 생기면 좋을 게 없어 나선 것이다.

"흥, 이번에도 운이 좋았군."

콧방귀를 뀐 사곤이 먼저 돌아섰고 유건은 그 모습을 지켜보다가 말없이 미소를 지었다. 어쨌든 사곤은 유건의 정체를 다른 일행에게 말하지 않았다. 다음 날 아침, 법력을 회복한 일행은 백락장이 있는 서해를 향해 다시 장도에 올랐다.

한편, 그들과 1,000여 리 정도 떨어진 벌판 위에선 낙낙사 추격대가 데리고 다니는 야효견이 온 사방을 뛰어다니며 냄새를 맡느라 부산을 떨었다. 그러나 결과는 썩 좋지 않았다.

안소가 큰 한숨을 내쉬었다.

"놈이 꽤 오래 영수를 꺼내지 않아 여기서 흔적이 끊겼습니다."

그러나 추적대 대장인 오휴는 별로 걱정하는 기색이 아니었다.

"조금 전에 잡은 낭선의 말대로라면 놈 역시 다른 수사들과 함께 시험에 참여하는 중일 것이다. 즉, 놈의 목적지는 서해에 있는 백락장이란 뜻이지. 우리도 거기로 간다."

결론을 내린 오휴는 부하들을 데리고 서해로 날아갔다.

◆ ◈ ◆

조양에서 연달아 치른 전투는 확실히 벅찬 감이 있었다.

막리와 사곤은 거의 죽을 뻔했다. 홍지, 동명자 또한 막대한 법력을 소모한 탓에 거의 탈진 직전까지 갔었다. 그나마 유건이 활약하지 않았으면 지금 살아 있는 쪽은 그들이 아니라, 매진과 그를 따르는 수사들 쪽이었을 확률이 높았다.

그러나 소득이 전혀 없지는 않았다. 죽을 고비를 함께 넘긴 그들은 이번 전투로 동료의 장단점을 확실히 알았기 때문에 그다음부터는 동료와의 조화를 생각하며 적을 상대했다.

새로 만든 전투 방법은 다음과 같았다. 적을 발견하면 진법에 해박한 동명자와 쓸 만한 방어 법보를 다수 지닌 홍지가 주위에 강력한 진법과 보호막을 씌워 일행 전체를 보호했다.

그사이, 공격에 강점을 보이는 사곤, 막리 두 수사는 적을 공격하는 임무를 맡았다. 또, 혼자 활동하는 쪽을 선호하는 유건은 안과 밖을 바삐 오가며 뒤에서 동료를 지원했다.

조양에 들어온 지 3개월이 지났을 무렵, 지금까지 상대한 수사를 모두 합친 숫자보다 더 많은 수사를 연달아 상대했다.

그중 반은 조양에서 활동하는 흑선, 요선 같은 사종(邪宗)

수사였고 반은 시험의 경쟁자인 다른 낭선들이었다. 일곱 명으로 이뤄진 낭선 무리와 싸워 승리한 일행은 불과 10리를 채 가기도 전에 새로운 적과 맞닥뜨렸다.

새로운 적은 조양에서 활동하는 사종 수사 여덟 명이었다. 그중 셋은 입선이었고 나머지 여섯은 공선 초, 중기였다. 여기까지 오는 동안, 이런 경험을 수없이 했던지라, 적이 닥치기 무섭게 유건 일행은 바로 자기 위치로 달려가 대기했다.

가장 먼저 동명자가 법보낭에서 진법 깃발을 꺼내 방출했다. 그 즉시, 20여 개에 달하는 깃발이 가는 빛줄기를 분사해 일행 주위에 단단한 보호막을 형성했다. 동명자가 자기 임무를 마친 후에는 홍지가 앞으로 나가 진법으로 만든 단단한 보호막 위에 벼루 법보로 만든 검은색 보호막을 더했다.

동명자, 홍지 두 수사가 수비를 단단히 굳혔을 때, 사곤과 막리가 접근해 오는 적에게 검은 비검과 노란색 부채를 날렸다. 곧 검은 비검이 만들어 낸 검은색 빛줄기와 노란 부채가 쏘아 낸 노란 광선이 어지럽게 뒤엉키며 공중을 질주했다.

한편, 유건은 보호막 밖에서 홀로 움직이며 적을 기습했다. 상용 법보인 삼주검은 이미 그 수명을 다해 부서졌기 때문에 지금은 염화도인이 가지고 있던 파란색 활을 사용했다.

파란색 활의 이름은 청무궁(靑舞弓)이었다. 청무궁 역시 상용 법보로 정해진 숫자의 화살을 쏘면 먼지로 변해 흩어졌다.

유건이 청무궁으로 파란색 화살을 쏠 때마다 적들이 놀라 도망치거나, 아니면 보호막에 법력을 주입해 막았다. 또, 그중 일부는 보호막 밖에서 활동하는 유건에게 덤벼들었다.

전투는 두 시진 이상 치열하게 이어졌다. 그러나 한 시진이 지나기 전에 이미 승패는 어느 정도 갈린 상황이나 마찬가지였다. 결국, 두 시진하고 1각이 더 지났을 무렵, 그들을 습격한 사종 수사 여덟 명은 사이좋게 황천으로 떠났다.

전투가 끝난 후에는 바로 전리품을 처리했다. 전리품은 공선 중기인 사곤, 동명자가 먼저 고른 후에 나머지 수사들이 골랐는데 유건은 질 낮은 법보에는 관심이 없었기 때문에 주로 오행석을 챙겼다. 물론, 그에게는 헌월선사, 요검자, 염화도인 등이 남긴 오행석이 많아 굳이 오행석에 목맬 필요가 없었다. 그러나 준다는데 마다할 이유 역시 없었다.

정비를 마친 일행은 다시 서쪽으로 향했다. 한데 전과 약간 달라진 점이 있었다. 그건 바로 다른 일행이 유건을 보는 시선이었다. 전에는 그냥 평범한 동료를 바라보는 시선이었다. 한데 지금은 그 시선에 일말의 불안감이 섞여 있었다.

유건은 지금까지 본 실력을 철저하게 숨겨 왔다. 물론, 사곤은 그가 평범한 공선 초기가 아님을 눈치 챈 상태였지만 그 외에 다른 동료들은 그에게 숨기는 게 있다는 사실을 몰랐다.

한데 유건이 삼주검과 청무궁과 같은 상용 법보를 사용하는 모습을 본 후부터는 시선이 약간 달라졌다. 상용 법보는 귀했기 때문에 공선 초기가 사용하는 경우가 거의 없었다.

동명자는 별로 티를 내지 않았다. 그러나 홍지, 막리는 어느 순간부터 약간의 경계심이 들어간 눈빛으로 그를 관찰했다.

'삼두호마의 내단을 얻고 나서 바로 헤어져야겠군.'

유건이 결정을 내렸을 때였다.

마침내 지옥 같던 조양을 지나 목적지인 백락장이 있는 서해 경계에 도착했다. 무법지대를 연상케 하던 조양과 달리 서해에는 십대종문에 들 만큼 큰 세력이 두 개나 존재했다.

하나는 백락장이 있는 서해 북부를 지배하는 오성도(五星島)였고, 다른 하나는 서해 남부를 제패한 구화련이었다. 구화련은 요검자에게 쫓기다가 만나 목숨을 구해 준 인연이 있는 선혜수가 속한 칠교보가 있는 종파였다. 구화련은 이름처럼 9개 종파가 모여 만들어진 일종의 연합체로 각 종파에 속한 모든 수사를 다 합치면 80만에 이르는 대종문이었다.

서해 북부에는 대종문인 오성도를 비롯해 종문 규모의 종파가 20개 더 있어 치안이 거의 완벽했다. 다만, 각 종파의 세력권에 들어갈 땐 신분 검사를 받거나, 통행료로 오행석을 내야 했다. 그게 조양과의 차이점이라면 차이점이었다.

서해 북부에선 몇천 년 전부터 바다를 메워 만든 농지에서 농사를 지었기 때문에 가도 가도 끝이 보이지 않을 정도의 농지가 펼쳐져 있었다. 여기서 나는 곡물로 서해 북부, 조양,

육산(六山) 등에 사는 수십억 인구가 먹고 살았다.

통행세를 내며 두 달 이상 날아간 후에야 마침내 바다가 보였다. 수사라고 해도 자기 마음대로 돌아다닐 수 없는 탓에 사곤, 막리 두 명은 바다를 보는 게 이번이 처음이었다.

"저기가 백락장 입구인 모양입니다."

홍지가 서쪽으로 길게 뻗어 나가 있는 거대한 크기의 반도를 가리켰다. 서해에는 섬이 엄청나게 많았다. 또, 서쪽으로 뻗어 나간 반도 역시 많아 백락장처럼 거대한 규모의 반도만 네 군데에 달했다. 일행은 백락장 입구 옆에 있는 웬만한 도시 규모의 거대한 객점 마을에 들어가 여장을 풀었다.

백락장은 경지가 낮은 낭선이 들어갈 수 있는 몇 안 되는 수련 성지여서 큰 전쟁이 나지 않은 해에는 수십만에 달하는 수사가 마치 성지를 순례하듯 백락장을 방문했다.

당연히 그런 수사를 상대로 장사하는 이들 역시 점점 늘어 입락촌(入樂村)이라 불리는 객점 마을이 생겨났을 정도였다.

입락촌 객점 중 하나에 짐을 푼 일행은 필요한 물품부터 먼저 사들였다. 백락장에 입성하면 몇 년 동안 나오지 못하는 예도 있어 필요한 물건을 대량으로 사서 들어가야 편했다.

물론, 가장 중요한 물건은 지도였다. 백락장이 워낙 넓은 탓에 어디에 뭐가 자리해 있고 수사들이 절대 가지 말아야 하는 장소는 어딘지 상세히 적혀 있는 백락장 지도가 필수였다.

가장 비싼 지도를 구매해 철저히 숙지한 일행은 입락촌

시장을 돌아다니며 상인들이 파는 재료를 구경했다. 백락장에서 구한 귀한 재료가 많아 구경하는 데만도 며칠이 걸렸다.

유건은 독문 법보 연성에 필요한 재료 몇 가지와 규옥, 청랑이 원하는 재료 몇 가지를 구매한 후에 객점으로 돌아왔다.

마침 다른 동료들이 출발 준비를 모두 끝마친 터라, 일행과 합류한 유건은 곧바로 객점을 나와 백락장 입구로 들어갔다.

입구에는 감시하는 세력이나 조직이 없었다. 아무나 들어갈 수 있었고 아무나 나올 수 있었다. 백락장 안에서 나오는 희귀한 재료를 생각하면 이해가 쉽게 가지 않는 일이었다.

유건은 헌월선사의 기억을 뒤져 보았다. 그러나 헌월선사는 애초에 낭선들이 출입하는 백락장에 별 관심이 없었다.

그때, 막리가 그의 의문을 대신 풀어 주었다.

"한데 근처에 있는 오성도는 왜 백락장을 그냥 내버려 두는 거죠? 백락장을 차지해 직접 재료를 채굴하거나, 아니면 입구를 막아 놓고 수사에게 통행세를 받을 수도 있잖아요."

홍지가 웃으면서 대답했다.

"그게 다 이유가 있어 그렇소."

"어떤 이유인가요?"

"크게 보면 두 가진데 금방 알 수 있을 거요."

대꾸한 홍지가 비행 법보의 속도를 높여 빠르게 날아갔다. 일행은 고개를 갸웃거리며 서로를 쳐다보다가 홍지의 뒤를 쫓았다. 하루쯤 비행해서 백락장 입구를 통과했을 때였다.

홍지가 입구 옆에 있는 거대한 규모의 하얀 돌산을 가리켰다.

"저 하얀 돌산을 보시오. 커다란 석상이 있지 않소?"

"어, 정말이네요."

막리가 깜짝 놀라 안력을 높였다.

유건 역시 궁금했던 터라, 안력을 높여 하얀 돌산을 관찰했다.

과연 하얀 돌산 정상에 높이가 100장에 달하는 초대형 석상이 서 있었다. 수염이 길게 난 어떤 도사가 한 손에는 불진을, 다른 한 손에는 음양판(陰陽板)을 든 모습을 형상화한 석상이었는데 석상 바로 밑에 선문으로 몇 글자 적혀 있었다.

막리가 더듬거리며 선문을 읽어 내려갔다.

"빈도는 백락장에서 얻은 기연으로 훗날 대도를 이루었다. 오성도의 전 제자는 빈도의 유진(誘進)을 받들어 백락장을 모든 수사에게 개방하도록 하라. 또, 백락장을 어떤 한 개인이나 세력이 점거하지 못하도록 신명을 바쳐 수호하라."

다 읽은 막리가 석상을 가리키며 물었다.

"저 도인이 누군데 저런 말을 하는 거죠?"

홍지가 웃으면서 설명했다.

"하하, 저 도인이 바로 그 유명한 일진자(一進子)라오."

그 말에 유건 역시 새삼스러운 눈빛으로 석상을 쳐다보았다.

일진자는 특이한 내력의 소유자였다. 그는 지금으로부터 몇천 년 전, 낭선으로 시작해 오성도란 거대 세력을 만들었을 뿐만 아니라, 비선에 등극까지 한 전설적인 수사였다.

한데 그 일진자가 낭선 시절에 백락장에서 얻은 기연으로 대도를 이루었다는 말은 처음 듣는 얘기였다. 또, 그가 낭선 시절에 기연을 얻은 백락장을 모든 수사에게 개방하란 유진을 제자에게 남겼을 거라곤 더 예상 못 했다.

그로부터 몇천 년이 지났으나 오성도는 절대적인 존재인 일진자가 남긴 유진은 지금까지 잘 지키는 중이었다. 오성도 제자들은 백락장을 모든 수사에게 개방했을 뿐 아니라, 다른 세력이나 강자가 백락장을 혼자 차지하게 두지 않았다.

뒤를 봐주는 세력이 없어 수련하는 데 적지 않은 고충이 따르는 낭선들에게 일진자는 신보다 더 고마운 존재였다.

막리가 이해했다는 표정으로 고개를 크게 끄덕였다.

"그래서 백락장이 오성도 세력권 안에 있음에도 오성도 수사를 보기 힘들었던 거로군요. 그럼 두 번째 이유는 뭔가요?"

홍지가 산과 계곡, 평지가 펼쳐진 광대한 백락장을 가리켰다. 백락이란 이름처럼 녹색보단 흰색이 더 많이 눈에 띄었다.

"조금 더 들어가면 두 번째 이유 역시 금방 알 수 있을 것이오."

홍지의 장담대로였다. 입구에서 10여 리가량 들어갔을 때였다.

입구 곳곳에 주먹 크기의 흰 자갈이 굴러다녔다. 한데 그 자갈에서 법력을 빨아들이는 기이한 힘이 느껴졌다. 유건은 신기한 생각에 자갈 하나를 집어 살펴보았다. 한데 거리가 가까울수록 법력을 빨아들이는 힘이 더 강해지는 모양이었다. 자갈을 쥔 손에서 법력이 빨려 나가는 느낌을 받았다.

유건은 얼른 흰 자갈을 내려놓았다. 다른 일행 역시 흰 자갈에 당한 듯했다. 다들 자갈과 거리를 두며 멀찍이 물러섰다.

일행 중에서 유일하게 자갈을 만지지 않은 홍지가 웃어젖혔다.

"그게 바로 백락장의 무서운 마물(魔物)이라 불리는 백락(白珞)입니다. 다들 직접 경험해 봐 알 테지만, 자갈에는 법력을 빨아들이는 힘이 있습니다. 당연히 크기가 클수록 법력을 빨아들이는 힘이 강해져 적당히 피해 다니는 게 편하지요."

그때, 사곤이 탄식하며 물었다.

"법력의 양에 따라 미치는 영향 역시 달라지는가?"

"역시 사곤 선배님은 날카로우십니다. 맞습니다. 법력의 양이 많은 수사일수록 자갈에 더 큰 영향을 받는 것으로 압니다."

이번에는 묵묵히 듣고 있던 동명자가 불쑥 물었다.

"그럼 어느 경지까지 버틸 수 있는 것인가?"

"제가 알기론 공선 후기입니다. 오선부터는 법력을 빨아들이는 자갈의 힘을 감당하지 못해 백락장에 출입하지 못합니다."

막리가 고개를 끄덕였다.

"이 흰 자갈이 홍 형이 말한 두 번째 이유였군요. 자갈 때문에 오선 이상은 들어오지 못한다면 상대적으로 경지가 낮은 수사들이 남의 눈치를 보지 않고 활동할 수가 있으니까요."

"바로 그렇소."

그때, 유건이 백락장에 들어온 후 처음으로 입을 열었다.

"이 흰 자갈에 법력을 빨아들이는 이상한 힘이 들어 있다면 반대로 이를 이용해서 법보를 제작해 보려는 수사는 없었소?"

홍지가 살짝 놀란 눈으로 유건을 바라보며 대답했다.

"있었소. 민 수사처럼 흰 자갈로 법보 제련을 시도해 본 수사가 있었는데 그 수사는 오랜 연구 끝에 이 흰 자갈은 법력을 빨아들이기만 할 뿐, 뱉어 내지는 않는다는 사실을 알아냈소. 즉, 자갈에 법력을 한번 빼앗기면 다시 빼낼 수 없소."

그 말에 흥미가 싹 가신 유건은 자갈에 더는 신경 쓰지 않았다. 그때, 홍지가 재미있는 이야기를 하나 더 했다. 이 흰 자갈 때문에 백락장에서 10년 이상 버틴 수사가 없다는 이야기였다. 처음에는 빼앗기는 법력이 많지 않지만 10년쯤 지나면 수행에 문제가 생길 정도로 그 양이 는단 내용이었다.

일행은 이런저런 이야기를 나누며 목적지가 있는 곳까지 한참을 날아갔다. 그렇게 보름쯤 날아갔을 무렵, 전엔 잘 보이지 않던 풍화벽 낭선들이 무리를 이루어 지나갔다.

삼두호마가 군집을 이루며 살고 있다는 호수가 멀지 않단 증거였다. 실제로 열흘을 더 날아갔을 때부터는 낭선들이 전보다 더 많이 눈에 띄었다. 낭선들은 싸우거나, 아니면 상대보다 먼저 호수로 가기 위해 속도를 높였다.

일행 역시 두 번의 싸움을 더 치른 후에야 호수에 도착할 수 있었다. 호수는 호수라기보다 사방에 초원을 두른 바다에 가까웠다. 한쪽 끝에서 다른 쪽 끝이 제대로 보이지 않았다. 그리고 그 호수에 그 유명한 삼두호마가 돌아다녔다.

삼두호마는 산선계 7품에 속하는 악수로 이론적으로는 공선 초기가 상대할 수 있는 품계였다. 그러나 삼두호마가 무리 생활을 한다는 점이 문제였다. 또, 드물지만 변이를 일으키는 종은 6품, 5품으로 품계가 높아지는 경우마저 있었다.

　실제로 삼두호마 무리를 이끄는 대장은 산선계 5품이었다. 산선계 5품은 공선 후기, 오선 초기의 실력을 지녔으므로 낭선 대부분은 삼두호마 대장을 제압하기 어려웠다.

　유건은 안력을 높여 삼두호마를 자세히 관찰했다. 삼두호마라는 이름처럼 전체적인 형태는 얼룩말과 아주 흡사했다. 또, 머리엔 똑같이 생긴 호랑이 머리가 세 개 달려 있었고 털 빛깔은 황금색 바탕에 녹색 줄무늬가 살짝 있는 형태였다.

　비수호(肥獸湖)라 불리는 이 호수에 삼두호마가 얼마나 사는지는 알 수 없었다. 그러나 유건 일행이 도착한 비수호 동북 방면에는 15만 마리에서 20만 마리 정도가 살고 있었다.

　유건 일행이 당도하기 전에 도착한 30여 명이 넘는 낭선들이 세 개 조를 이루어 한창 사냥에 열중하는 중이었다.

　유건 일행은 다른 수사들이 사냥하는 모습을 주의 깊게 관찰했다. 그들의 사냥 방법은 꽤 효율적으로 보였다. 우선 비행술이 뛰어나거나, 성능 좋은 비행 법보를 지닌 수사가 홀로 호수에 뛰어들어 삼두호마 대여섯 마리를 안전한 거리까지 유인해 내면 매복해 있던 다른 수사들이 총공격을 가했다.

　삼두호마는 가죽이 철갑처럼 두꺼운 데다, 말처럼 빠르고 호랑이처럼 발톱이 날카로워 상대하기 여간 까다로운 게 아니었다. 웬만한 법보나 부적으로는 상처 입히기 힘들었다.

공선 중기 네 명으로 이루어진 수사 무리가 무려 한 시진 가까이 공격을 퍼부은 후에야 간신히 삼두호마 네 마리를 잡는 데 성공했다. 그러나 그 네 마리 다 아직 어린 축에 속해 그들이 원하던 삼두호마의 내단을 얻는 데는 실패했다.

삼두호마의 내단을 얻기 위해서는 최소 다 자란 성체를 잡아야 했다. 물론, 내단을 얻는 가장 확실한 방법은 6품, 5품까지 진화한 변종을 잡는 것이었다. 그러나 6품, 5품 삼두호마는 주로 무리 가운데서 생활해 유인하기 쉽지 않았다.

그때, 유건 일행과 얼마 떨어지지 않은 곳에 있던 수사 무리가 방금 죽인 삼두호마에서 내단 하나를 찾아냈다. 내단은 주먹만 한 구슬이었는데 털 빛깔처럼 황금색 바탕에 녹색 줄무늬가 있었다. 한데 내단을 찾아낸 수사 무리가 갑자기 몸을 날려 입구로 도망쳤다. 그러나 10리를 채 날아가기도 전에 매복해 있던 다른 수사 수십 명에 의해 포위당했다.

곧 일방적인 싸움이 벌어졌다. 내단을 찾아낸 수사 무리는 몇 배에 달하는 적에게 둘러싸여 차례차례 목숨을 잃었다. 또, 그들이 찾아낸 내단 역시 그들을 공격한 적에게 빼앗겼다.

그러나 싸움은 거기서 그치지 않았다. 주변에 있던 수사들이 다시 내단을 차지한 수사를 죽이고 내단을 빼앗았기 때문이었다. 내단을 차지하기 위한 살육이 이어지다가 어떤 날랜 수사가 내단을 들고 내뺀 후에는 다 그쪽으로 몰려갔다.

막리가 불안한 표정을 감추지 못했다.

"이래선 내단을 얻는다고 해도 문제겠어요."

홍지가 동의했다.

"여긴 너무 붐벼서 위험할 것 같소."

주변을 둘러보던 동명자가 호수 서쪽을 가리켰다.

"저쪽으로 가 보세. 저긴 다른 데보다 수사의 수가 적은 듯하네."

유건 일행은 동명자가 가리킨 서쪽으로 날아갔다. 한데 서쪽에만 수사가 거의 없는 이유가 바로 밝혀졌다. 호수 서쪽에는 울창한 산림이 있었다. 한데 그 산림 깊은 곳에 철융조(鐵隆鳥)라 불리는 산선계 4품 악수가 한 마리 살고 있었다.

홍지가 한숨을 내쉬며 고개를 저었다.

"철융조는 산선계 4품 악수 중에서도 꽤 강한 축에 드는 악수입니다. 아마 오선 중기는 되어야 상대할 수 있을 테지요."

동명자가 머쓱한 표정으로 대꾸했다.

"그렇다면 어쩔 수 없지. 우리도 자리를 옮기세."

일행은 바다처럼 넓은 비수호를 보름간 돌아본 후에야 조금 으슥하면서도 삼두호마를 낚기에 적당한 장소를 발견했다.

홍지가 일행 중에 실력이 가장 뛰어난 사곤에게 물었다.

"여기에 수사가 몇 명이나 숨어 있는지 아시겠습니까?"

이미 뇌력을 퍼트려 본 사곤이 즉시 대답했다.

"흠, 열 명 정도군."

"그들의 경지는 어떻습니까?"

"공선 초, 중기 넷에 나머진 입선일세. 아마 한 패거리일 거야."

막리가 반색했다.

"그 정도 숫자면 할 만하지 않을까요? 우리는 이미 조양에서 그런 숫자의 적을 상대로 이겨 본 경험이 몇 차례 있잖아요."

동명자가 동의했다.

"나도 사매와 같은 생각이네. 다른 분들은 어떻소?"

사곤은 말없이 고개를 끄덕였고 홍지, 유건도 반대하지 않았다. 그러나 본격적인 사냥에 앞서 정해야 할 원칙이 있었다.

홍지가 조심스러운 태도로 물었다.

"삼두호마를 유인할 분이 필요한데 누가 하시겠습니까?"

사곤이 피식 웃으며 유건을 쏘아보았다.

"민 수사가 도망치는 데는 자신 있다 하니 그가 맡는 게 좋겠군."

홍지가 약간 난감해하며 유건을 돌아보았다.

"민 수사가 유인하는 임무를 맡아 주겠소?"

유건은 엷은 미소를 지으며 고개를 끄덕였다.

"내가 맡겠소."

그제야 얼굴이 다시 밝아진 홍지가 가장 중요한 문제를 꺼냈다.

"좀 전에 보았다시피 삼두호마를 잡는다고 내단이 다 있는 것은 아니었습니다. 그렇다면 차라리 순서를 정해 나눠 갖는 게 혼란을 피하는 유일한 길인 듯싶은데 어찌 생각하십니까?"

동명자와 막리가 바로 찬성했다.

"나는 찬성이네."

"우리 모두 홍 형의 제안대로 하는 게 좋겠어요."

다들 삼두호마의 내단을 두고 분열이 일어나는 상황을 원치 않았으므로 유건, 사곤 역시 그 제안을 따르기로 하였다.

홍지가 다시 물었다.

"그럼 순서는 어떤 식으로 정하시겠습니까? 역시 선배님 두 분이 먼저 가지신 후에 우리 후배가 나눠 갖는 것이 낫겠지요?"

동명자가 손사래를 쳤다.

"아아, 그건 옳지 못하네."

홍지가 사곤의 눈치를 살피며 동명자에게 물었다.

"그럼 어떤 방법으로?"

"다섯 명 모두 공평한 방법이 좋겠네. 제비뽑기 같은 거 말일세."

동명자가 대답하며 사곤을 힐끗 보았다. 사곤이 반대하면 동명자 역시 의견을 계속 밀고 나가기가 힘들 수밖에 없었다.

그러나 사곤은 의외로 그 제안을 순순히 받아들였다.

일행은 곧 제비뽑기로 내단을 가질 순서를 정했다.

그 결과, 유건이 1등, 사곤이 2등, 홍지가 3등, 동명자가 4등, 막리가 5등으로 정해졌다. 제비뽑기를 만든 사람은 홍지와 동명자였고 제비를 들고 있던 사람은 막리였다. 유건이 1등을 차지한 일에 불만을 제기하는 수사는 나오지 않았다.

중요한 문제를 해결한 일행은 바로 사냥에 들어갔다. 동명자는 깃발을 이용해서 삼두호마를 가둘 진법을 만들었다. 또, 사곤, 막리 두 명은 공격 위치에 가서 섰고 홍지는 사곤과 막리를 삼두호마로부터 지키기 위해 벼루 법보를 꺼냈다.

동료들이 준비를 마친 모습을 확인한 유건은 전광석화를 펼쳐 호수로 날아갔다. 물속에서 물고기를 잡아먹던 삼두호마 10여 마리가 곧장 날아올라 유건을 쫓아왔다. 유건은 삼두호마의 수가 너무 많은 것 같아 속도를 더 끌어올렸다.

유건이 불꽃으로 변해 날아가기 무섭게 속도가 빠른 삼두호마 성체 세 마리만 남았다. 유건은 삼두호마 성체 세 마리를 적당히 유인해 동료들이 매복해 있는 방향으로 이동했다.

유건이 꼬리에 삼두호마를 달고 호숫가를 완전히 벗어나

는 순간, 동명자가 뒤에서 튀어나와 준비해 둔 진법을 발동했다.

곧 진법 깃발이 가는 빛줄기를 분사해 만든 감옥으로 삼두호마 세 마리를 가두었다. 또, 그와 동시에 사곤, 막리 두 수사는 보유한 법보로 공격을 가했으며 홍지는 삼두호마가 진법 감옥 밖으로 빠져나오지 못하게 방어막을 강화했다.

삼두호마를 유인한 유건 역시 뒤로 돌아가서 청무궁을 발사했다. 삼두호마는 원래 날개 달린 말처럼 빨랐다. 그러나 감옥에 갇힌 후에는 행동반경이 줄어 전처럼 빠르지 못했다.

일행이 전력을 다해 한 사진쯤 공격했을 때, 마침내 마지막까지 저항하던 제일 큰 삼두호마가 비명을 지르며 자빠졌다.

동명자는 바로 진법을 해제해 사곤, 막리 두 수사가 삼두호마를 확인할 수 있게 하였다. 그러나 사곤, 막리의 표정이 좋지 않았다. 마지막까지 저항하던 제일 큰 삼두호마는 성체일 뿐만 아니라, 나이까지 많아 내단이 있을 거로 예상했는데 아니었다. 세 마리 다 내단을 지니고 있지 않았다.

쓴웃음을 지은 유건은 다시 호수로 뛰어들어 삼두호마를 유인했다. 확실히 전광석화를 지닌 유건이 좀 더 유리했다.

삼두호마가 무리 생활을 하는 탓에 그들의 영역을 살짝만 침범해도 수백 마리가 넘는 삼두호마가 화를 내며 튀어나왔다.

그럴 때마다 전광석화의 속도를 조절한 유건은 동료들이 처리 가능한 숫자만 따로 떼어 내서 호숫가 쪽으로 돌아갔다.

그렇게 한 달쯤 했을 때였다. 일행은 삼두호마를 1,000마리까지 잡았다. 그러나 그중에 내단을 가진 삼두호마는 없었다.

노란색 부채로 방금 잡은 삼두호마의 머리를 갈라 내단이 있는지 확인하던 막리가 툴툴거리며 일행 쪽으로 날아왔다.

"또 헛걸음이에요."

동명자가 한숨을 내쉬었다.

"이제야 왜 많은 수사가 삼두호마를 잡는 대신에 삼두호마의 내단을 가진 수사를 노렸는지 알 것 같네. 삼두호마의 내단을 구하기가 이처럼 어렵다면 차라리 숨어 있다가 내단을 가진 수사를 노리는 편이 성공할 확률이 더 높을 것이야."

다른 쪽을 보고 있던 유건이 고개를 끄덕였다.

"저기서도 싸움이 벌어진 모양이군요."

그 말에 일행이 고개를 돌려 북서쪽 하늘을 보았다. 북서쪽 하늘에선 거의 500명에 달하는 수사들이 삼두호마 내단 하나를 갖겠다고 치열한 싸움을 벌이고 있었다. 그들이 잠깐 보는 중에도 내단의 주인이 두 번이나 바뀌었고 그사이에 목숨을 잃고 바닥에 추락하는 수사만 10여 명에 달했다.

홍지가 난색을 드러냈다.

"이건 얻어도 문제고, 얻지 못해도 문제인 상황이군요."

그때, 유건이 일행을 쳐다보며 제안했다.

"제게 두 가지 방법이 있습니다. 물론, 둘 다 위험한 방법이죠."

막리가 가장 먼저 관심을 드러냈다.

"어떤 방법인가요?"

"내단이 있을 만한 삼두호마를 끌어내는 겁니다."

홍지가 놀라 물었다.

"민 수사의 의견은 그럼 6품이나 5품을 노리잔 말이오?"

"그렇소."

"위험하지 않겠소?"

"어차피 기존의 방식을 고수해서는 언제 끝날지 알 수 없소."

일행은 상의 끝에 유건의 제안을 따르기로 하였다.

그때, 동명자가 물었다.

"한데 민 동생은 방법이 두 가지라 하지 않았는가?"

막리가 거들었다.

"맞아요. 다른 한 가지는 뭐죠?"

"그건 첫 번째 방법이 실패했을 때 가르쳐 드리겠습니다."

법력을 회복한 일행은 다시 자기 위치로 이동했고 유건은 삼두호마 6품을 유인하기 위해 호수로 날아갔다. 곧 삼두호마 6품이 보였다. 삼두호마 6품은 7품에 비해 두 배 이상 컸고 호랑이처럼 생긴 머리에 왕자(王字) 무늬가 선명했다.

유건은 몰래 사자후를 발출해 삼두호마 6품을 기습했다. 그 즉시, 삼두호마 6품이 길게 포효하며 공중으로 날아올랐다. 한데 삼두호마는 데리고 다니는 부하가 많은 탓에 1,000마리가 넘는 삼두호마 7품이 뒤따라 공중으로 날아올랐다.

유건은 그 숫자를 줄이고 줄여서 10마리로 만든 후에 동료들이 매복해 있는 호숫가로 향했다. 그다음에는 전에 없이 치열한 전투가 벌어졌다. 이번에는 거의 반나절 넘게 싸웠을 뿐만 아니라, 막리, 홍지, 동명자 세 명이 상처까지 입었다.

마지막에 사곤이 전력을 다해 공격하지 않았으면 상처만 입고 성과는 없을 뻔했는데 다행히 그렇지는 않았다. 거칠게 저항하던 삼두호마 6품이 쓰러지며 노란색 피를 쏟아 냈다.

그나마 힘이 남은 유건이 안으로 뛰어들어 삼두호마의 머리를 갈랐다. 그 순간, 주먹보다 약간 큰 내단이 굴러떨어졌다.

유건은 바로 내단을 챙겨 동북쪽으로 줄행랑쳤다. 물론, 그가 내단을 챙겨 혼자 내빼기 위해 그런 행동을 저지른 것은 아니었다. 일행은 처음부터 내단을 빼앗으려는 다른 수사를 피해 멀찍이 도망쳤다가 다시 합류하는 계획을 세웠다.

실제로 사곤, 동명자, 막리, 홍지 네 수사는 서로를 도와 가며 앞서가는 유건의 뒤를 쫓았다. 또, 유건 일행이 내단을 얻었음을 알아낸 수사 수십 명이 그런 그들의 뒤를 추격해 왔다.

숨바꼭질은 열흘 가까이 이어졌다. 그러나 전광석화로 도 망치는 유건을 따라붙기는커녕, 시간이 갈수록 더 벌어지기 만 하는 순간, 쫓아오던 수사들이 다시 비수호로 돌아갔다. 사냥이 이루어지는 비수호 감시를 포기하고 언제 잡힐지 알 수 없는 유건의 뒤만 계속해 추격할 수는 없었던 탓이었다.

유건은 약속대로 속도를 늦춰 뒤에서 쫓아오던 일행과 다 시 합류했다. 유건이 어쩌면 이대로 도망쳐 버릴지도 모른다 고 의심한 홍지와 막리는 그제야 안심하는 모습을 보였다.

다들 상처를 입은 데다 법력 소모까지 막심했기 때문에 일 행은 조용한 장소를 찾아 정양한 후에 계획을 다시 논의했 다.

막리가 피곤이 가시지 않은 표정으로 고개를 절레절레 저 었다.

"그런 경험은 또 하고 싶지 않아요."

홍지 역시 마찬가지인 듯했다.

"삼두호마 6품을 노리는 건 위험해서 그만두는 게 좋겠습 니다."

그때, 동명자가 팔뚝에 붕대를 칭칭 감은 모습으로 재촉했 다.

"민 동생, 이제 그 두 번째 계획이 뭔지 들어 봐야겠네."

유건은 고개를 끄덕이며 설명했다.

"아마 20일 전쯤이었을 겁니다. 여느 때처럼 밤에 삼두호마를 유인하기 위해 정찰 중이었지요. 한데 갑자기 하늘에서 엄청난 크기를 지닌 검은색 괴조 한 마리가 날아내리더니 삼두호마 열 마리를 잡아 숲속으로 돌아가더군요. 혹시 그 검은색 괴조가 삼두호마를 먹이로 삼는 건가 궁금해 쭉 지켜봤는데 어젯밤에도 나타나 삼두호마를 잡아가더군요."

눈치 빠른 홍지가 재빨리 물었다.

"철용조였소?"

"맞소. 철용조였소."

동명자가 심각한 표정으로 물었다.

"설마 산선계 4품 영수인 철용조를 잡자는 말은 아닐 테고 대체 어떤 방법을 써서 삼두호마의 내단을 구하자는 것인가?"

유건이 씨익 웃으며 대답했다.

"철용조에게서 훔치는 거지요."

유건은 일행에게 그가 세운 계획을 설명했다. 꽤 타당성이 있는 계획이었기 때문에 일행은 바로 철용조를 찾아 나섰다.

8장. 도둑과 강도

홍지가 파란 이끼에 덮인 돌산 정상을 가리켰다.

"저기가 철융조의 둥지 같습니다."

홍지의 말에 다른 일행이 고개를 돌려 돌산 정상을 관찰했다.

100장 높이의 둥그런 돌산 정상에 나무로 건설한 요새 같은 건물이 지어져 있었다. 거리가 상당히 멀어 여기선 철융조의 모습을 확인하기 쉽지 않았다. 그러나 다행히 철융조가 머물던 흔적은 쉽게 찾아볼 수 있었다. 요새에 윤기가 흐르는 검은색 초대형 깃털이 몇 개 붙어 있었기 때문이었다.

동명자가 신중한 표정으로 대꾸했다.

"홍 동생의 말대로 철융조의 둥지는 맞는 것 같네. 그러나 대사의 성패가 달린 일을 함부로 결정지을 수는 없는 법. 우선 여기서 좀 더 기다려 본 다음에 결정하는 것이 좋겠네."

동명자의 말에 다들 동의했으므로 일행은 그곳에서 휴식을 취하며 철융조가 나타나길 기다렸다.

철융조가 야행성이란 소문은 정확했다. 밤하늘에 뜬 세 개의 달이 중천으로 향할 때였다. 나무 요새 위에서 돌개바람이 크게 일었다.

철융조의 등장을 직감한 유건 일행은 그 즉시 땅속으로 들어갔다. 철융조는 시력, 청력, 후각 등이 모두 예민해 속이기 쉽지 않았다. 그러나 아직 악수인 탓에 수사처럼 뇌력을 쓰지는 못했다. 땅속에 숨으면 발견 못 할 가능성이 컸다.

잠시 후, 돌개바람 속에서 시커먼 동체가 튀어나와 고공으로 치솟았다. 어찌나 크던지, 마치 산 하나가 튀어나온 듯했다.

유건은 급히 안력을 높여 철융조를 관찰했다. 까마귀를 닮은 철융조는 금 속성 기운이 강하게 느껴지는 검은색 깃털을 지녔고 머리 위에는 수탉처럼 빨간색 벼슬이 자라 있었다. 또, 큼지막한 눈동자는 회색이었으며 발톱은 파란색이었다.

고공에서 멋들어진 자세로 공중제비를 여러 차례 넘은 철융조는 이내 비수호로 직행했다. 잠시 후, 사냥에 성공한 철융조가 열 개의 발톱에 성체 삼두호마를 하나씩 꿴 모습으로 나타났다.

철융조에게 잡힌 삼두호마 네 마리는 다른 놈들에 비해 몸집이 상당이 컸다. 6품 삼두호마가 틀림없었다.

나타날 때와 마찬가지로 돌개바람을 일으키며 나무 요새로 들어간 철융조는 그날 아침까지 모습을 드러내지 않았다.

철융조가 사라진 후에 다시 지상으로 올라온 일행은 흥분을 감추지 못했다. 철융조가 잡아간 6품 삼두호마가 네 마리였기 때문에 최소 3개, 최대 4개의 내단을 기대할 수 있었다.

막리가 흥분한 목소리로 유건에게 물었다.

"그러니까 민 형의 말은 철융조가 열흘마다 둥지를 나오는 이유가 삼두호마를 하루에 한 마리씩만 먹기 때문이란 거죠?"

유건은 어깨를 으쓱거렸다.

"하하, 내가 철융조 전문가도 아니고 그걸 어찌 확신하겠소? 다만, 그럴 가능성이 그렇지 않을 가능성보다 약간 더 크단 뜻이오. 어쩌면 내 생각이 틀려 철융조가 삼두호마 열 마리를 한 번에 먹고 남은 9일 내내 잠만 잘지도 모르고."

동명자가 끼어들었다.

"민 동생의 예상이 맞는다면 놈이 오늘 6품 삼두호마 하나를 먹었다 쳐도 최소 세 마리의 6품 삼두호마가 더 남아 있겠군."

홍지가 욕심이 잔뜩 묻어나는 눈빛으로 대꾸했다.

"6품 삼두호마 세 마리라면 시도할 가치는 있겠습니다."

사곤이야 처음부터 적극적으로 찬성했기 때문에 막리, 홍지, 동명자가 동의하는 순간, 계획은 일사천리로 진행되었다.

철용조가 야행성이라면 해가 가장 밝은 정오 무렵엔 잠에 흠뻑 취해 있을 가능성이 컸다.

물론, 산선계 4품 악수인 철용조가 자는 동안, 삼두호마 내단을 훔칠 생각은 하지 않았다.

감각이 극도로 발달한 철용조는 둥지에 불청객이 잠입하는 순간, 잠에서 깨어 무시무시한 기세로 덮쳐 올 게 분명했다.

유건은 의미심장한 목소리로 말했다.

"이번 작전은 두 명의 역할이 중요합니다. 바로 철용조를 둥지에서 유인해 낼 수사와 철용조가 유인당해 둥지를 떠났을 때, 재빨리 둥지 안으로 잠입해 삼두호마 내단을 찾아낼 수사. 만약, 철용조를 충분한 거리까지 유인해 내지 못할 경우, 내단을 찾던 다른 수사가 둥지로 복귀한 철용조에게 죽임을 당할 수밖에 없습니다. 위험하기는 철용조를 유인하기로 한 수사 역시 마찬가지입니다. 철용조를 유인할 때, 속도가 빠르지 못하면 결국 추격당해 죽을 테니까요."

그때, 동명자, 막리, 홍지가 재빨리 눈빛을 나눴다. 세 수사가 뇌음을 나누는 게 분명했다. 유건은 신경 쓰지 않았다.

잠시 후, 동명자가 제안했다.

"우리 일행 중에 비행술이 가장 빠른 수사는 역시 민 동생인 듯하군. 민 동생이 둥지에 들어가 삼두호마의 내단을 훔치게."

유건은 고개를 끄덕이며 물었다.

"그럼 철융조를 유인하는 임무는 누가 맡으시겠습니까?"

사곤이 앞으로 나왔다.

"내가 하지."

그럴 줄 알았던 유건은 고개를 돌려 동명자 등을 바라보았다.

"그럼 동명자 선배님, 홍 수사, 막 선자 세 분은 유인을 맡은 사곤 선배님을 도와 철융조의 속도를 늦추는 일을 해 주십시오."

동명자가 듬직한 표정으로 대답했다.

"염려 붙들어 매게. 길목에 진법을 몇 개 미리 쳐 두면 철융조를 오래 붙잡아 두지는 못해도 잠깐은 버틸 수 있을 것이야."

"동명자 선배님만 믿습니다."

고개를 끄덕인 유건은 바로 전광석화를 펼쳐 철융조의 둥지 반대편으로 이동했다.

그사이, 동명자는 홍지, 막리의 도움을 받아 철융조의 속도를 늦출 진법을 설치했다. 이번 진법은 그동안 펼친 진법과 달랐다. 깃발만 총 78개를 사용했고 설치하는 데 걸린 시간 역시 한 시진을 훌쩍 넘겼다.

진법의 상태를 점검한 동명자가 사곤에게 옥패를 하나 건넸다.

"사곤 형, 진법 설치를 완료했소. 그리고 이건 옥패요. 이 옥패를 몸에 지니면 저항을 받지 않고 진법을 통과할 수 있소."

신중한 사곤은 옥패를 들고 직접 진법 안으로 들어가 효과가 있는지 확인했다.

당연히 진법은 옥패를 지닌 사곤을 부드럽게 통과시켜 주었다. 흡족한 표정으로 옥패를 챙긴 사곤은 검은 비검을 불러내 철용조의 둥지 쪽으로 접근했다.

사곤이 철용조의 둥지 쪽으로 접근하는 동안, 동명자, 홍지, 막리 세 명은 사곤과 유건이 성공하길 기원하며 몸을 감췄다. 괜히 얼쩡거리다가는 철용조의 주의를 끌 수 있었다.

동명자 등이 안전한 곳으로 피한 사실을 확인한 사곤은 곧장 철용조 둥지 안으로 들어갔다. 사곤이 탄 비검이 나무 요새 성벽을 반쯤 넘었을 때, 전날 본 돌개바람이 크게 일었다.

사곤은 바로 비검의 방향을 돌려 내뺐다. 한데 숨 한 번 크게 들이쉬기도 전에 이미 철용조가 사곤 뒤에 나타나 있었다.

철용조는 멀리서 볼 때보다 확실히 뿜어내는 위압감이 대단했다. 윤기가 흐르는 검은색 깃털이 빽빽하게 자란 날개는 한쪽이 30장에 달했으며 몸통과 머리까지 합치면 길이가 거의 100장에 달했다.

철용조가 두 날개를 펼친 상태에서 활공하면 그 일대 전체가 밤이 찾아온 것처럼 어두워졌다.

사곤은 뒤를 돌아볼 새도 없이 전력을 다해 도망쳤다. 그때, 등 뒤에서 태풍을 연상케 하는 거대한 강풍이 몰아쳤다.

강풍에 휩쓸려 비검 위에서 떨어질 뻔한 사곤은 간신히 균형을 잡은 후에 뒤를 힐끗 돌아보았다. 철용조가 머리에 난 빨간 벼슬로 엄청난 풍속의 강풍을 만들어 내는 모습이 보였다.

사곤의 속도가 강풍 때문에 약간 떨어지는 순간, 등 뒤까지 쫓아온 철용조가 파란색 발톱을 휘둘렀다. 감히 맞받아칠 생각을 못 한 사곤은 조양에서 얻은 법보 세 개를 던졌다.

콰콰쾅!

철용조의 발톱과 사곤의 법보가 충돌하는 순간, 노란색, 파란색, 회색 섬광이 풍선처럼 늘어나다가 굉음을 내며 폭발했다.

사곤은 그 틈에 속도를 더 높였다. 그러나 법보 자폭으로는 시간을 많이 끌지 못했다.

철용조가 휘두른 파란 발톱이 날카로운 예기를 잔뜩 머금은 상태에서 사곤에게 떨어졌다.

사곤은 피할 방법은 없었다. 그때, 사곤의 품속에 있던 옥패가 비취색 광선을 뿜어내며 그를 보호해 주었다.

반대로 사곤의 등을 찌른 철융조의 발톱은 진법에 막혀 주춤거렸다.

동명자가 설치한 진법 안에 들어온 후에야 안심한 사곤은 방심하지 않고 법력을 전부 동원해 비검의 속도를 더 높였다. 사곤은 곧 한 줄기 검은색 빛살로 변해 허공을 갈랐다.

진법에 갇힌 철융조는 돌풍을 연달아 만들어 내 뚫고 나가려 했다. 그러나 동명자의 진법 역시 위력이 상당해 쉽지 않았다.

한데 그때였다. 갑자기 동작을 멈춘 철융조가 고개를 홱 돌리더니 회색빛 눈동자로 자기 둥지를 노려보았다. 자기 둥지에 적이 침입했다는 사실을 눈치 챈 게 분명했다.

갑자기 포효를 터트린 철융조가 숨을 크게 들이마시더니 몸뚱이를 크게 키웠다. 결국, 버티지 못한 진법이 깨져 나갔다.

이번 일격으로 기력을 많이 소비한 철융조가 탁해진 눈으로 둥지를 노려보다가 날개를 퍼덕여 빛살보다 빨리 날아갔다. 물론, 둥지에 침입한 침입자부터 빨리 없애기 위해서였다.

한편, 철융조가 둥지를 떠나는 모습을 보기 무섭게 전광석화를 펼친 유건은 나무 요새 상공에 서서 밑을 내려다보았다.

얼마나 깊은지 안력을 아무리 높여도 바닥이 보이지 않았다. 쓴웃음을 지은 유건은 전광석화를 펼쳐 바닥으로 내려갔다.

다행히 미리 퍼트린 뇌력에 따르면 다른 생명체는 없었다. 다만, 둥지가 깊을 뿐만 아니라, 구조까지 복잡해 철융조가 어디에 식량을 저장하는지 알 방법이 없다는 점이 문제였다.

유건은 어쩔 수 없이 가장 가까운 장소부터 차례대로 뒤져 나갔다. 그러나 매번 헛수고였다. 그는 철융조가 언제 돌아올지 모른다는 불안감과 싸우며 둥지를 계속해서 수색했다.

그때, 운명의 순간이 찾아왔다.

유건은 둥지 바닥 구석에서 삼두호마의 뼈 무덤을 발견했다. 한데 그와 거의 동시에 뇌력에 철융조의 거대한 동체가 걸려들었다. 철융조가 둥지로 돌아오는 중이란 뜻이었다.

잠시 고민하던 유건은 결정을 내리기 무섭게 뼈 무덤에 뛰어들어 주변을 둘러봤다.

곧 뼈 무덤 한쪽에 머리가 깨져 죽은 삼두호마 시체 아홉 구를 발견했다. 재빨리 그쪽으로 달려간 그는 삼두호마의 시체를 갈라 내단을 찾으려 했다.

한데 그럴 필요가 없단 사실을 곧 깨달았다. 뼈 무덤 뒤에 삼두호마 내단 10여 개가 마치 누가 버린 것처럼 굴러다녔다.

유건은 재빨리 회수 법결을 날려 내단을 쓸어 담았다. 총 17개였다. 그중 한 개는 무척 커 최소 삼두호마 5품급이었다.

휘이이이익!

유건이 내단을 막 챙겼을 무렵, 둥지 상공에서 돌개바람이 크게 일더니 사곤에게 유인당한 철융조가 모습을 드러냈다.

바로 무광무영복을 덮어쓴 유건은 뼈 무덤에 재빨리 뛰어들어 몸을 숨겼다. 세찬 강풍이 둥지 지하를 한동안 휘몰아치더니 철융조의 거대한 동체가 바닥에 내려섰다.

철융조는 가장 먼저 뼈 무덤 반대편으로 이동해 무언가를 확인했다.

무광무영복 때문에 법력을 쓰지 못하는 유건은 육안(肉眼)으로 그것이 타원형으로 생긴 검은색 알이란 사실을 알아냈다.

'철융조는 도둑이 둥지의 알을 훔치러 온 줄 안 모양이구나.'

알이 무사하다는 사실을 확인한 철융조가 거대한 몸을 뒤뚱거리며 유건이 숨어 있는 뼈 무덤 쪽으로 다가왔다.

알이 아니라면 도둑이 삼두호마의 시체나 내단을 훔쳐 갔을 거로 의심하는 듯했다. 예상대로 내단이 사라진 사실을 확인한 철융조는 고막이 폭발할 것 같은 괴성을 지르며 분노했다.

'이거 좋지 않은데.'

불안감이 등줄기를 스쳐 지나갈 때였다. 철융조가 갑자기 부리 위에 뚫린 콧구멍으로 둥지 바닥의 공기를 빨아들였다.

'제길, 냄새를 맡는구나.'

철융조가 내단 도둑을 추격하기 위해 냄새를 맡는 것인지, 아니면 둥지에 도둑이 숨어 있단 사실을 알고 그 위치를 추정하기 위해 냄새를 맡는 것인지 그로선 알 도리가 없었다.

그러나 어쨌든 둘 다 좋지 않긴 마찬가지였다.

'그렇다면 미리 준비한 계획대로 하는 수밖에.'

유건은 상황이 급한 탓에 충동적으로 무광무영복을 덮어 쓴 게 아니었다.

어차피 사곤이 철융조를 오래 유인하지 못할 거란 사실을 잘 아는 유건은 탈출 계획을 미리 세워 두었다.

탈출 계획은 세 단계로 이루어져 있었다. 첫 번째는 무광무영복을 덮어써서 일단 철융조의 시야에서 벗어나는 것이었다. 또, 두 번째는 바로 지금 그가 하려는 행동과 관련 있었다.

유건은 무광무영복을 벗음과 동시에 전광석화를 전력으로 펼쳐 둥지 상공으로 솟구쳤다. 예상대로 철융조는 충분한 부력을 얻기 위해 날갯짓을 하느라 곧장 따라 올라오지 못했다.

"좋아, 지금이다!"

유건의 신호를 받은 청랑이 영수낭에서 튀어나왔다. 유건은 바로 청랑의 등에 올라타 전광석화를 펼쳤다. 청랑 역시 화륜차의 불꽃을 최대한 키운 상태에서 북쪽으로 도망쳤다.

전광석화와 청랑, 그리고 화륜차가 합쳐지는 순간, 그 속도는 타의 추종을 불허할 정도로 빨라 빛살을 연상케 하였다.

지금 속도가 유건이 낼 수 있는 가장 빠른 속도였다. 또, 청랑과 화륜차를 얻은 후에 처음으로 실전에서 펼쳐 보는 것이었다. 둥지를 뛰쳐나온 철융조가 곧장 그의 뒤를 쫓아왔다.

백락장이 있는 반도 근해에는 철융조와 비교조차 할 수 없는 무시무시한 해양 악수들이 득실거리기 때문에 유건은 반도 위를 계속 비행하며 철융조가 떨어져 나가기를 기다렸다.

그러나 애초에 날개 달린 조류 출신의 악수와 속도, 지구력을 겨루는 행동은 바보 같은 짓이었다.

화가 머리 꼭대기까지 난 철융조는 악착같이 쫓아왔고 유건은 전광석화를 너무 많이 펼친 탓에 법력이 빠른 속도로 줄어들고 있었다.

유건은 결국 탈출 계획의 세 번째 단계를 진행했다. 그는 바로 규옥에게 지둔술을 펼치게 하여 땅속 깊이 도망쳤다. 역시 철융조는 땅속에서 그리 빠르지 못했다.

그는 보름 만에 철융조의 지독한 추격을 뿌리치는 데 가까스로 성공했다.

땅속에서 며칠 동안 머무르며 법력을 회복한 유건은 일행을 만나기로 한 장소를 찾아 날아갔다. 다행히 만나기로 한 장소에 사곤, 동명자, 홍지, 막리 네 명이 모두 모여 있었다.

유건은 바로 지상으로 내려가 일행과 합류했다.

한데 분위기가 뭔가 심상치 않았다.

◆ ◈ ◆

사곤과 동명자, 홍지, 막리 세 수사가 떨어져 있는 모습은 별문제 없었다. 그리 사교적인 성격이 아닌 사곤은 애초에 다른 일행과 친밀한 모습을 보이는 경우가 아주 드물었다.

한데 지금은 일행 사이에 묘한 긴장감이 감돈다는 게 문제였다. 태어나서부터, 17살을 막 넘긴 시점까지 고아로 자란 유건은 눈치가 아주 빨랐다.

누가 자길 싫어하는지, 누가 자길 미워하는지 알아야 삶이 편한 탓에 자연스럽게 체득한 감각이었다. 그 덕에 일행의 분위기가 그들을 마지막으로 보았을 때와는 약간 달라졌단 사실을 금방 감지해 냈다.

그를 발견한 홍지가 기뻐하며 다가왔다.

"성공했소?"

유건은 태연한 표정으로 대꾸했다.

"그렇소."

막리가 흥분한 얼굴로 끼어들었다.

"철웅조 둥지에 삼두호마의 내단이 몇 개나 있었어요?"

"지금 꺼내서 보여 주겠소."

유건은 법보낭에 넣어 둔 삼두호마 내단을 하나씩 꺼내 보여 주었다. 그가 삼두호마 내단을 막 세 개까지 꺼냈을 때였다.

동명자가 갑자기 초록색 불진을 꺼내 사곤을 기습했다. 동명자의 기습을 전혀 예상 못 한 사곤은 불진이 뿜어낸 빛 덩어리에 얻어맞아 옆으로 튕겨 날아갔다.

날아갈 때, 입에서 피를 뿜는 모습을 봐선 상태가 좋지 않은 게 틀림없었다.

이번 기습으론 사곤을 완전히 죽일 수 없을 거라 판단한 동명자는 몸을 날려 쫓아가며 초록색 불진을 연속해 휘둘렀다.

"이런!"

그 모습을 보고 흠칫한 유건은 재빨리 금강부동공을 끌어올렸다. 그의 몸 주위에 옅은 불광이 어리는 순간, 홍지가 날린 붓 법보가 새카만 먹물 같은 광선을 유건에게 쐈다.

또, 잠시 주저하던 막리 역시 노란색 부채 법보를 꺼내 공격했다. 곧 부챗살에서 튀어나온 10여 가닥의 노란색 광선이 유건의 몸을 난타했다.

홍지, 막리 두 사람 역시 이번 공격으론 유건을 죽일 수 없을 거라 판단한 모양이었다. 즉시, 공중으로 몸을 날리며 부적을 던지고 새로운 법보를 꺼냈다.

곧 유건이 있던 장소는 광선과 불길과 연기에 휩싸여 거대한 공처럼 부풀어 오르다가 마침내 굉음을 내며 터져 나갔다.

공격을 멈춘 홍지와 막리가 안력을 높여 유건을 찾았다.

부아아앙!

그때, 연기 속에서 새파란 불꽃이 튀어나와 공중으로 부상했다. 새파란 불꽃의 정체는 바로 청랑에 올라탄 유건이었다.

홍지, 막리 두 수사는 유건이 멀쩡한 모습을 보고 꽤 놀란 눈치였다. 생각지 못한 기습이었기 때문에 최소 죽이지는 못해도 어디 한 군데는 큰 상처를 입혔을 거로 추측했다. 한데 옅은 불광에 휩싸인 유건은 다친 데가 전혀 보이지 않았다.

유건은 담담한 모습으로 홍지, 막리 두 수사를 보며 물었다.

"배신한 이유가 뭐요?"

막리는 부끄러운 듯 입술만 깨물 뿐 쉽게 대답하지 못했다.

결국, 홍지가 먼저 나섰다.

"우린 네가 가진 삼두호마의 내단이 필요할 뿐이다."

유건은 고개를 절레절레 저었다.

"내단 숫자는 충분하오. 애초에 싸울 이유가 없었다는 뜻이지."

막리가 약간 당황한 표정으로 눈을 깜빡거리며 물었다.

"그, 그게 정말인가요? 정말 내단이 다섯 개였어요?"

유건은 피식 웃었다.

"내단이 네 개라 생각해 나랑 사곤 선배를 배신한 거요? 수사는 다섯 명인데 삼두호마 내단은 네 개일 확률이 높으니까?"

막리가 부끄러운 표정으로 고개를 끄덕였다.

"미, 민 형의 말이 맞아요. 둥지에서 구할 수 있는 내단 세 개에 민 형이 처음 얻은 내단 하나를 더해도 네 개뿐이니까요."

그때, 홍지가 막리를 꾸짖었다.

"막 선자, 저자 말에 넘어가지 마시오! 내단은 네 개밖에 없을 거요! 즉, 저자를 죽이지 못하면 막 선자 몫은 없는 거요!"

유건은 법보낭에서 삼두호마 내단 다섯 개를 꺼내 보여 주었다.

"내단은 분명 다섯 개요. 둥지에서 하나를 더 찾았소."

내단을 본 막리는 까무러칠 정도로 놀랐다. 또, 애써 담담한 척하던 홍지 역시 눈빛이 흔들리며 동요하는 모습을 보였다.

막리가 간절한 표정으로 애원했다.

"민 형이 삼두호마의 내단 세 개를 조건 없이 넘겨주면 우리도 여기서 깨끗이 물러나겠어요. 제 목숨을 걸고 맹세할게요."

내단을 다시 법보낭에 넣은 유건이 의미심장한 미소를 지었다.

"그 전에 두 가지만 묻겠소."

막리가 다급하게 대답했다.

"물어보세요!"

"사곤 선배는 왜 기습한 거요? 내가 처음에 얻은 내단까지 합치면 네 개니까 네 명이 충분히 나누어 가질 수 있었잖소?"

막리는 우물쭈물하며 쉽게 대답하지 못했다. 심지어 치부를 들킨 사람처럼 얼굴이 빨개져 고개조차 들지 못할 정도였다.

유건은 피식 웃었다.

"사곤 선배에게도 나를 죽이고 삼두호마의 내단을 나눠 가지자는 제안을 했는데 고지식한 그가 화를 내며 거절한 거로군."

막리가 한숨을 내쉬며 대답했다.

"미, 민 형의 말대로예요."

유건은 가장 중요한 질문을 던졌다.

"우리가 맺은 삼혈서 선약은 왜 효과가 나타나지 않는 거요?"

그때, 막리가 홍지를 힐끔 보며 대답하길 망설였다.

삼혈서와 관련한 문제는 홍지가 처리한 모양이었다.

유건이 그에게 물어보려는 순간, 홍지가 짜증을 내며 소리쳤다.

"막 선자, 저자는 이미 우릴 살려 둘 마음이 전혀 없소! 놈과 그만 떠들고 어서 우리가 맡은 임무나 마저 끝내도록 합시다!"

말을 마친 홍지가 붓 법보와 벼루 법보를 꺼내 공격했다. 머뭇거리던 막리 역시 어쩔 수 없다는 표정으로 협공에 들어갔다.

유건은 전광석화로 공격을 피하며 옆을 돌아보았다.

사곤과 동명자의 승부는 동명자의 승리로 거의 끝나 가는 중이었다. 실력은 사곤이 월등했다. 그러나 사곤은 기습에 당하는 바람에 지닌 실력을 제대로 발휘하지 못하는 중이었다.

'생각보다 순진한 사람인 모양이군. 나를 죽이잔 그들의 제안을 거절했을 때, 이런 일이 생길 거란 예상을 못 한 것인가?'

고개를 절레절레 저은 유건은 홍지, 막리 두 수사에게 다시 집중했다. 홍지가 한 말 중에 다른 건 몰라도 이거 하나는 맞았다. 바로 그가 그들을 살려 줄 마음이 전혀 없다는 말이었다.

유건은 애초에 동명자가 사곤을 처음 기습했을 때부터 다 죽일 생각이었다.

다만, 죽이기 전에 그를 배신한 이유나 알아볼 생각으로 삼두호마 내단을 꺼내 막리를 살살 구슬렸다.

금강부동공으로 본신을 보호한 유건은 청랑을 막리에게 보내 그녀를 상대하게 하였다. 청랑이라면 막리 한 명 정도는 충분히 제압할 수 있었다. 유건은 그사이 홍지를 맡았다.

전광석화를 펼쳐 상대의 공격을 피하면서 사자후와 구련보등, 청무궁으로 집중 공격해 홍지의 방어를 점차 무너트렸다.

홍지는 벼루 법보를 휘둘러 유건의 집중 공격을 막아 왔다. 그러나 구련보등이 만든 연꽃이 흰 꽃가루를 뿜으며 벼루 법보에 붙는 순간, 법보가 발하던 광채가 순식간에 줄었다.

"아뿔싸!"

홍지는 급히 벼루 법보에 법력을 더 밀어 넣었다. 그러나 유건이 청무궁으로 화살 10대를 연속으로 쏘기 무섭게 이미 녹아내리기 시작한 벼루 법보 방어막에 구멍이 뻥뻥 뚫렸다.

다급해진 홍지는 붓 법보와 삼지창 법보 두 개로 맹렬한 반격을 가해 왔다. 그러나 유건이 펼친 금강부동공의 불광이 점차 짙어지는 순간, 붓 법보가 발사한 시커먼 광선과 삼지창 법보가 토한 노란 안개가 순식간에 자취를 감추었다.

펴엉!

마침내 벼루 법보가 굉음을 내며 폭발해 먼지로 흩어졌다.
겁에 질린 홍지는 입고 있는 주황색 장삼에 법력을 주입했다.
곧 주황색 장삼이 밝은 빛을 뿌리며 보호막을 형성했다.

'저 장삼 법보는 탐이 나는군.'

유건은 전광석화를 연달아 펼쳐 상대의 붓 법보와 삼지창
법보의 공격을 가까스로 피하면서 지상으로 천천히 내려갔
다. 그가 자랑하는 법보 공격을 상대가 견디지 못하고 도망치
는 거라 성급히 판단 내린 홍지는 신이 나 얼른 쫓아왔다.

그러나 지상과 가까워지기 무섭게 땅속에서 녹색 털 뭉치
같은 짐승이 튀어나와 녹색 포대 자루 입구를 활짝 벌렸다.

고오오오!

녹색 포대 자루 속에서 엄청난 흡인력이 발생해 홍지가 걸
친 장삼 법보를 끌어당겼다. 홍지는 미친 듯이 법술과 부적을
날려 녹색 포대 자루의 흡인력에서 벗어나려 노력했다.

그러나 녹색 포대 자루는 평범한 법보가 아니었다. 비록
진짜 포선대는 아니지만, 그에 필적하는 성능을 지녀 공선 초
기가 저항하기에는 무리였다.

홍지는 결국, 장삼 법보를 몸에 걸친 채로 포선대 안으로
끌려 들어가기 직전에 이르렀다.

피가 뚝뚝 떨어질 정도로 입술을 깨문 홍지가 장삼 법보를
벗어 던지며 공중으로 도주했다.

물론, 그가 벗어 던진 장삼 법보는 규옥이 입구를 벌린 포

선대 안으로 쏙 들어가 버렸다.

유건은 막리와 대화하는 동안, 몰래 규옥에게 무광무영복을 주고 땅속에 매복해 있게 했다.

당연히 홍지는 그런 규옥을 감지하지 못해 그가 유인했을 때, 좋다고 따라 내려왔다.

장삼 법보를 빼앗은 규옥은 재빨리 다시 땅속으로 도망쳤다. 영선인 규옥은 노리는 적이 많아 숨어 있는 편이 안전했다.

장삼 법보를 잃어버린 홍지는 유건의 숨 돌릴 틈을 주지 않는 맹공에 휘둘리다가 결국 오른팔이 통째로 뜯겨 나갔다.

그때, 홍지가 갑자기 악에 받쳐 고함을 질렀다.

"언제까지 보고만 있으실 겁니까?"

유건은 그 모습을 보며 피식 웃었다.

"역시 그런 거였나."

홍지가 흠칫해 유건을 돌아볼 때였다. 서쪽 숲속에서 파란색과 흰색 광채 두 가닥이 전장 위로 날아들었다.

유건은 광채가 전장에 도착하기 전에 홍지를 더 강하게 밀어붙였다.

전광석화를 펼친 유건은 홍지의 모든 방어 수단을 무력화한 후 가까이 접근해 구련보등을 펼쳤다. 곧 아름다운 연꽃 꽃잎이 피어올라 홍지의 전신을 물샐틈없이 덮어씌웠다.

공포에 질린 홍지가 눈물까지 흘려 가며 다급하게 소리쳤다.

"미, 민 수사, 잠깐 기다려 주시오. 내 할 말이 있소……."

싸늘하게 웃은 유건은 법결을 날려 연꽃 꽃잎을 터트렸다.
곧 활짝 핀 꽃봉오리 속에서 하얀 꽃가루가 흩날리며 그 안에
갇힌 홍지를 원신과 함께 통째로 녹여 버렸다. 홍지는 곧 한
줌에 불과한 진득한 액체로 변해 바닥으로 떨어졌다.

홍지를 처리한 유건은 청랑이 밀어붙이는 막리 쪽으로 날
아갔다. 막리는 청랑에게 계속 밀리는 데다, 믿었던 우군인
홍지마저 죽어 버리는 모습을 보고 거의 실성하기 직전이었
다.

막리가 사시나무처럼 몸을 덜덜 떨며 물러섰다.

"민 수사의 노예가 되라면 노예가 될게요. 제발 목숨만은
살려 주세요. 여인의 몸으로 비정한 선도의 세계에서 공선 초
기까지 오르며 겪었을 고충을 생각해서라도 제발 살려 주세
요."

유건은 별다른 대꾸 없이 청무궁을 쏴서 그녀의 머리를 잘
랐다. 곧 청랑이 달려들어 도망치는 막리의 원신을 잡아먹었
다.

유건이 홍지, 막리 두 수사를 막 없앴을 때, 서쪽 숲속에서
튀어나온 파란색과 흰색 두 개의 광채가 전장에 도착했다.

파란색 광채는 위엄 있게 생긴 중년 사내로 공선 중기였고
흰색 광채는 교태가 줄줄 흐르는 젊은 여자로 공선 후기였다.

'공선 중기와 후기라. 꽤 골치 아픈 상대를 만났군.'

위엄 있게 생긴 중년 사내가 눈살을 찌푸렸다.

"손속이 꽤 잔혹하더군. 과연 우리에게도 그렇게 할 수 있을까?"

유건은 피식 웃었다.

"내 손속이 얼마나 잔혹한지 곧 경험할 수 있을 거요."

여자가 깔깔거리며 물었다.

"공선 초기가 감히 이 한매(寒妹)와 송우(松羽)를 상대로 그런 말을 지껄일 때는 그럴 만한 자신이 있어서 그런 거겠지?"

"당신들이 무슨 이름을 쓰는진 별 관심 없소. 내가 지금 유일하게 궁금한 건 두 사람 중 누가 홍지에게 삼혈서 선약을 깨는 방법을 가르쳐 줬는지요. 아마 당신인 듯한데 맞소?"

유건은 송우를 지목하며 물었다.

송우가 수염을 쓰다듬으며 점잖은 목소리로 대답했다.

"하하, 맞혔네. 내가 홍지 그 녀석에게 삼혈서 선약을 깨는 방법을 가르쳐 주었지. 삼혈서는 꽤 괜찮은 선약이지만 만들어진 시기가 너무 오래전이라 그 약점 역시 명확한 편이지."

"어떤 약점이오?"

"오혈주(五血呪)란 선약을 들어 보았는가?"

"들어 보았소. 녹원대륙 남서쪽 수사들이 주로 쓴다고."

"하하, 그 오혈주에는 한 가지 숨겨진 비밀이 있는데 그건 바로 삼혈서처럼 품계가 낮은 선약을 무시할 수 있다는 비밀이라네. 즉, 삼혈서를 맺은 상대에게 다시 오혈주를 걸어버리면 삼혈서의 선약은 깨지고 오혈주 선약만 남는 방식이지."

"신기한 방법이군."

궁금증을 해결한 유건은 몸을 10장 크기로 키웠다. 유건이 그들을 상대로 먼저 공격하리라곤 전혀 예상 못 한 송우와 한매는 서로를 바라보며 웃다가 그가 공격을 펼치게 두었다.

한편, 몸을 10장까지 키운 유건의 주위에 황금색 불광이 크게 어렸다. 또, 겨드랑이 밑에서는 칼날이 달린 팔 여섯 개가 튀어나와 공격할 준비를 마쳤다. 바로 천수관음검법이었다.

그 순간, 한매의 얼굴에서 웃음기가 싹 가셨다.

"송랑(松郞), 조심해요! 저건 불가 정종 공법이에요!"

한매의 경고를 들은 송우가 얼른 몸을 날려 피했다.

그러나 유건의 전력을 다한 천수관음검법은 위력이 대단했다. 경지는 비록 공선 초기여도 들어간 법력은 공선 후기에 가까웠다. 유건이 팔 여덟 개를 동시에 휘두르는 순간, 황금색 칼날이 온 세상을 뒤덮은 것 같은 착각을 일으켰다.

황금색 칼날에 갇힌 송우가 당황할 때, 한매가 그를 돕기 위해 나섰다. 그러나 유건은 그녀가 그를 돕게 놔두지 않았다.

유건은 재빨리 자하제룡검에 정혈을 주입해 펼쳤다. 곧 30장 크기의 거대한 금룡이 튀어나와 보라색 콧김을 훙 뿜었다. 그는 뇌음으로 자하제룡검에게 한매를 처리하라 지시했다.

번개 같은 움직임으로 한매 앞을 막아선 금룡은 맛있는 먹이를 발견했을 때처럼 그녀를 바라보며 입맛을 쩝쩝 다셨다.

〈3권에 계속〉

재벌가 맏나니

초촌 현대판타지 장편
MODERN FANTASY STO

입니다만?

특수전사령부 소속 비밀작전팀 아시온 팀장이자
국내에 유일한 사이보그인 이준성.
열강들의 야욕을 저지하기 위해 나선 작전 도중
뜻밖의 상황을 맞이하며 자폭하기에 이르는데,

"지옥에서는 제네바 협약 따위 안 지키는 거니

눈을 뜬 그의 시야에 들어온 것은 지독한 참극
이윽고 상황을 인지하며 한 가지 사실을 깨닫는다
자신의 두 발이 16세기 말 임진왜란이 펼쳐지는
전란의 대지에 서 있다는 것을,